I Saggi
Di Pizzo

Francesco M. Marincola

Titolo originale dell'opera:
The Wise Men of Pizzo

Traduzione di Cinzia Novi
Editing di Annamaria Murino
Coordinamento di George Patriarca - Paraules Organization

Lettera all'Editore

Sono un deciso sostenitore delle pari opportunità per le piccole città, in particolare per quelle situate lungo la costa meridionale dell'Italia. Prendiamo ad esempio Pizzo, il luogo dove ho trascorso una parte significativa della mia giovinezza. Al di là di un raggio di venticinque chilometri, quasi nessuno ne ha mai sentito parlare e va spiegato pazientemente ai forestieri che Pisa è la città in cui si trova la Torre Pendente, e che la pizza, e non Pizzo, è un tipo di cibo. Gli storici potrebbero affermare che Pizzo non trova spazio nei loro libri per la semplice ragione che mai niente di rilevante è accaduto nel corso dei suoi tremila anni di storia, a parte l'esecuzione di Gioacchino Murat, un risultato troppo indiretto per conferirle uno status sufficientemente rilevante. Per quanto sia difficile confutare questa premessa con fatti inesistenti, potrei affermare che in effetti qualcosa accade in questa piccola città dove vengono serviti i migliori gelati del mondo e dove le persone conducono esistenze che, paragonate al resto del mondo, sono quasi altrettanto dignitose.

Con la pubblicazione di questo romanzo da parte di un editore autorevole, potrei dimostrare che anche nelle cittadine dimenticate accade qualcosa di abbastanza significativo da garantire loro un posto, sebbene minuscolo, all'interno del grande schema delle cose. Avrei anche l'opportunità di ripagare Pizzo per aver restituito l'identità a un anonimo abitante della città, nel corso dei suoi occasionali ritorni a casa. Infine, possa questo successo ispirare altri che, sul punto di andare in pensione e con poco altro da fare, forse vorranno applicare lo stesso principio per rinverdire la gloria delle rispettive cittadine.

Indice

Microstorie di un nostos — 7

Introduzione *di Laura Caria* — 17

Prefazione — 23

La Chiazza — 25

La storia di Alessandro — 43

Alessandro diventa grande — 59

Una vita dietro le quinte — 81

Tre banditi, un combattimento al coltello e un omicidio — 103

La morte di Nonna — 125

Un viaggio a Monte Carlo — 143

Una storia d'amore — 177

Epilogo — 199

Postfazione *di Sandra Demaria* — 207

Microstorie di un nostos

Riscrivendo in America all'indomani della seconda guerra mondiale la *Vita di Galileo*, che aveva elaborato durante l'esilio danese negli anni immediatamente precedenti lo scoppio del conflitto, Bertolt Brecht ne aveva profondamente mutato l'impianto ideologico. Da 'dissimulatore onesto', che mediante l'abiura aveva avuto modo di portare ad una futura vittoria il metodo scientifico e la verità della ricerca empirica, di contro alla cieca sussunzione dei dogmi e della tradizione, Galileo diveniva poi nella lettura brechtiana l'archetipo dello scienziato che aveva incrinato l'unità sino ad allora vigente della cultura scientifica con quella umanistica. Percorrendo questa linea ed estremizzando questa dimensione, la separazione infeconda della scienza da una visione globale della vita e dell'uomo l'aveva condotta a farsi anche strumento di distruzione totale nell'acquiescenza servile al potere, in antitesi a sé stessa ed alla propria genesi: come mostrava tragicamente la creazione della bomba atomica e la sua applicazione bellica, i cui prodromi – la notizia della scissione dell'atomo di uranio da parte di Otto Hahn – erano stati conosciuti quasi in sincronia con la prima redazione della *Vita di Galileo*.

Brecht dava così inizio a quella denunzia della separatezza, della diffidenza, della reciproca svalutazione – intercorrenti fra le due culture e impostesi massicciamente a partire dall'epoca romantica – che trovava alla fine degli anni Cinquanta una formulazione tanto fortunata per risonanza, quanto povera per contenuti, in *The two cultures* di Charles Snow. La spaccatura fra i due mondi produrrebbe, secondo lo scienziato-scrittore di Leicester, una divaricazione esiziale tra il mondo della ricerca scientifica e quello degli studi umanistici, con una spartizione dei raggi d'azione ed una divergenza delle linee di sviluppo che provocano mancanza di confronto e di osmosi e di arricchimento reciproci. Mentre proprio Galileo aveva ricordato, nel *Dialogo sopra i massimi sistemi*, come Platone avesse fatto incidere, nella parete di accesso all'Accademia, il motto «Non entri nessuno che sia ignorante di geometria», testificando così che non poteva non essere motivo di crisi della conoscenza e della civiltà stessa l'esistenza di due culture diverse e lontane.

Ma il vento è cambiato, nell'ultimo decennio. John Brockman si è fatto promotore, ad esempio, di una iniziativa sul web volta a superare la dicotomia fra scienza e umanesimo (come anche, ultimamente, la rivista «Seed») ed a giungere all'esistenza di una 'terza cultura', capace di instaurare un dialogo proficuo trovando un terreno comune nell'uso delle nuove tecnologie. E non è un caso che l'attenzione mediatica sia oggi rivolta soprattutto ai fisici e agli astrofisici, i visionari che perlustrano i confini della conoscenza, dalla quantistica di Carlo Rovelli alle origini del Big Bang di Christophe Galfard. La frattura fra le due anime della civiltà occidentale va sempre più sanandosi grazie al proliferare dei ponti fra le due sponde. Nella fluidità dilavante del nuovo secolo, la scienza costituisce un ancoraggio certo, a cui rivolgere le grandi domande sull'origine dell'universo e della vita, poiché nel suo vorticoso progresso finisce per toccare le corde più profonde dell'esistere. La saldatura tra umanesimo e scienza, irrinunciabile, trova la sua futura figura simbolica nel *global scientist*, in grado di elaborare attraverso l'interdisciplinarità una visione d'insieme: in questa prospettiva, è però vero che la tecnologia procede con un passo così veloce che le scienze umane faticano a tenerle dietro; e che per un umanista è certamente più difficile entrare nel regno dei numeri, mentre è più praticabile il processo inverso.

Lo dimostra Francesco Marincola con *The wise men of Pizzo*, scritto in inglese nel 2014, dopo una lunga gestazione interiore, ed ora provvidamente tradotto (come meglio non si potrebbe) in italiano. Scienziato di grande fama nel campo della biogenetica e, soprattutto, nello studio del melanoma, oggi direttore del Sidra Medical Center in Qatar, dopo aver lavorato per un trentennio in molti centri di ricerca americani ed essere stato a capo della sezione immunogenetica del prestigioso National Institutes of Health, Marincola – affascinato dalla cultura umanistica, di cui peraltro è imbibito da sempre – dopo avere scrutato con esiti di assoluto rilievo nei labirinti misteriosi delle cellule ha voluto affrontare una nuova avventura, un diverso viaggio verso l'ignoto, percorrendo i meandri altrettanto criptici della vita, della memoria, del dolore esistenziale. E lo ha fatto constatando, *à rebours*, la similarità fra la strategia che usa quando scrive i saggi scientifici, in cui gli «piace presentare prima la conclusione e poi dissezionare i passi che vi conducono», e quella che si è trovato ad usare quando ha elaborato il romanzo, in cui «la storia è stata scritta al contrario, dalla fine all'inizio». La «vera vita», d'altronde, «inizia al suo crepuscolo», così come «la rivelazione della sua essenza giunge, se lo fa, alla fine», quando gli sparsi frammenti e segmenti si ricompongono in un flusso unitario per l'occhio che li ripercorre trovandovi, soltanto allora, il filo che li lega e li semantizza.

Cosmopolita per professione e temperamento e curiosità intellettuale, Marincola – una volta doppiata la boa della terza età – ha avvertito insopprimibile la pulsione di ridare un epicentro profondo alla propria esistenza, riappropriandosi di radici mai divelte e ricostruendo un'identità dispersa in lunghe diaspore, nel momento in cui si è accorto di essere pervenuto a quello stadio della vita in cui l'uomo è consapevole di avere già vissuto. Avendo le cose perduto il loro potere di rivelazione, gli anni futuri non potranno che essere l'illuminazione di quelli già passati, colorando il presente del loro riflesso. L'infanzia e l'adolescenza, come anche buona parte della giovinezza, rappresentano l'inventario dell'universo; e ciò spiega come e perché gli scrittori abbiano trapiantato il loro mondo originario – con la ricchezza delle sue inquietudini conoscitive e delle sue articolazioni fantastiche – nelle peregrinazioni erratiche in realtà e terre diverse, nutrendolo di nostalgia e di desiderio, con le intuizioni dell'infanzia e la densità delle memorie che si riaccampano vive e vere dal contatto con mondi irrimediabilmente dissimili. Come altre, quella di Marincola è una riappropriazione che si compie attraverso un *nostos* al paese magnogreco d'origine, Pizzo, nel cui seno lenitivo torna dall'America il «signorino Giuseppe», scienziato medico di fama, facendosi captare dalla mediterraneità accidiosa dell'«ora contro l'ora» e dal caldo respiro umano della sua sonnolenta quotidianità.

È un diasporato, Giuseppe, che giunge con un passato in crisi anche coniugale – per la diversità delle radici e delle civiltà – e che spera di fare ordine nella dispersione/depressione che lo ha fagocitato. Al primo impatto la cittadina, che siede su una roccia lambita dal mare, dà una «gratificante impressione di splendore», alla quale ben presto subentra un dilagante senso di noia, in un luogo in cui «solo le abitudini prosperano, come l'edera che avviluppa i muri del castello», legato alla prigionia e all'esecuzione di Gioacchino Murat, l'unico evento dopo la sua fondazione, nel secolo XII a.C., che consenta a Pizzo una fugace apparizione sul proscenio della storia. Il tedio è infinito soprattutto nelle ore sacre della «cuntrura», immancabilmente dedicate nei mesi estivi al sonno postprandiale. Allora tutto si ferma fra i muri arroventati dal sole; e la luce mediterranea abbacina con il suo turgore calcinante, mortifero, tanto che il visitatore occasionale, in quelle ore, anela solo ad andare via al più presto e si chiede come sia possibile vivere lì, in quel tempo immobile. Poi, con l'acquietarsi della vampa solare, la vita torna a pulsare ed il narratore, con sguardo antropologicamente lento e avvolgente, ne coglie i fremiti e le presenze che si coagulano nella «Chiazza», il salotto cittadino che ha ad epicentro il mitico Bar Gatto, in cui i maggiorenti siedono ai tavolini e la vita comune viene da loro «discussa ed elevata a concetti che sono poi uniti in un grandioso sistema filosofico».

Viene accolto dalle consuete domande che si rivolgono all'emigrato nell'atmosfera sonnolenta e infiltrante del paese, in cui sembra non possa esserci altro modo di vivere che nel mangiare e nel bere e nel discettare, e alle quali Giuseppe risponde tentando di esprimere decorosamente «il pensiero di più di trecento milioni di persone distribuite su cinquanta stati». Nuovamente viene ripreso dalla «magia di Pizzo», dall'assuefazione a una vita scandita dai ritmi rassicuranti delle ore sempre consuete, degli interlocutori sempre uguali, delle meditazioni che scaturiscono dal chiacchiericcio banale per inerpicarsi improvvise e dense fino agli enigmi che rendono imposseduta (e forse impossedibile) la vita. Nella riunione quotidiana attorno ai tavolini del Bar Gatto prendono corpo i compartecipi al rito della Chiazza (il Professore, il Marchese, l'Avvocato, il dottor Riga, don Pino): gli interlocutori che saranno le voci musive della riemersione di una vita breve, di una vicenda entropica, dalla voragine del tempo, in una dimensione corale in cui le individualità testimoniali, i *background* di ognuna delle loro vite, emergono per cenni discreti, ivi compreso Giuseppe. S'instaura così un sapiente gioco metanarrativo: Giuseppe è un io narrante che non aggetta con i suoi problemi esistenziali o – se non necessitato – con le sue competenze mediche: alleggerisce la diegesi con ironici e prensili colpi di penna (il buddismo è «una versione ascetica del Prozac») o la aderge talvolta in sommesse e spaurenti riflessioni esistenziali sul Tempo e «sul grande schema delle cose». Ma Giuseppe si sdoppia anche con calibrati trapassi nella terza persona di sé, per distanziare l'io personaggio dall'io narrante e per divenire voce di questa coralità musiva, della quale è narratore di secondo grado: coagulo di lacerti diversi attraverso cui si ricompone il transito breve di una vita bruciata, appena abbozzata autobiograficamente in un quaderno (ed è un altro tassello metanarrativo) e poi punteggiata in un coacervo confuso di appunti.

È la riemersione del *memoir* di Alessandro – rimasto a uno stadio iniziale ed ombrato di silenzi – a innescare la strategia narrativa della storia entropica di una vita, che si ricompone nei suoi segmenti rivelatori dalla pluralità di voci che la fanno riaggallare dall'oblio. Alessandro è un fantasma che ritorna, un'ombra abitata, con il suo carico di inquietudine e di *maladjustement*: bisogna fare i conti con il passato; bisogna diradare l'ombra che lo ha fasciato in vita e che ha continuato a nasconderlo anche dopo la sua scomparsa, da Pizzo e dalla vita. Il quaderno e gli appunti sono come un richiamo muto, che attende il suo scioglimento nella *pietas* di chi va ad alzarne il velo. In tal senso le voci degli uomini saggi e antichi – i corifei della drammaturgia – intonano anche una sorta di epicedio per una vita stroncata a trent'anni, per contagio di Aids (l'indice temporale di *Philadelphia* situa il romanzo tra gli anni sessanta e novanta), da una morte non temuta ma attesa, come oblazione di una colpa che la sensibilità acutissima di Alessandro aveva amplificato fino all'autodistruzione. È il ritorno di una esistenza «evaporata col tempo» – fra le tante che la memoria dei luoghi richiama irresistibilmente al deuteragonista – e che era stata dimenticata (o rimossa) da Giuseppe, che pure l'aveva praticata nella condivisione dell'adolescenza, subendo il fascino carismatico del personaggio, ma che ora si accorge di avere vissuto intravedendola appena, senza essere riuscito a penetrare nell'enigma di quella vita e di quel dolore, sebbene Alessandro non gli avesse nascosto il suo nichilismo, che però aveva radici incondivise e ben più profonde.

L'amicizia era nata su un campo di calcio ed era stata totalizzante fino a quando li aveva separati la diaspora alla volta delle rispettive città universitarie, realizzando il sogno della fuga dal microcosmo cittadino, quello che gli adolescenti nutrivano guardando l'infinità del mare dallo Spuntone roccioso, al tempo stesso luogo fisico e simbolico. Per coloro che li avevano nutriti, i sogni erano rimasti lì dove avevano avuto origine, dopo il fagocitamento nella prosa della vita quotidiana. Alessandro, invece, non li aveva dovuti abbandonare perché non li aveva avuti. Dotato di sconvolgente bellezza e fascinazione, viveva con maledettismo la carica autodistruttiva che portava e nutriva in sé; e con indovinata intermittenza fra passato e presente, fra *flashback* e *flashforward*, si profila per scorci, per frammenti ripescati dalla memoria collettiva dei corifei e simbolicamente rivelatori, le tappe essenziali di un percorso di iniziazione all'entropia; la rivolta, vinta, contro il dominio matriarcale e insindacabile della Nonna, raccontato in chiave ironica con il registro dell'epica (e già segno di predestinazione); l'amore come scambio puramente corporeo, che lo ha reso incapace di amare; la scoperta della forza distruttiva che esercitava sull'altro sesso, attraverso il suicidio di Gianna; l'incrinarsi del mito della Nonna, quando la scopre in preda alla paura di morire, ed il suo riaccamparsi, quando lei si fa portare, prima del trapasso, un bicchiere di *champagne*; e, soprattutto, la consapevolezza – distruttitrice – del potere feudale e criminoso che un membro della sua famiglia altolocata esercita. Gonfiato proditoriamente di botte da un coetaneo, per un occasionale dialogo con una ragazza, era poi venuto a sapere che il resoconto di quella disavventura, fatto allo zio, era costata la vita al ragazzo, con feroce e spropositata vendetta, originando un complesso immedicabile di colpa (il lapidario «E si arrese», in fine di capitolo) che lo aveva condotto a cercare l'espiazione nella rimozione da sé di ogni spinta positiva.

Viene così a disegnarsi – senza stereotipi, e con intelligente uso dell'intui-tivo – un itinerario antropologico nella società calabrese, feudale (pure sessualmente) e matriarcale, omertosa e feroce, imbibita dal codice 'ndranghitistico e – al tempo stesso – in transito verso una nuova dimensione. E anche i corifei, i saggi della *old generation* che si radunano al tavolino del bar, vengono profilati ad intermittenza, per cenni discreti, nella quota di delusività che nutrono interiormente: il dottor Riga, che ha cercato una impossibile ascesi nella Verna come in Mongolia (alberi), prima di murarsi senza più aneliti nella solitudine di Pizzo, ma praticando il motto ebraico di lasciare «il mondo un po' meglio di come l'ho trovato»; don Pino, prete senza vocazione, destinato dalla famiglia al sacerdozio per sfuggire alla condizione proletaria, ma che, malgrado questo, adempie con dignità ed umanità il suo ministero religioso; e la figura più carica di risonanze, il Marchese, ombrato da una infuggibile malinconia, che si chiarifica solo in ultimo, quando confessa di essere stato il vero padre di Alessandro, concepito a Sirmione con una donna adultera, come lui malata di depressione: una congiunzione che ha in sé una sorta di presagio e un'impronta di condanna ereditaria, tanto più che l'idillio si è consumato in un luogo catulliano di amore e distruzione. Ma loro, i *wise men*, sono almeno rimasti verghianamente attaccati come ostriche allo scoglio, preservandosi malgrado tutto nel seno rassicurante del microcosmo; mentre la *new generation*, quella che più ha sofferto sulla propria pelle la scissione fra il vecchio e il nuovo, fra un mondo assorto nei suoi ritmi secolari e l'altro in evoluzione vertigionosa e (forse) entropica, ne è rimasta ulcerata o travolta. Come attesta – al di là del caso di Alessandro – anche quello di Peppino, che si è suicidato perché incapace di accettare il frantumarsi del suo nucleo familiare: un dramma rivelato in modo reticente durante una gita in barca, ferma al centro del Golfo, quando l'orizzonte sembra poter essere «dimenticato e la sua vacuità superata dalla cresta delle onde».

———————

Ma la rivelazione più importante su Alessandro proviene da Giuseppe, che nel comporsi inedito della storia dell'amico va scoprendo tangenze e specularità e dissimilazioni con la propria crisi esistenziale, operando così una chiarificazione subliminare di sé che non era mai riuscito a fare sino ad ora. Dopo la diaspora che li aveva divisi, da ventitreenni sono tornati a condividere un breve periodo a Montecarlo, in seguito a una telefonata d'invito da parte di Alessandro, che rompeva un lungo silenzio. Con due donne mature e belle vivono su uno yacht, una «Alcatraz galleggiante», qualche settimana di sesso compulsivo nel mondo del lusso e della noia, quello in cui Alessandro si è acquartierato, facendo il gigolò. Sottratto a un incombente esame universitario, Giuseppe ha modo così di sperimentare la vacuità e la dissipazione di un microcosmo elitario, chiuso nel suo modo di (non) vivere se non nel segno di una ricchezza smodata e inutile; e, soprattutto, di ascoltare la confessione non reticente dell'amico, che si mette a nudo con empietà autopunitiva, ma senza rivelarne le cause scatenanti. È un'anima perduta, «pateticamente sola», che consuma giorni senza nome, in preda a una depressione clinica che lo mina come una infezione parassitaria e dovuta alla disconnessione fra l'io profondo e la realtà, che non gli consente di vedere la vita come un tutto («il futuro non esiste», «solo il passato si accumula»; i pseudo-obiettivi della vita «mettono in attesa l'infelicità», ma solo per un momento possono distrarre «dall'angoscia interiore»). E in questo specchio Giuseppe – che gli consiglia di scrivere un diario anamnestico e terapeutico, che lasci una scia dando «uno scopo a una vita senza scopo», e rimasto emblematicamente soltanto allo stadio iniziale – sperimenta la vacuità e la perdizione ed è sul punto di divenire un altro Alessandro, ma poi ha la forza di risalire alla superficie, sottraendosi alla fascinazione del vuoto, ma senza credere nella vita che poi ha percorso.

Come confessa in ultimo a don Pino, continua ad ammirare la coerenza di Alessandro, che ha guardato la vita nel suo vuoto e «ne ha costruito uno più grande», uccidendosi giorno dopo giorno; mentre lui – come Alessandro in preda alla depressione ed alla solitudine, che hanno minato il suo rapporto coniugale – è rientrato nel conformismo delle scelte, senza avere il coraggio di infrangerle; e si accusa di accidia, di esistenza onanistica, di incapacità di dare una svolta alla propria vita. A salvarlo, in realtà, è stata la persistenza delle radici, che non ha mai resecato del tutto: non si è consegnato ai marosi, rimanendo in qualche modo abbarbicato a uno scoglio, a un ancoraggio, rappresentato dalla ricerca scientifica, che è anche proiezione di sé verso gli altri (la metafora degli alberi ombriferi, «piantati per noi molto tempo fa» da chi sa che non potrà goderne); ed ha già messo in atto quanto gli suggerisce don Pino (una rimodulazione del leopardiano *Dialogo di Plotino e di Porfirio*: «Se sei infelice di cose che sono sotto il tuo controllo, esercita il tuo potere e cerca di essere felice. Fallo non solo per il tuo bene, ma piuttosto per il sollievo dell'infelicità altrui. Se però decidi di non farlo e di sacrificarti per la felicità di altri, allora fallo ugualmente [...] e sii coerente con questa scelta») nel corso di un colloquio-confessione in cui il sacerdote ne pone a nudo la indolenza egocentrica, l'alibi di ingrandire i problemi per non doverli affrontare quando sono ancora piccoli. Scisso fra il continente americano e il microcosmo natio, fra la modernità più avanzata e il *background* della tradizione, Giuseppe prende consapevolezza di una identità nascosta (e salvifica) che ha continuato a operare nel suo io profondo e che ha riscoperto proprio attraverso il contatto con i *wise men*. Ora può ripartire, ritornare ad essere un noto scienziato, avendo attinto (ma non è un *happy end*) una forma liminare di atarassia: i problemi esistenziali, se ricondotti alla giusta dimensione, sono spinosi ma non esplosivi; la bussola non è più impazzita e il tempo, forse, può ancora essere umano.

Romanzo captante dell'autodistruttività nascosta, della negatività endogena, ma soprattutto del ritrovamento delle radici, della memoria, della identità, e storia corale di una comunità e di un mondo, quello calabrese, che qui trova lineamenti difficilmente dimenticabili, *The wise men of Pizzo* si legge con autentico trasporto, per una felicità del narrare che solo la verità del vissuto può imprimere alla scrittura. Per scorci, per frammenti, per figure riemerse dal dilagare dell'esistere, dalla voracità disintegrante e ammorbata del presente, si disegnano i lineamenti nitidi di un tempo che è stato, montalianamente, misurabile (poiché – sottende Marincola – fuori da una comunità umana non c'è che solitudine, prigionia esistenziale; e possiamo mutare pelle, divenire altro da ciò che siamo stati, ma non disamare il tempo della nostra adolescenza), contemperando in movimenti alternati, con semplicità ed pregnanza diegetica, l'io adolescente di un tempo e la coscienza acuta dell'oggi, rivissuti attraverso il filtro di un io adulto che ferma un mondo, un tempo e un luogo nei suoi grumi essenziali, nelle sue figure emblematiche. Come lo scrittore afferma nella premessa, ad un certo punto gli si è imposta, in modo insopprimibile, l'esigenza di dar voce a questo mondo, sedimentato e concresciuto nel suo immaginario con la necessità di un fatto di natura, ed ha 'dovuto' scriverlo, sconfiggendo il timore di entrare in un campo non suo. Chi si trova a vivere la sommersione di un mondo non deve piangerlo, ma trarne memorie: per impedire che si franga il filo vitale con ciò che siamo stati; e questo avviene quando più forte si fa lo scontento del tempo ci si trova a vivere, quando il malessere quotidiano, che stiamo attraversando, genera per antitesi, per contrapposizione vitale, l'accarezzamento di un microcosmo chiuso e compatto nel suo respiro profondamente umano, ma non idealizzato, non scisso dal macrocosmo storico-sociale e dall'entità del vissuto. Qui, nella dimensione atipica che solo un non-scrittore può attingere, è anche il grande pregio di questo romanzo d'esordio, che restituisce la microstoria di una cittadina con autentica efficacia espressiva, tracciando attraverso le figure dei suoi personaggi – così individue, così tipiche di quella realtà – un transito generazionale che si ripete da sempre: quello della dispersione di un mondo, chiuso e compatto nei suoi stretti orizzonti, prima che il guscio si franga. Con suggestivo effetto-conchiglia Marincola non ha alterato, non ha intellettualizzato la vena di poesia che promanava da quel piccolo mondo. Per trasmettercela compiutamente. Relazione tenuta nell'Aula Magna dell'Università di Sassari, il 16 marzo 2016, in occasione del conferimento a Francesco Marincola del Premio "Corrado Alvaro" 2016, quale 'Calabrese illustre."

Aldo Maria Morace (Presidente Fondazione Corrado Alvaro)

Introduzione

di Laura Caria

Quando Francesco si è cimentato a dare forma a questo romanzo, dietro sollecitazione del figlio Jamie, non credo che immaginasse fino a che punto questa avventura letteraria sarebbe arrivata.

È importante ricordare che l'autore non è uno scrittore di professione, di quella categoria che dedica la propria esistenza a nutrire l'anima dei propri lettori; la sua professione da oltre trent'anni è pur sempre al servizio degli altri, ma del loro benessere fisico (e quindi, si potrebbe arguire, anche spirituale!).

Questo traguardo, che oggi possiamo toccare, leggere, assaporare, è dunque ancora più encomiabile.

Ed ugualmente rilevante è il fatto che Francesco abbia costruito la sua vita professionale e sentimentale negli Stati Uniti, accantonando a lungo il senso di appartenenza alle sue radici ed abbracciando quasi totalmente un paese e una cultura distanti dal proprio.

Che cosa, quindi, lo ha spinto all'improvviso a dare vita a questo romanzo, che è per metà un racconto della memoria e un ritorno alle radici e per l'altra una riflessione vera e profonda sulle debolezze umane, sulle nostre paure più intime, sul senso di fallimento che ci portiamo dentro, a prescindere dal prestigio, dalla notorietà, dal successo che ognuno di noi può, nella sua misura, avere raggiunto nel corso della propria vita?

Con l'incalzare degli anni, un sentimento meno familiare ai più giovani, naturalmente proiettati nel loro presente, sembra prendere il sopravvento: la nostalgia.

Si diventa più sentimentali e l'animo di chi vive lontano è più vulnerabile all'impeto delle emozioni che si accavallano al ritorno "a casa". E uno dei modi di esprimere queste emozioni e questi sentimenti per le proprie origini e la propria terra è quello di affidarci a delle memorie scritte, sotto forma di diario o, come nel caso de *I Saggi di Pizzo*, di un romanzo.

L'intento è duplice: ri-conoscere la propria identità e risvegliare il senso di appartenenza ad un paese; lasciare una testimonianza che possa essere rivisitata e ripercorsa da chiunque sia spinto dal desiderio di conoscerci meglio e di comprendere la realtà che ha caratterizzato la nostra giovinezza contribuendo a fare di noi ciò che siamo oggi.

Cercare, insomma, di conferire una certa grazia e dignità alla fase più matura della nostra vita!

Cesare Pavese, nel suo capolavoro *La Luna e i Falò*, affermava: "*Un paese ci vuole, non fosse che per il gusto di andarsene via. Un paese vuol dire non essere soli, sapere che nella gente, nelle piante, nella terra c'è qualcosa di tuo, che anche quando non ci sei resta ad aspettarti.*"

Il protagonista, Giuseppe, ritorna nel Sud Italia dall'America, il paese che rappresenta "l'antipaese", tutto ciò che Pizzo non è.

L'America, con i suoi giganteschi centri commerciali dove Giuseppe si sente perso; con i suoi ritmi frenetici ed efficienti, dove la quiete e l'immobilità di un primo pomeriggio tipicamente meridionale (la *contrura*), quando il riposo è d'obbligo, sono semplicemente inconcepibili.

Francesco, nelle parole di Giuseppe, quasi a mo' di tributo, fin dal capitolo I vuole, di contro, dare risalto ai colori e ai profumi di una natura prettamente mediterranea; alla quiete e all'inerzia della "*contrura*", turbata unicamente dalla cadenza dei rintocchi dell'orologio alternati a quelli delle campane della chiesa; al ciclo immutabile delle abitudini che si snodano inevitabilmente intorno alla "chiazza", fulcro del paese, non solo geografico, ma anche di tutti gli eventi sociali degni di attenzione.

Perfino la spesa diventa un rituale, nell'aggirarsi tra i pochi rivenditori, nella scelta limitata di prodotti rigorosamente di giornata, nell'essere riconosciuto e servito con deferenza.

La storia prende vita dalle riflessioni più o meno esistenziali e dal desiderio di esplorare l'animo umano e trovare risposte a dubbi atavici di un gruppo di amici, personaggi rappresentativi della vita sociale del paese, dall'Avvocato al Professore, al Marchese o al Parroco.

Per ognuno di essi, Francesco offre un piccolo cammeo di caratterizzazione che scolpisce perfettamente il loro ruolo e la loro collocazione sociale all'interno della vita del paese.

Il più riservato e apparentemente meno presente nello scambio concitato delle conversazioni che nascono intorno al tavolino è forse proprio il padre di Giuseppe, che però interviene con delle considerazioni così profonde, vere perle di saggezza, da spingere il lettore a soffermarsi e a riflettere. .....*"La vita ci riserva spesso pillole dolci-amare, ma se non ci sentiamo soli e possiamo condividere l'amarezza, le nostre sofferenze acquistano un senso e ci aiutano a crescere...."* (Cap. IV)

Pizzo rappresenta l'unico punto di riferimento e il solo luogo di appartenenza per tutti questi signori. La sola idea di espatriare è bizzarra e inimmaginabile. Ecco che, dunque, Giuseppe risulta essere il Dottore degno di grande stima e rispetto ma pur sempre un emigrato, l'"Americano", che rivive solo di riflesso e per brevi periodi i meccanismi di una realtà provinciale come quella di un piccolo paese del Sud Italia.

Dovunque si trovino i nostri gentiluomini durante le loro escursioni pomeridiane - che sia allo Spuntone, o alla Chiesa di S. Giorgio, o al Castello - è come se un richiamo inevitabile, come una calamita, venisse esercitato verso la *Chiazza*, dove ognuno converge, al tavolino del Bar Gatto, consapevole di ritrovare gli altri, così, naturalmente.

Ritrovarsi per dare un senso alla propria realtà, per esprimersi liberamente, senza inibizioni, per trovare conforto nella ritualità delle abitudini e dei comportamenti, tipica delle giornate tutte uguali del paese.

Il racconto è montato come un continuo andirivieni tra il piano della contemporaneità e il piano del passato, tra il piano del ricordo e quello della coscienza. Memoria e realtà si saldano in maniera inestricabile.

Le vicende personali di Alessandro, amico di Giuseppe dai tempi della scuola, prendono vita nei ricordi, nei commenti e nelle personali vicissitudini espressi, o piuttosto confessati, a turno dai nostri amici. E dalle memorie dello stesso Giuseppe, che ad Alessandro è legato a doppio filo pur nella loro profonda diversità.

Alessandro, nella sua aura aristocratica che gli conferisce un carisma unico, è così più sfrontato, temerario, alternativo rispetto al cauto e conformista Giuseppe.

L'amicizia tra i due sarà funzionale alle tante storie che si snodano nel ricordo di un Giuseppe sempre più immerso nell'apatia fisica delle giornate pizzitane, ma non, appunto, nel desiderio di ricordare.

Eppure, dai vari eventi di cui veniamo a conoscenza sulla vita di Alessandro, emerge un quadro talvolta contraddittorio, sorprendente sulla personalità travagliata di questo ragazzo.

Schivo, solitario, di buon carattere, dalla bellezza raggiante, egli è un "mito", tanto per i suoi coetanei che per le ragazze che hanno occhi solo per lui e delle quali lui a stento si accorge.

D'altro canto, questa sua natura placida e riservata stride con gli accadimenti di cui Alessandro è protagonista, coinvolto com'è in sfide violente, pestaggi e conseguenti salvataggi provvidenziali da parte dei suoi amici.

Talvolta, come dopo la sconfitta inflitta in una partita di calcio, si ritrova, suo malgrado, vittima inconsapevole; in altre occasioni, invece, il suo sarcasmo risulta estremamente provocatorio, permeato com'è da un compiaciuto senso di superiorità (dovuto alla sua origine altolocata) e quindi mal tollerato dai bulli dell'entroterra, come il fidanzato di Marilena.

Ma Alessandro non è solo il nipote prediletto che non esita a ribellarsi contro la Nonna per poter rincasare più tardi nelle calde serate estive, o ancora, il nipote che trova rifugio nella tenuta dello zio Don Antonio, la cui descrizione catapulta il lettore nelle atmosfere tipiche de "Il Padrino".

Alessandro galleggia nella consapevolezza di essere un "eroe" nella realtà di un piccolo paese di mare dimenticato da Dio e dagli uomini. Di essere alla ricerca di orizzonti più ampi che teme di non riuscire mai a raggiungere e fare propri (Cap. II).

Allorché si appresta a lasciare Pizzo per trasferirsi a Milano, Alessandro confida a Giuseppe di sentirsi in balia di un vortice che lo risucchia e che lo allontana incessantemente dal cielo, dalla luce, dalla salvezza, rendendolo schiavo delle sue decisioni e innescando un meccanismo fatale di continua ricaduta. Quasi una rivisitazione dell'Inferno dantesco.

Ciò che Alessandro avverte in particolar modo, spalleggiato forse anche da Giuseppe, è il peso dell'eterno conflitto fra l'immagine che vogliamo trasmettere di noi stessi agli altri e la nostra vera essenza, con le sue intime paure, le sue debolezze, le sconfitte. Il richiamo verso una vita più alternativa e avventurosa a cui però fa subito eco il senso di protezione che i canali più convenzionali sono lì, pronti ad offrirci e che ci riportano miseramente con i piedi per terra.

Viene spontanea l'associazione all'inettitudine di Zeno (dal famoso romanzo di Italo Svevo) intesa come incapacità di agire, di portare a termine un qualsivoglia progetto di vita.

Con riflessioni introspettive come queste, Francesco alterna in modo naturale e commovente il racconto della coscienza a quello del ricordo.

In modo analogo, talvolta, l'autore rompe, senza premessa, l'illusione del racconto e si rivolge direttamente al lettore il quale viene sottoposto ad un monologo interiore, una sorta di autoanalisi, nell'esplorare questioni e interrogativi di carattere esistenziale in cui non è difficile identificarsi.

"Non è forse così che va la vita di tutti noi? Non finiamo troppo spesso per procrastinare ciò che più ci sta a cuore per dedicare invece il nostro tempo a banalità di cui faremmo volentieri a meno?" (Cap. II)

La Nonna è l'unica cui Alessandro è devoto e verso la quale egli esterna esplicitamente affetto.

La Nonna, nella sua forza e determinazione, è la figura femminile preminente del romanzo, altrimenti popolato da soli uomini, come si conviene in un paesino del profondo Sud Italiano.

La madre di Alessandro, Anita, rimarrà nell'ombra fino all'ultimo capitolo, quando un colpo di scena ce la presenterà in tutta la sua audacia, nel desiderio di abbandonarsi e vivere pienamente le emozioni che, anch'ella, ha tenuto sepolte per tutta la sua vita.

"Due poli negativi fanno uno positivo; due persone "morte" (dentro) fanno un'anima che ha voglia di vivere." (Cap. VIII)

Ophelia, la facoltosa amante anglosassone di Alessandro con la quale egli condivide giornate surreali di ozio e di vuota inattività - fisica e intellettuale -, ci apparirà anch'ella in una luce tutta diversa, leale e affezionata, al capezzale di Alessandro e poi in visita al cimitero con il Marchese e Giuseppe, nell'ultimo capitolo.

Che i personaggi del romanzo siano fittizi o realmente esistiti, non ha poi molta importanza. Vivranno adesso comunque per sempre, grazie a queste pagine che hanno fermato nella memoria non solo le persone con le loro vicissitudini e storie personali, ma anche i luoghi, i profumi, i sapori di una terra, quella sì, certo, reale e cara, soprattutto a persone come noi - l'autore e la sottoscritta - che se la portano nel cuore nel loro continuo peregrinare.

È per questo - e per molto altro ancora - che ringrazio Franco infinitamente di avermi chiesto di contribuire con questa introduzione alla traduzione italiana del suo libro e avermi dato così l'opportunità di ritornare anch'io a rivivere atmosfere, sensazioni e luoghi a me così vicini seppure fisicamente così lontana.

Prefazione

Quando, all'inizio, ho concepito questa storia, l'ho chiamata "I sapientoni di Pizzo". Poi ho cambiato il titolo in quello attuale, per rispetto verso i suoi personaggi, che un tempo, non avendo molto altro da fare, si imbarcarono nell'onorevole compito di discutere accademicamente e di risolvere in modo sistematico, se non tutti, almeno alcuni dei problemi più rilevanti della vita. Ciononostante, i lettori dovrebbero sentirsi assolutamente liberi, nello svolgere il proprio compito, di scegliere da soli la designazione che considerano più appropriata.

Questo manoscritto è in effetti basato su una storia vera, ma non quella di un uomo o di una donna specifici, eroe o eroina, principe o principessa, marionetta o imperatore. È invece una storia cumulativa, narrata da voci che sognavano di lasciare un'eredità alle generazioni a venire. Questa non è neppure la storia della mia vita, per quanto in alcune circostanze lo possa sembrare. Tranne poche eccezioni, ogni parola – nome, aggettivo o verbo – è pura finzione. Tuttavia questa storia è più densa di verità della vita pedante cui siamo abituati, che perlopiù segue un andamento piatto, con rari picchi dai quali potremmo coglierne l'essenza. Qui ho cercato di sfrondare la storia di tutte quelle insulse distrazioni che sgorgano dalle acque basse dell'esistenza quotidiana per concentrarmi su episodi che, di tanto in tanto, elevano i nostri pensieri e risuonano nel misterioso abisso della nostra coscienza. Chiedersi se i personaggi siano realmente esistiti o se siano solo il frutto dell'immaginazione è vitale come chiedersi, fra due secoli, se ciascuno di noi sia veramente esistito. Come chiedersi se le note di una composizione musicale siano reali: una simile informazione è irrilevante per il fascino di una sinfonia.

L'Autore
Francesco M. Marincola

La Chiazza

Pizzo è una piccola città adagiata su una roccia di fronte al Mar Tirreno. Il suo nome antico è Napitia, che deriva dal nome del capo dei Focesi[1] Napeto, che la fondò nel XII secolo a.C. È per questo che i suoi abitanti si chiamano Pizzitani o Napitini, a seconda del livello d'istruzione, dell'umore, dell'inclinazione e dei vezzi dell'interlocutore. In italiano, qualcuno definirebbe Pizzo anche "ridente", che letteralmente significa "sorridente". In effetti, vedendola da lontano in una giornata di sole e con un bel po' d'immaginazione, si potrebbe cogliere un sorriso disegnato dall'architettura irregolare delle case, ammucchiate l'una sull'altra come in una scena della Natività. Ma questo non dovrebbe lasciare nell'osservatore un'impressione falsa sugli abitanti, perché Pizzo condivide, con ogni altra città in Italia e nel Mondo, la stessa proporzione di sorrisi e lacrime, felicità e dolore.

A un visitatore, al suo arrivo, Pizzo offre una gratificante impressione di splendore non ancora scoperto. Sulla terrazza si sente una fragranza mista di basilico e gelsomino mescolata alla salata brezza marina. Nel giardino pensile, l'albero di limone è carico di limoni giganteschi e, insieme alla sua ombra, il verde scuro delle foglie e il giallo dei frutti disegnano un kirigami[2] sul muro bianco candido, dove un geco solitario si crogiola al sole, indisturbato dal nuovo arrivo. Gli occhi cercano un fascino esotico, scorrendo su una miriade di pixel di luce sparsi dall'agitato mare azzurro. Le mutevoli nuvole ravvivano il cielo blu, suggerendo che un evento significativo stia per verificarsi. Le rondini volteggiano in alto esibendo le loro abilità aereonautiche e un piccione, avvisato dalle voci, atterra sulla terrazza, mettendo alla prova la generosità del nuovo venuto. L'ammirazione erompe dal petto del visitatore, perché cresce la speranza che qualcosa di speciale e autentico, qualcosa di mai sperimentato prima, stia per accadere.

---

[1] Popolazione di origine greca anticamente stanziata in Asia Minore, nel nord dell'attuale Turchia.

[2] Tecnica giapponese di intaglio e piegatura della carta, simile all'origami.

Ma presto l'occhio è sazio di bellezza, il naso di fragranze, lo spirito è placato dagli effetti della contemplazione e inizia una seconda fase, che segue un crescendo e un diminuendo come le ondate che schiaffeggiano la sabbia, mentre la tempesta aumenta per la forza dei venti sfrenati. Prima leggera e alla fine opprimente, una palese sensazione di noia sopravviene col comprendere che a Pizzo non si può fare molto tranne mangiare, bere, ammirare il paesaggio e ascoltare regolarmente le campane della chiesa che segnano il tempo della cittadina. A tal proposito, è possibile che qualcuno abbia volutamente stabilito un legame tra l'orologio e quelle campane per interrompere l'assolutezza del silenzio e scoraggiare così l'assurda deduzione che a Pizzo non accada assolutamente niente.

Il tedio aumenta nelle ore immobili che seguono il pranzo. Da secoli e, forse, da più tempo, questa cittadina siede a cavalcioni della roccia che sorge dal mare. Sia che la pioggia lavi i suoi tetti rossi o che il sole arroventi i suoi bianchi muri, non molto è cambiato a Pizzo e solo le abitudini prosperano, come l'edera che avviluppa i muri del castello, a incarnare la struttura della vita della città. Tra i rituali, la "cuntrura", che letteralmente vuol dire "l'ora contro l'ora", è il momento magico del primo pomeriggio in cui tutto si ferma e gli uomini, prendendosi una pausa ben meritata dai doveri quotidiani, vanno dalle loro donne e a un pranzo luculliano che li attende a casa. Mi rendo conto, mentre scrivo, che nei tempi moderni, anche per la dimenticata città di Pizzo, il concetto delle donne-serve che attendono a casa i loro uomini è irrealistico, arcaico e inappropriato. Tuttavia vorrei prendermi la libertà letteraria, qui e da qui in avanti, per il bene di questa storia senza tempo, di perseverare nei pregiudizi ben radicati con i quali viene ricamata la percezione dell'Italia meridionale.

Dopo pranzo, l'abitudine richiede un pisolino ugualmente meritato, abbellito dal placido ritmo di un russare in vari toni e intensità echeggiante le onde che si frangono sulla riva. Di tanto in tanto un cane randagio o un gatto vaga per le strade sapendo che non c'è niente da fare; così fiuta in giro, sospira, si sdraia all'ombra e, nel caso del più ambizioso degli animali, leccandosi meticoloso la pelliccia fino al termine della cuntrura.

Torniamo al nostro visitatore, ancora non adattatosi alla nuova vita, per il quale il tempo sembra non passare mai. Controllando al proprio orologio, si rende conto che la campana suona ogni quindici minuti per indicare l'ora e coglie tutta la lunghezza di quegli intervalli. Poi calcola che tale evento periodico dovrà ripetersi novantasei volte al giorno per due settimane, prima che venga il momento di partire. Presto bisognerà inventarsi qualcosa per riempire quello spazio, prima che la mente subisca un danno irreversibile. Perciò il visitatore si guarda intorno, prima nella sua stanza e poi in tutta la casa. C'è un bel po' di materiale da leggere che, con diligenza, si è portato attraverso le dogane e i controlli di sicurezza da paese a paese. C'è più di un tesoro sulle mensole vecchie e polverose dello studio. Ma poi il nostro visitatore pensa: "Che senso ha essermi fatto tutta questa strada fino a Pizzo per fare esattamente quello che avrei potuto fare a casa?" Ricorda vagamente quella visita aveva uno scopo, ma ora sembra così lontano. Aveva bisogno di una pausa, di un po' di tempo per raccogliere i pensieri. Le cose non andavano bene a casa. Aveva anche pensato a una separazione dalla moglie a causa di perenni problemi irrisolti. Uno stato di cose molto penoso; una situazione cui aveva fatto fronte con uno strano tipo di narcisismo compensatorio, un'autoindulgenza creata e mantenuta per proteggere un ego fragile. Ma ora, nella calma della cuntrura, nella santità del silenzio rotto dalle campane della chiesa, tutto sembra così remoto, distante e banale. La nobile risoluzione evapora gradualmente in una nuvola letargica che aleggia in fondo alla sua mente.

Alla fine, il nostro amico si avvicina con esitazione alla finestra per osservare la piccola area che gli Italiani chiamano "piazzetta" o, nel dialetto cittadino, "chiazzetta". E lì, con i gomiti sul davanzale, con le mani a sostenere il mento, aspetta, come i gatti e i cani, la fine dell'ora contro l'ora. Lì l'occhio, come quando si adatta all'oscurità, diventa conscio di cose che mai avrebbero oltrepassato la soglia della consapevolezza nella luce della vita normale: alcuni piccioni stanno beccando briciole invisibili, le rondini volano in cerchio per catturare quegli insetti sfortunati che non possono riposare nemmeno durante la cuntrura. Incoraggiato da questi promettenti segni di vita, il nostro visitatore trascina piano una sedia alla finestra per evitare di svegliare gli altri e, come un paziente pescatore, rivolge la sua attenzione giù alla chiazzetta, in attesa che accada qualcosa.

Non deve aspettare troppo a lungo: nel sole cocente, un gatto randagio segue furtivamente un topo, la sola cosa in movimento, mentre un cane sonnecchia all'altro angolo della chiazzetta. La coda del gatto è immobile, tranne alla punta, che oscilla nervosamente. Poi un balzo improvviso, mentre il topo scivola in un buco appena in tempo. Il gatto, apparentemente disinteressato, si lecca il pelo sul davanti e, inumidite le zampe, si rinfresca le orecchie. Poi va a riposarsi su uno scalino all'ombra. Il cane, che aveva alzato la testa, ingannato dal trambusto, sospira e torna a dormire, ricordando cinicamente a sé stesso che a quell'ora non accade niente a Pizzo. Il gatto, sentendosi inosservato, si riavvicina al buco del topo. Lo ispeziona con le narici per un po' di tempo, dando loro piena potenza, e poi vi si siede davanti. Il cane emette un respiro più profondo come per esprimere dolore per la trivialità delle cose mondane e ancora una volta torna a dormire. Non accade niente per un po' di tempo, finché il gatto non sbadiglia e così fa anche il nostro visitatore, mentre l'ombra di una rondine devia bruscamente sulla pavimentazione della chiazzetta: è proprio la cuntrura.

Improvvisamente, una donna che porta una gozza[3] per prendere l'acqua alla fontana appare in mezzo alla chiazzetta, seguita dallo scemo del villaggio, che non può parlare o sentire. La tocca in modo inappropriato mentre questa si piega a prendere l'acqua; lei si gira e gli dà uno schiaffo. Lui solleva una mano tra la bocca e il cielo come per afferrare una parola che non vuole uscire, mentre l'altra mano copre la guancia bruciante. Ancora una volta, la pace è ristabilita. Questi e simili affari di analoga importanza tengono occupato per un momento il nostro visitatore, finché la noia non bussa ancora una volta e lui decide di fare quello che avrebbe dovuto fare fin dall'inizio: mettersi a letto e aspettare un sonno misericordioso.

***

Ora passerò alla narrazione in prima persona, nei panni del visitatore, e a una mescolanza di presente e passato per rendere ancora più coinvolgente l'esperienza del lettore, magnificare le realtà di questo mondo lillipuziano e indulgere alla mia ambivalenza separando il presente dal passato, l'antico dal contemporaneo.

***

… Il campanello mi svegliò all'improvviso; era ancora giorno, per quanto di una tonalità più tenue, e una piacevole brezza fresca separava le tende per accarezzarmi gentilmente la pelle. Aspettai che qualcuno aprisse

---

[3] Giara di terracotta.

la porta, ma non accadde niente. Dovevano essere usciti tutti. Una seconda scampanellata prolungata, violenta, insolente e irrispettosa mi obbligò ad alzarmi. Rivolsi distrattamente i miei passi verso il citofono e, senza chiedere chi ci fosse fuori, premetti il pulsante che apriva la porta a piano terra. Uno strascichio di piedi annunciò che una persona stava salendo le scale e apparve Ciccio Percuoco, una vecchia conoscenza di famiglia. A causa dei suoi tratti peculiarmente simili a quelli di alcuni membri della mia famiglia, si insinuava che ci fosse una relazione illegittima tra la sua esistenza e la nostra famiglia, dovuta a qualche comprensibile scappatella di mio nonno, che all'epoca non era passata del tutto inosservata. Ciccio era stato un servitore fedele che si occupava della proprietà quando noi stavamo in città.

"Baciamo le mani, signorino Giuseppe, vostro padre vi aspetta alla Chiazza".

La Chiazza[4] è il salotto di Pizzo. È antica e le sue origini sono oscure. Da un lato attrae strade da ogni angolo della città, da quello opposto finisce con un'apertura scenografica verso il mare in direzione ovest, dove il sole, giorno dopo giorno, saluta i Napitini con i tramonti caleidoscopici più creativi. La Chiazza confuta l'opinione dei visitatori, compresa la mia, che a Pizzo non accada niente e che la noia sia la legge della sua terra. Ora i cittadini, passato il coprifuoco della cuntrura, si materializzano e, indaffarati e affaccendati, danno l'impressione che per loro siano tutte questioni di grande importanza, non importa quanto i loro affari possano sembrare irrilevanti al forestiero.

Come in una grande città, c'è un poliziotto. Cerca di controllare il traffico, che comprende un assortimento di venditori, persone, motociclette, carretti, furgoni, auto, tricicli, bambini, gatti, cani e piccioni che sfrecciano tra bancarelle improvvisate, colorate come farfalle per attirare i turisti. Ognuno infrange le regole con perfetta nonchalance, con lo scopo primario di tenere occupato l'altrimenti annoiato poliziotto, che galleggia come una boa sulle onde di un mare che non può controllare. Ci sono segnali di "strada a senso unico", ma di quale senso si tratti resta da chiarire e, più propriamente, dovrebbero indicare "uno o l'altro senso". Uno di questi segnali punta direttamente in su verso il cielo. Non è chiaro se sia stato un errore o se sia stato fatto di proposito per rassicurare gli

---

[4] Forma dialettale per "piazza", che in questo caso si riferisce alla piazza principale di Pizzo.

agnostici che forse, lassù, c'è un Dio a supervisionare quel caos. I negozietti riaprono dopo la cuntrura e resteranno aperti fino a molto tardi, fino a quell'ora indefinita in cui il proprietario si stancherà e troverà qualcosa di meglio da fare che indugiare come un ragno orgoglioso sulla sua stessa ragnatela.

Gli affari prosperano in quelle ore. La fruttivendola ammucchia roba da mangiare sulla bilancia e, senza guardare quanto segna, sposta tutto in una busta di carta, facendo cifra tonda. Nessuno contesta, perché nessuno vuole imbarazzare la povera donna mettendo alla prova la sua capacità di leggere la bilancia. Inoltre tutti sanno che la bilancia è là solo per bellezza, una decorazione per rendere credibile l'attività. Il negozio è là da generazioni, tramandato dal genitore alla progenie dopo decenni di attività congiunta al fine di assicurare che tutte le sfumature degli affari vengano definitivamente apprese prima della dipartita del più anziano. Spesso l'anziano non dipartiva affatto, ma restava come supervisore, sistemato all'ombra, in una sedia di vimini all'entrata del negozio, dove salutava per nome tutti gli avventori e offriva una ciliegia o, secondo la stagione, un dolcetto analogo agli apprendisti clienti più giovani. Alla fine, un ritratto sul muro andava a sostituire la sedia che sosteneva l'anziano fino al momento in cui dipartiva per più lieti pascoli.

E poi c'è il negozio di zio Sarino, che vende entità sconosciute sepolte sotto strati di polvere di grande interesse archeologico. Zio Sarino è un altro anziano seduto all'entrata, su una sedia di paglia traballante e condannata. Non c'è nessuna progenie dentro, primo perché lui non ne ha e, secondo, perché non ce n'è bisogno, dal momento che non entra mai nessuno per comprare. Quando nessuno gli parla, lui osserva la Chiazza dal suo seggio depresso, la postazione da cui assiste ai cambiamenti da sessant'anni e più. I suoi occhi di un azzurro trasparente sono rassegnati come quelli di un animale destinato a restare in gabbia tutta la vita. Non serve a niente afferrare più di quanto sia alla sua portata da questo recinto virtuale fatto di memorie obsolete e opportunità mancate. Gli chiedo: "Come va?" Accarezzando la chioma scura di un ragazzino che sta giocando ai suoi piedi e che probabilmente gli ricorda il figlio perso mezzo secolo prima, con un sorriso gentile mi risponde meccanicamente: "Accussì", che significa "così così" secondo una metrica senza unità di misura. Ma si può a malapena distinguere la sua voce nella musica ad alto volume che proviene dal balcone sovrastante, il suono dei clacson delle auto, le urla dei venditori e il crescendo del chiacchiericcio della gente. Da sinistra arriva la donna che tiene in equilibrio sulla testa un cesto di uova, da destra il ragazzo della mozzarella di bufala. Dicono che sia un'attività gestita dalla mafia, ma del resto, cosa non lo è in questa città?

Molte altre cose su cui non mi dilungherò oltre accadono contemporaneamente nella Chiazza, mentre il sole cede il suo indiscusso controllo diurno e la fresca brezza marina prende il suo posto per trasformare una cittadina inattiva in un movimentato alveare di ambizioni metropolitane, dove solo i gatti mantengono la loro compostezza, continuando a sbadigliare e a riposare dovunque si trovassero durante la cuntrura. Mi ritrovai sommerso in questa miscela esplosiva mentre rispondevo alla chiamata del *pater familias*. Di questi sprazzi di vita reale posso riferire solo sommariamente, sparsi come sono nella mia memoria come un graffito su un muro sporco, mentre camminavo in fretta verso la mia destinazione: il Bar Gatto.

A questo punto dovrei preparare il lettore inconsapevole al fatto che andare al Bar Gatto non è cosa di tutti i giorni. È un'esperienza che merita un'oblazione, poiché il Gatto non è solo un bar ma un santuario che dovrebbe essere considerato alla stregua di quei luoghi sacri che altri, secondo le loro credenze, identificano col Partenone, il tempio di Minerva, San Pietro, la Mecca o il Taj Mahal. Per l'inconsapevole turista, il Gatto è solo una gelateria, dove gelati epici come il Tartufo bianco e nero, la Cassata siciliana o la Torta Belvedere[5] vengono serviti con cialde e acqua San Pellegrino ghiacciata. Ma non per gli abitanti del luogo e per quelli che, come me, sono venuti in contatto con loro. Il Gatto è il luogo dove la vita comune viene discussa ed elevata a concetti che sono poi uniti in un grandioso sistema filosofico e rielaborati in consigli per quegli ipotetici beneficiari che potrebbero trovarsi a vagare alla periferia dell'esistenza. Avvicinandomi al tavolino intorno al quale stava seduto mio padre con i suoi amici, sapevo che stavo per apprendere, volente o no, delle lezioni che nemmeno Mr. Pratt avrebbe potuto immaginare di estrarre dal manuale delle informazioni indispensabili di Herkimer[6].

---

[5] Dal nome del proprietario del Bar Gatto.

[6] Prontuario di informazioni, consigli e filosofia spicciola tenuto in grande considerazione da Mr Pratt, il protagonista di un racconto di O. Henry.

Torreggiante sui tavolini stava il Gatto in persona o, per accuratezza storica, il signor Belvedere, appartenente a una reiterazione di padri e figli gelatai, il cui albero genealogico aveva le sue radici negli abissi del Mar Mediterraneo e che tutti chiamavano "Gatto" da decenni per ragioni dimenticate. Aveva orecchie penzolanti come quelle di un cane da caccia invece che appuntite come quelle di un gatto e, per quanto l'ingenuità italiana che creò il Rinascimento avrebbe potuto paragonare i suoi occhi socchiusi a quelli di un gatto colto di sorpresa dal sole, il signor Belvedere non aveva baffi. Forse la prerogativa più convincente per questo appellativo era la sua postura, perché proprio come un gatto controllava senza posa la Chiazza, in apparenza pronto a piombare su potenziali clienti e a portarli per la collottola al primo tavolino libero.

"Signorino Giuseppe, è un piacere rivedervi!" esclamò il Gatto mentre esalava una grande nuvola di fumo prodotta e digerita da una sigaretta, una tra le incalcolabili che aveva senza dubbio tenuto in mano quel giorno, a giudicare dalle dita macchiate di nicotina. Ricordo di essere sempre stato chiamato "signorino". Quando ero ragazzino, sembrava un po' prematuro. Poi, per un breve periodo, l'appellativo era stato appropriato alla mia età. Ma, col passare degli anni, mi è rimasto attaccato e ancora oggi, passati i cinquanta, sono il signorino Giuseppe.

"Come va, Angelo?" chiesi, poiché questo era il nome proprio del signor Belvedere e nessuno osava chiamarlo Gatto in sua presenza.

."Volaru acei!" fu la sua risposta, poiché il Gatto non era mai soddisfatto del numero di tavolini occupati, anche quando li sistemavano uno sull'altro perché non rimaneva spazio nella Chiazza affollata. In italiano la frase sta per "gli uccelli sono volati via", suggerendo che, come gli uccelli che seguono le ancestrali rotte migratorie verso la fine di agosto, proprio nel giorno in cui cadeva il mio arrivo, i villeggianti stavano per tornare alle loro metropoli o, secondo la sua iperbole, erano già del tutto svaniti. Cercando di mostrare la più profonda simpatia per la carestia che avrebbe seguito questo ciclico corso di eventi catastrofici, dissi: "Beh, spero che la prossima stagione arrivi presto" o qualcosa di analoga gravità.

Don Paolo se ne stava allungato su una sedia di plastica, le gambe incrociate, con una mano a sostenere il mento e l'altra a tamburellare sul tavolino: quello era mio padre. Vicino a lui c'era suo fratello, don Giusto, la cui postura era perfettamente simmetrica a quella di mio padre. Anche lui era allungato, con le gambe e le mani opposte che inavvertitamente facevano le stesse cose, come un'immagine riflessa in uno specchio. Un uomo vestito di bianco sedeva di fronte a loro. Era il Marchese, chiamato così non solo per la sua nascita, che col tempo era stata quasi dimenticata, ma perché, vestito elegantemente in abiti di lino in estate e in completi di lana grigio scuro in inverno, con un papillon e un bastone, compariva raffinato ed elegante sulla Chiazza con la regolarità delle campane della chiesa dopo la cuntrura, giorno dopo giorno, Dio solo sa da quanti decenni. Distribuiva regalmente la sua presenza in bar diversi, onorava i clienti abituali della sua compagnia, conferiva dignità agli spettatori e ravvivava le conversazioni, elevando in tal modo il titolo avuto per nascita a una professione legittima e onorevole. Al suo fianco stava don Ciccio, "il Professore", che era il preside in pensione della scuola e un autoproclamato studioso di letteratura classica. Stando a quanto si diceva, aveva scritto e pubblicato una dissertazione sulla presenza greca in Calabria che nessuno, a quanto ne so, aveva mai letto o neppure visto. Un po' separato dai quattro, ma sempre appartenente alla stessa congregazione, stava mastro Antonio, che aveva un'impresa di costruzioni. Essendo l'unico a rappresentare un mestiere piuttosto che una professione o un rango per nascita, aveva il minor diritto all'onore di sedere al tavolino. Ma, come anche per molte incongruenze che adornano la vita di Pizzo, anche questa non aveva una spiegazione ovvia o almeno una che valesse la pena indagare.

"Che piacere!" esclamò il Professore, vedendomi mentre mi facevo strada fra altri tavolini.

Mentre raggiungevo la mia destinazione, il Marchese fu il primo ad alzarsi. Tenendomi la spalla destra con la mano sinistra e dandomi dei colpetti sulla spalla opposta col manico d'avorio del suo bastone, mi baciò su entrambe le guance e disse: "Onorato, onoratissimo". Il figlio di Angelo venne per sistemare i tavolini e fare accomodare il nuovo arrivato. Iniziarono i soliti rituali per assicurarsi che a tutti fosse dato il posto più giusto attorno al tavolo, compreso mastro Antonio, che istintivamente si teneva a una distanza appropriata.

Proprio allora apparve il Dott. Riga. Era un anziano grassoccio che poteva fare da testimonial alla sindrome metabolica. Fumatore e bevitore, come anche medico della ASL della città, aveva pensato fosse utile educare con l'esempio i suoi pazienti sui comportamenti dannosi. Grugniva e starnutiva continuamente, interrompendo la sua performance solo di tanto in tanto con parole o, ancor più raramente, con frasi complete. Era meglio noto per le sue idee politiche di sinistra: era un comunista. Come tutti i comunisti, fascisti , altri "-isti" e altre cornacchie che, a quei tempi, contribuivano a creare il paesaggio politico in Italia, la loro *raison d'être* era più a scopo di conversazione o, più precisamente, per irritare quelli di vedute più moderate. In effetti, nessuno di loro nutriva l'illusione che a qualunque opinione condivisa a parole da quanti li rappresentavano al governo sarebbe corrisposta un'azione sostanziale o un cambiamento di fatto.

Con un sorriso ironico, il Dott. Riga mi chiese: "Che si dice in America?" Mentre tentavo di borbottare qualcosa che avrebbe correttamente espresso il pensiero di più di trecento milioni di persone distribuite su cinquanta stati, mio zio, che, contrariamente a mio padre, tendeva politicamente a sinistra e si divertiva sempre a provocarmi, venne in mio aiuto: "L'America va sempre bene. Loro sono pragmatici, non perdono tempo a chiacchierare come facciamo noi. Pensano solo agli affari loro!" Grato a mio zio per aver detto qualcosa in mia vece, sia pure con sarcasmo, sedetti tra i miei parenti come facevo da bambino, aspettandomi protezione da un ulteriore interrogatorio.

"Sì, qui abbiamo bisogno di un po' di pragmatismo!" disse mastro Antonio. "Non sto dicendo qualcuno che faccia arrivare i treni in orario come Mussolini, ma penso che ci siamo spinti troppo lontani nel verso opposto… Dove sta il buonsenso?" "Mio caro mastro Antonio, non rivanghiamo il passato, facciamolo riposare in pace e, in ogni caso, chiedo il permesso di dire", interloquì il Professore alzando il tono e voltandosi verso di me, "l'America ha fatto tante grandi cose per il mondo, ma non pensate che abbia perso per strada il valore della cultura?" E fu così che improvvisamente mi ritrovai ancora una volta incastrato in una conversazione indesiderata su un soggetto esoterico il cui valore "pragmatico" andava al di là della mia volontà e della mia voglia di discutere.

Mentre venivo ancora una volta messo all'angolo e cercavo di scovare una risposta coerente, fui salvato da Angelo, che, senza che glielo avessi chiesto, mi portò il mio solito Negroni con olive e patatine. "Doppio gin per il signorino. Speriamo che venga più spesso!"

———

"Non ci sono intellettuali in America", aggiunse il Professore. "Questo è il problema! Fare, fare, fare… ma a che scopo? Tutti ingegneri là, non c'è nessuna istruzione classica; è per questo che finiscono col non credere nemmeno all'evoluzione! Il loro sistema d'istruzione ha dei problemi. Restringe il pensiero. Insegna come risolvere i problemi, non come trovare i problemi".

"E pensano di avere il miglior sistema sanitario del mondo! Nel frattempo vanno in bancarotta ogni volta che si ammalano…", aggiunse il Dott. Riga tra un accesso di tosse e l'altro.

Tentai di fare un veloce sondaggio delle mie conoscenze americane, chiedendomi chi di loro non credesse all'evoluzione, pensasse che avessimo il miglior sistema sanitario e non fosse un intellettuale. Poiché non me ne venne in mente alcuna, per guadagnar tempo, chiesi: "Come definite un intellettuale?"

Il Marchese, che, da quando ero bambino, aveva una particolare predilezione per me, sorrise e mi diede un altro colpetto col bastone attraverso il tavolino. "Uno proprio come te! Come possono affermare questi gentiluomini che in America non ci sono intellettuali, quando noi ne conosciamo almeno uno?"

Il Professore interruppe il Marchese rispondendo alla mia domanda più direttamente. "Un intellettuale è qualcuno che è interessato alla cultura al di là del proprio sostentamento".

"Ma allora, posso nominare un sacco di idioti che potrebbero essere definiti intellettuali; forse l'essere interessati alla cultura è necessario ma non sufficiente", replicai, pentendomi all'istante delle parole che mi erano uscite dalla bocca troppo liberamente, segno della mia crescente irritazione. "Quello che volevo dire", cercai di correggermi, "è che dovrebbe esserci un metodo nel desiderio di imparare, ma capisco il vostro punto di vista…" Non continuai perché fui distratto da un pensiero improvviso. Mi vidi come un altro individuo, immerso in una strana conversazione con persone di un'altra generazione che non vedevo da molti anni. Ero grato di essere stato incluso in maniera così naturale tra di loro, nonostante fossi un pesce fuor d'acqua in quella cittadina sul mare. Però mi dispiacque di non aver preso posizione per difendere con più convinzione i miei compatrioti americani. All'inizio provai l'impulso di far notare che l'Italia stessa, un paese molto più piccolo, è abitata da un variegato assortimento di persone. Gli Italiani, come le caramelle, sono disponibili in innumerevoli colori e gusti, alcuni buoni esempi dei quali stavano seduti a quello stesso tavolino. Sarebbe stato ugualmente poco saggio popolare un paese grande come gli Stati Uniti con trecento milioni di cloni dello zio Sam con barba, cappello a stelle e strisce, e che cantano in coro "Oh, say! Can you see? By the dawn's early light…"[7]. Mi attaccai al mio Negroni non per mancanza di patriottismo, ma piuttosto perché mi mancava la fiducia che le mie parole potessero convincere questi uomini testardi che gli Americani non venivano da una catena di montaggio di uno stabilimento della General Motors, e provai invece disprezzo per le loro menti provinciali. La combinazione di questi due sentimenti interferì con le mie abilità dialettiche. Disinteressandomi della cosa, lasciai che la conversazione svanisse sullo sfondo, disattivando il mio canale uditivo e attivando quello visivo, come faccio troppo spesso in situazioni simili.

Mentre lasciavo che la conversazione condotta da queste menti eoliche[8] fluttuasse verso la riva, notai che il Professore teneva in mano un quaderno rilegato in pelle nera con un'iscrizione in oro che diceva, in inglese: "Al mio amato me stesso". Domandai automaticamente di cosa trattasse. "È una storia su cui sto lavorando. Non so se la finirò mai. La verità è che non l'ho nemmeno cominciata io, ma era il tentativo autobiografico di un mio studente", disse il Professore dopo aver guardato il Marchese, che replicò con un sorriso consenziente. "Non ha mai finito la storia, ma ha lasciato degli appunti, una sorta di diario. Sto contemplando l'idea di completare la storia per onorare la sua memoria. Forse tu lo ricordi bene. Aveva pressappoco la tua età, si chiamava Alessandro".

"Certo che lo conosco!" esclamai. "Posso vedere il quaderno?"

"Certo, prendilo. Mi piacerebbe sapere cosa ne pensi".

Mentre prendevo il quaderno dalle sue mani, chiesi: "Che cosa gli è successo? Cos'ha di speciale la sua storia?"

Il Professore cominciò a spiegare, ma proprio quando stava per aprire la bocca e iniziare la sua storia, altre persone vennero a unirsi al

---

[7] Primo verso dell'inno nazionale statunitense.

[8] I Focesi, che si pensa abbiano fondato Pizzo, erano di etnia eolica, ovvero provenienti dalla Grecia settentrionale.

tavolino, amici e familiari, che gioiosi e ignari interruppero la nostra conversazione. Poco dopo mio padre affermò che era l'ora di ritirarci a casa per la cena. Mio zio si alzò, il bicchiere di Negroni fu vuotato e mani furono strette.

Al momento di salutare il Professore, gli chiesi: "Vi rivedrò domani?" E così accadde che, ancora una volta, la magia di Pizzo era piombata su di me. Mentre la sproporzione tra le questioni irrilevanti di questa cittadina e le serie preoccupazioni del resto del mondo gradualmente si regolava, dimenticai la noia, il cinismo e la noncuranza per la vita provinciale e, andando a casa con i miei parenti, pensai a un vecchio amico che, fino a quel momento, avevo completamente dimenticato.

Quella notte, telefonando a casa, cercai di sembrare concentrato, ma detti invece un'impressione assente e riuscii a irritare ancora mia moglie, in un modo nuovo e creativo. Mi dispiacque per lei e per me, non per i problemi in sé ma a causa della mia incapacità di concentrarmi su di essi da quella distanza. Provai rimorso per il mio distacco e per la mia personalità, macchiata da un'incapacità autistica di immedesimarmi con gli altri al telefono. Mentre guardavo il telefono silenzioso, le campane della chiesa segnarono l'ora. Lasciai i miei libri impilati ordinatamente sul comodino mentre spegnevo il Kindle, l'iPad e gli altri congegni elettronici. Poi, tenendo in mano il vecchio quaderno, mi sdraiai sul letto.

Consisteva in parte di appunti battuti con una vecchia macchina per scrivere su fogli ordinati che erano quasi trasparenti, fatti per le copie carbone. Sopra vi erano correzioni sparse. La storia aveva un titolo, "La stanza", e iniziava così:

***

Aveva quattro muri, freschi anche in estate, e due finestre. Quelli erano i limiti, ma al loro interno c'erano gli orizzonti, perché l'immaginazione dei bambini non richiede grandi spazi. Mentre la vita segue il suo corso, la conoscenza incatena l'immaginazione e, con l'espandersi della nostra esperienza, sono necessarie distanze maggiori per approcciare il nuovo. Mentre i misteri della giovinezza si dissipano, i limiti convergono in un orizzonte degli eventi in cui non può essere immaginato niente di nuovo. Come un buco nero, la nostra essenza si ripiega e sparisce.

Al centro della stanza c'era un lungo tavolo di legno. Tutti i bambini sedevano da entrambi i lati. A un capo della tavola sedeva il Futuro, all'altro il Passato. All'inizio i bambini parlavano solo al Futuro, e il Passato doveva urlare per farsi sentire. Con il passare del tempo, ascoltarono più spesso il Passato. Poi alcuni di loro non vennero al tavolo e, un giorno, il Futuro non si preoccupò di apparire. Le Memorie sedettero da entrambi i lati e il Passato non ebbe nessuno con cui parlare.

Questa è la storia di uno di questi bambini e di cosa gli fece lasciare il tavolo e seguire un sentiero lontano. Si chiamava Alessandro. Aveva un fratello maggiore di nome Achille. Sua sorella non era mai nata. Avevano detto ai due fratelli che era morta poco tempo prima della nascita. Lui era solito fantasticare che lei sarebbe stata la migliore tra loro. Era questo il modo in cui lui la immaginava durante l'infanzia. Lei era la sua migliore amica, una compagna fidata e il solo essere con cui si sarebbe confidato.

Rispetto ad Alessandro, il suo fratello maggiore Achille ne sapeva di più e meglio. Quando Alessandro aveva quattro anni, Achille gli disse che Gesù Bambino[9] non esisteva e glielo dimostrò facendogli vedere cosa nascondevano i loro genitori nell'armadio prima di Natale. Da allora, tradito dai genitori e da Gesù Bambino, non credette mai più a qualcosa che non potesse essere provato e, per molto tempo, biasimò Achille per la propria mancanza di fede. Non sedeva mai vicino al fratello a tavola. I due fratelli avevano dei cugini, parecchi cugini, che condividevano la ricchezza della famiglia. Una cugina più grande aveva una particolare reputazione tra i più giovani. Si diceva che avesse una predisposizione per l'insegnamento e le sue lezioni erano molto apprezzate dai cugini maschi alle soglie della pubertà. Secondo quanto si diceva, insegnava il sesso ai giovani stalloni fornendo dimostrazioni pratiche durante le lezioni individuali. I più seguivano questi insegnamenti senza lamentarsi e, da adolescente, Alessandro guardava la cugina con il rispetto riservato a una professoressa universitaria.

---

[9] Nel sud dell'Italia si è conservata più a lungo l'antica tradizione che vede Gesù Bambino, e non Babbo Natale, come colui che porta i doni la vigilia di Natale.

Lei era sempre stata gentile con lui, ma alquanto distante, incoraggiante col corpo, irraggiungibile nella mente. Quando venne il suo turno di addestramento, Alessandro non disse di no. All'inizio ci fu inesperienza. Bevve con devozione ogni singola goccia da quella fonte di conoscenza, ma, dal momento che era uno studente diligente, non gli occorse molto per far suoi gli insegnamenti e procedere verso domini inesplorati. Eppure, anche dopo anni, lui provava nei suoi confronti un misto di imbarazzo e rispetto, come per la sua maestra delle elementari che era stata testimone delle sue esitazioni ortografiche. Quando capitava loro di incontrarsi nella Chiazza, lei era gentile e spontanea parlando del passato, come se niente fosse mai accaduto. Alla fine, commise un errore: si sposò d'impulso. Ma, come c'era da aspettarsi, presto tradì il marito. Quando scoprì la verità, il poveruomo si uccise. Allora lei prese figli e mobili e se ne andò dall'adirata città. Forse qualcuno sa dove andò e cosa le accadde, ma è certo che la sua storia lasciò un segno profondo nella vita di Alessandro.

I cugini sedevano al tavolo seguendo un ordine che potrebbe essere spiegato meglio con il principio dell'entropia. Tuttavia, un qualche potere gravitazionale teneva tutti i ragazzi più grandi a un lato del tavolo, mentre i bambini più piccoli giravano intorno alle ragazze più grandi con l'eccitazione di comete appartenenti a un minuscolo sistema solare. Adiacente a quella sala da pranzo, ce n'era un'altra riservata agli adulti. Era lì che parenti e ospiti mangiavano. Non era chiaro in quale momento ogni bambino sarebbe diventato adulto e sarebbe passato nell'altra stanza. La decisione di invitare spettava a Nonna. Sembrava che i ragazzi passassero di là prima delle ragazze, forse perché erano più interessati a parlare di politica o forse perché non dovevano occuparsi dei piccoli. Molto probabilmente perché quello era il modo in cui le cose dovevano andare a quei tempi in quella cittadina. Nessuno in realtà sapeva perché e come venissero prese quelle decisioni, probabilmente nemmeno Nonna, ma nessuno mai le discusse. Alessandro ricordava vivamente il giorno in cui Achille fu ammesso nell'altra stanza. Non sentì la sua mancanza e fu confortato dall'idea di sapere quando, più o meno, lui stesso sarebbe diventato adulto.

I bambini non erano ammessi nella sala da pranzo degli adulti durante i pasti. Agli adulti non piaceva che le loro discussioni venissero interrotte. "I bambini bisogna vederli ma non sentirli" era solita dire Nonna. Occasionalmente, però, per un qualche principio di osmosi inversa, gli adulti, quando le conversazioni languivano, passavano goccia a goccia dalla loro sala da pranzo e sedevano al tavolo dei bambini, in particolare alla sera, parlando di affari, politica e altre storie che non finivano mai. I genitori di Alessandro venivano raramente al tavolo. Lo amavano immensamente, ma il padre credeva che i bambini dovessero ammirare i propri genitori e cercare di diventare come loro, non il contrario, e la madre non doveva osare dissentire. Per lui, a quel tempo, tutto questo aveva un senso.

Sulla tavola c'era del vino, vino normale per i più grandi e un vino speciale per i più giovani che Nonna sceglieva attentamente dai contadini. Era vino vero, ma dolce e frizzante ed era mischiato con l'acqua. Forse a causa del vino, i pasti a quella tavola erano sempre animati. Le discussioni erano infinite, i litigi erano senza scopo e gli accordi non venivano mai raggiunti.

Era una sorta di rumorosa partita a flipper, la cui apparente casualità è in parte controllata della legge di gravità. Quanto veniva fuori dalla bocca di un bambino suscitava reazioni pronte e apparentemente inutili, come in una partita a ping-pong. Tuttavia, molto di quanto veniva detto scavava solchi indelebili nell'animo di ognuno, con il tocco delicato ed efficace dell'acqua che gocciola. I cugini più grandi menzionavano cose mai sentite prima e, per i bambini più piccoli, quelle "Cose" erano la vita vera. Intorno a quella tavola, discussioni, risate, liti, lotte e urla erano come brezze e tempeste, sole e nuvole, piogge d'autunno e aromi di primavera in un'atmosfera imprevedibile. Quando il rumore raggiungeva una certa soglia, sia pure indeterminata, Nonna bussava dall'altra parte del muro con il suo bastone speciale. Questo era il modo più semplice per mettere fine a litigi, tempeste di parole e guerre di princìpi.

Tra i cugini c'era Anna Maria, un'anima delicata in un corpo delicato. I suoi occhi marroni erano grandi abbastanza da contenere tutti i sogni infantili di Alessandro. Il suo sorriso era il fulcro della tavola. La sua voce delicata era il violino solista nell'orchestra dei commensali. Secondo la leggenda di famiglia, quando era bambina era stata colpita da un fulmine che l'aveva quasi uccisa. Fortunatamente era sopravvissuta. Ma il potere della natura era ancora dentro di lei e la rendeva diversa dagli altri. Non poteva spaventarsi perché le si poteva fermare il cuore. Non poteva essere toccata in modo rude perché si sarebbe messa a tremare. Non poteva essere rincorsa perché non era previsto che corresse.

Era rimasta solo una cosa da fare: amarla. E Alessandro l'amò con fervore per anni, in silenzio, serenamente, finché un giorno non sopraggiunse la noia. E fu così che il più grande amore della sua vita non seppe mai ciò che lui provava.

Quel giorno, mentre Alessandro volgeva gli occhi al mare attraverso la finestra, tra i gerani e le foglie di basilico, socchiuse gli occhi per raggiungere l'orizzonte tra le onde scintillanti. Si chiese cosa ci sarebbe stato nel futuro. Quella era la fine della stanza, dei cugini e di Anna Maria. Quando guardò indietro, con il bagliore del sole ancora negli occhi, non poté riconoscere quelle ombre familiari. Mentre le sue pupille si allargavano, abbracciando l'oscurità della stanza, quelle facce, voci e storie diventarono più immobili, più piccole, più quiete e più remote. Scomparvero in lontananza, come se una barca immaginaria lo stesse portando via per sempre. E qui è dove comincia la nostra storia.

***

Le pagine dattiloscritte erano finite e seguivano degli appunti. Ma di quelli riferiremo nel prossimo capitolo, poiché non vogliamo disturbare il signorino Giuseppe, che a quell'ora stava sonnecchiando, inconsapevole delle campane della chiesa che suonavano le undici e mezzo.

42

La storia di Alessandro

Una pioggerellina stava risciacquando le strade e, essendo la prima della nuova stagione, lavava via qualsiasi memoria rimasta dell'estate, preparando la gente del posto e i visitatori all'avvento dell'autunno con le sue brezze fresche e i cieli puliti. In fondo alla strada il mare, grigio come il cielo, riceveva con compiacenza la sua parte di acqua dolce e restituiva spuma all'aria con gratitudine, mentre le rondini, realizzando la profezia del signor Belvedere, si preparavano alla migrazione verso territori lontani. Gocce di pioggia si susseguivano pazientemente lungo le grondaie, resistendo alla gravità per qualche attimo di altitudine in più prima del tuffo, mentre un aroma confortante di brioche e croissant saturava la strada. Gli aromi salirono verso il terrazzo aperto del signorino Giuseppe. Le fragranze viaggiarono verso le sue narici, destandolo gentilmente dal sonno. Ed è al signorino Giuseppe che restituiamo umilmente la narrazione.

✱✱✱

Grazie al mio fidato antidepressivo, dormii profondamente per tutta la notte mentre il ricordo di Alessandro attendeva pazientemente il mio risveglio. Lo avevo conosciuto molto bene nella mia giovinezza, prima di partire per le Americhe. Era un uomo straordinariamente bello: alto, con lineamenti delicati e femminei temperati da un comportamento naturalmente mascolino e abitudini di rasatura imprevedibili. Aveva capelli neri e ricci e occhi azzurri racchiusi tra ciglia lunghe e scure, che, quando ti osservava, ti penetravano nell'anima e sviavano la percezione della bellezza verso quella della profondità e dell'intelligenza. Le mani erano composte e accompagnavano le parole con grazia, senza l'esagerata affettazione meridionale. La figura atletica era snella e poco appariscente, mentre la personalità magnetica e il carisma potrebbero venire meglio descritti come distraenti. Non importa quale fosse l'argomento della discussione, la sua presenza era avvertita come l'elemento dominante, e l'ascoltatore veniva automaticamente confortato da un senso di appartenenza a un'élite aristocratica di eleganza divina. Ma forse più notevole era il sorriso che, quando all'improvviso appariva, accompagnato da giocose fossette come i raggi del sole che penetrano le nubi, conferiva un sentimento di fiducia e speranza, di rassicurazione che tutte le preoccupazioni potessero essere dimenticate in favore del godimento della vita, che a sua volta era meravigliosa sotto il suo regno. L'atteggiamento elegante, la calda affabilità, la fiducia in sé erano nettamente in contrasto con la timidezza nervosa che definiva la maggior parte di noi nel corso della nostra adolescenza.

Per quanto i suoi simili lo ammirassero ovunque, se ne restava inesplicabilmente in una categoria tutta sua. Era riservato, non si associava né ad alcun circolo sociale esclusivo né a gruppi studenteschi, e non era nel complesso uno studente particolarmente popolare. Nel migliore dei casi, quasi tutti lo consideravano uno snob e, nel peggiore, un asociale. Nonostante i suoi limiti interpersonali, aveva l'attenzione di tutte le donne, e le nostre ragazze lo concupivano anche mentre abbracciavano noi. Come un principe, stava sopra noi tutti non a motivo delle dimensioni del suo harem, ma per il numero di donne che desiderava farne parte. In realtà, poco si sapeva delle sue relazioni con l'altro sesso, e per quanto fosse stato occasionalmente individuato in compagnia di donne più vecchie e bellissime, mai offrì una singola parola o una spiegazione per chiarire il pettegolezzo. Così, Alessandro visse per anni una vita parallela rispetto a quella dei suoi simili. Era rispettato dagli uomini e ammirato dalle donne senza essere, al contempo, né un maschio alfa né un casanova.

Il nostro rapporto si approfondì in modo fortuito quando fummo compagni di scuola alle superiori e, insieme, compagni nella squadretta di calcio di Pizzo. Giocavamo in posizione simile come centrocampisti, lui sulla sinistra e io sul lato destro. Era un giocatore terribilmente talentuoso, la cui tecnica, abilità atletica e resistenza oscuravano quelle di tutti gli altri e io, essendo ugualmente un giocatore forte, accettai un ruolo secondario che supportava il suo gioco. Questa reciproca comprensione dei nostri ruoli sul campo si sviluppò in una sorta di amicizia parallela fuori dal campo. Ci rispettavamo a vicenda e scambiavamo due parole occasionali prima, durante e dopo le partite.

Mi lasciava perplesso il suo umore piatto durante le partite. Mente lavoravamo insieme per attraversare vittorie eccitanti e sconfitte devastanti, mai una volta fui testimone di un sussulto nelle sue emozioni.

Non importa quanto fosse stata stellare la sua prestazione, alla fine di ogni partita spariva regolarmente, in apparenza non interessato ai festeggiamenti. Per quanto altri potessero interpretare il suo comportamento come arrogante o condiscendente, io credevo invece che fosse il risultato dalla sua incoercibile propensione alla privacy, alla solitudine e al riserbo. Poiché io stesso non ero particolarmente comunicativo, mi adattai con facilità a questo rapporto, evitando giudizi e aspettative non realistiche. Cioè, finché l'ultima partita della stagione non cambiò tutto.

Ricordo bene quella notte, perché in classifica eravamo primi, ma avevamo bisogno di un pareggio per vincere il campionato: una sconfitta non sarebbe stata sufficiente. Quando mancavano circa quindici minuti al termine della partita, eravamo sotto di un gol. Ero arrabbiato, con tutta la passione della giovane età, e altrettanto irritato dal gioco apatico di Alessandro. Aveva affrontato ogni contrasto con esitazione, fatto passaggi senza cura e tirato distrattamente per tutta la partita. D'altra parte io stavo mettendoci il cuore e l'anima, e mi sentivo come se stessi per pareggiare la partita con un gol, quando mi ritrovai a terra con una sensazione dolorosissima alla caviglia. La cosa successiva che ricordo è che ero seduto in panchina, con le lacrime che mi pungevano gli occhi. Guardavo l'inesorabile avanzare delle lancette e, con loro, la rovina di quella che era stata una stagione gloriosa. Mentre la mia speranza svaniva, Alessandro improvvisamente iniziò a destarsi. Per la prima volta dall'inizio giocò con l'energia e l'abilità che gli riconoscevamo. Con soli pochi minuti da giocare, si inventò un gol da un punto impossibile. Con la massima grazia, si girò per fare un tiro da trenta metri, e non ci fu nulla che il portiere potesse fare. La palla volò nell'angolo in alto della porta e quindi in rete, a pareggiare la partita.

La gioia e l'eccitazione della squadra furono immediate e immense. Ci furono grida e urla, pacche e pugni di congratulazione, e lacrime di gioia. Ma, coerentemente col suo carattere, Alessandro si schermì da abbracci e strette di mano celebrativi. Camminò invece verso di me come se niente fosse e, col più ampio sorriso, mi puntò contro l'indice premendovi il pollice contro, mimando una pistola che spara, come per dire: "Tombola! Questo gol era per te".

Solo pochi momenti dopo, la partita finì con un pareggio: avevamo vinto il campionato.

———

Dopo il gioco finii al Pronto Soccorso per una radiografia alla caviglia. Nella sala d'aspetto, mentre mi distraevo dal dolore pulsante leggendo una rivista, all'improvviso percepii un'ombra. Era Alessandro, in piedi di fronte a me, che indossava come una firma il suo caldo sorriso accompagnato da fossette. Domandò: "Allora, cosa dovremmo fare dopo che ti avranno bendato la gamba?" E questo è come diventammo amici.

Gradualmente diventammo amanti più che amici. Non in senso fisico, perché nessuno dei due aveva tali tendenze, ma in modo spirituale, e allo stesso tempo diventammo complici. Come si deduce facilmente dalle note introduttive dattiloscritte, Alessandro apparteneva a un'agiata famiglia aristocratica che per generazioni aveva dominato nella regione. Come molte aristocrazie del tempo, se ne restava appartata in un'isola di altezzosa paranoia verso il resto del mondo e, quindi, Alessandro aveva accesso ai circoli più esclusivi e alle ville di un'élite dove un sacco di donne di classe elevata e alla moda attendevano di essere sedotte dal suo sguardo. Sulla sua scia ebbi la mia parte di raccolti da un frutteto dopo l'altro, da sedurre o da cui venire sedotto a mia volta. Nonostante l'egocentrismo della gioventù, ho conservato alcune vaghe memorie di quelle avventure: un sorriso, una parola sussurrata, una lacrima, la stretta di una mano attorno al mio braccio, una lettera, un timido tentativo di poesia. D'altra parte tali flirt non sembravano infiacchire Alessandro, che, con la sfrontatezza propria di un orango, passava di albero in albero, coglieva una donna dopo l'altra come fossero banane, le sbucciava sul posto, le mangiava e gettava via gli scarti prima di spostarsi con totale facilità al pasto successivo, senza bisogno di tenere registrazione dei precedenti.

Una volta mi disse: "Per quanto riguarda le donne, gli uomini si dividono in due categorie: i cacciatori e gli amanti. I cacciatori vedono le donne come trofei e si spostano dall'una all'altra solo per vantarsene, come i cowboy che mettono le tacche sulle loro pistole per ogni indiano che uccidono, o come gli indiani che collezionano, al contrario, gli scalpi dei cowboy. Gli amanti, d'altra parte, vogliono piacere alla donna come se questa fosse la loro mamma, ancora ricordando il conforto del suo seno. Vogliono carezze e approvazione. Io non appartengo a nessuno dei due tipi. Non sono neppure sicuro del perché faccio tutto questo: forse per curiosità? Cosa posso imparare che io non sappia già odorando questo fiore nuovo e fresco? Uno deve fare pratica per conservare le sue abilità! Ma in realtà non ne traggo soddisfazione né piacere, solo una sensazione effimera di essere vivo e di assolvere a un dovere riservatomi dal destino. Lo faccio perché sento che questo ci si aspetta da me, ed è una delle poche cose che so fare bene… Ho avuto dei buoni insegnanti". E poi mi raccontò la storia della sua "professorale" cugina, con la quale il lettore ha già fatto conoscenza attraverso gli appunti dattiloscritti. Tuttavia in quel momento non menzionò la sua tragica fine e dichiarò semplicemente: "Mi chiedo che le sia accaduto". Ma nel suo tono avvertii angoscia e una fragile emozione che mai avevo osservato in lui quando parlava di altre donne.

Continuò: "Rifletto mentre ascolto le lusinghe delle donne. L'uomo che le donne vedono quando mi guardano è una persona completamente diversa da quello che sono realmente. Mi assomiglia in superficie, ma al suo interno vedono tutto quello che si adatta alla loro fantasia di un principe azzurro che, in realtà, non esiste. Piaccio a queste donne finché non mi conoscono. Ma anche allora, quando infine si rendono conto che qui non c'è niente", e indicò il suo cuore, "continuano a lavorare sulla mia redenzione come una Katarina Ivanovna, che non poteva rinunciare a salvare Mitya Karamazov. Ma, al contrario del personaggio di Dostojevskii, io non ho cuore".

Consideravo allora il nichilismo di Alessandro come un'affettazione e, nella mia devozione per lui, ero tanto divertito quanto scettico. Una volta gli chiesi, per curiosità: "Hai mai amato qualcuno?". Fu allora che menzionò Anna Maria. "C'era una cugina, quando ero bambino. Penso ancora a lei una volta ogni tanto, ma non sono sicuro del perché. Era carina e timida allora, e io ero felice anche solo di guardarla o di sederle vicino. Ma questo cambiò. Forse cambiò lei, o forse io. Non le ho mai detto niente e, quando ora la guardo, non mi suscita alcuna emozione, come se tutt'altra persona".

"Così, amo un'immagine sepolta nel passato e rammento quel dolce sentimento di anticipazione nell'attesa di vederla, di starle vicino, di condividere pacificamente il tempo raccontandoci storie. Dov'è andato tutto questo? Non lo so. Guardo a quei tempi con l'impotenza di un ragazzo che guarda un palloncino sfuggito dalla sua presa mentre sale nel cielo senza fine.

È penoso sentirsi incapaci di contraccambiare l'amore. Capisco veramente la logica importanza del dare, ma, in questo momento, non c'è niente in me: nessuna felicità, nessuna tristezza, nessuna paura o speranza, solo un vuoto confortante. Vedo la mia vita con l'interesse distaccato di una persona che guarda un documentario o uno show televisivo noioso. Ogni mattina accendo la TV sul canale della vita e la guardo passivamente come se io non esistessi se non come terza persona, finché la notte posso smettere di guardare lo sceneggiato e ricomporre me stesso nell'oscurità".

Quando non eravamo a raccogliere frutti prelibati, trascorrevamo le serate cenando alla nostra trattoria preferita, che sorgeva come una palafitta sul mare sonnolento. Gradualmente sviluppammo un'inclinazione a tradire Venere per Bacco. Facevamo pasti semplici ma senza fine, con bottiglie fredde di vino della casa, e parlavamo per ore di ogni possibile argomento connesso all'esistenza. Di tanto in tanto le nostre conversazioni venivano interrotte da amici che capitavano al tavolo per ragguagliarci su conquiste mitiche nella sfida col gentil sesso. Ascoltavamo lo sbruffone di turno con compiacenza finché non se ne andava, dopo di che Alessandro diceva: "Vedi? Un altro cacciatore. Peccato che non abbia portato foto della preda appesa per i piedi". E aggiungeva: "Ma gli amanti non sono migliori. Si crea spesso un'illusione nella mente degli uomini di mondo che, riconoscendo quanto piacere emotivo e fisico possano offrire a una donna in una relazione, concepiscono il pensiero caritatevole di allargare tale gioia ad altre donne, distribuendo equamente il loro tempo per soddisfare efficacemente l'altro sesso a più ampio raggio. Sfortunatamente, tale generosità non viene apprezzata dai membri dell'altro sesso, che sembrano dare più peso all'esclusività di una relazione che non ai piaceri pratici che possono ricavarne in momenti passeggeri". Quindi, notando il mio sguardo perso mentre cercavo di seguire i suoi insegnamenti messianici attraverso i vapori dell'alcol, si girò verso il resto del gruppo immaginario di studenti entusiasti per completare il suo pensiero. "La discrepanza di punti di vista tra i sessi può meritare un dibattito in un'altra occasione, ma per il momento ammettiamo semplicemente che questo comprensibile fraintendimento abbia portato a varie avversità nella storia documentata dell'umanità (e probabilmente anche prima), parecchie delle quali ho avuto la possibilità di sperimentare in prima persona".

Bisogna ammettere che le sue parole non erano così raffinate come le presento qui. Nondimeno ritraggono l'atteggiamento di Alessandro in quei momenti ironici e scanzonati in cui, preso dall'incontrollabile ondata di creatività che occasionalmente afferra l'animo umano, si lasciava andare lungo i sentieri suggeriti dalle onde che, a solo pochi metri da dove ci trovavamo, continuavano il loro moto, inconsapevoli dell'umana angoscia. A posteriori, sospetto fortemente che quelle conversazioni spensierate, macchiate da pance piene e bottiglie di vino vuote, siano state gli unici momenti di sbrigliata felicità che Alessandro abbia mai provato in tutta la sua vita.

C'era un finale comune a tutte le nostre discussioni, che convergevano in una visione agnostica dell'esistenza. Dal punto di vista della nostra giovinezza e dell'innocenza provinciale, Pizzo sembrava grande se paragonata al resto del mondo, che, mai visto prima, appariva trito e irrilevante. Ci sembrava che, dopo le stradine strette e le piccole nicchie di Pizzo, al di là dei cespugli profumati, delle taverne e delle spiagge, un intero universo respirasse una vita autocratica in netto contrasto con la realtà del nostro pianeta: una biglia insignificante che vagava sull'orlo di una galassia persa nelle distese dell'infinito. E quando ci dimenticavamo la *grandeur* di Pizzo, guardando su nella notte, non sentivamo sollievo: i cieli simboleggiavano mura di spessore infinito che sorgevano come una prigione quadridimensionale dalla quale non saremmo mai fuggiti, per sempre compressi da spazio e tempo. Per altri c'era Dio, per noi c'era solo Dubbio. La Fede non era niente di più della bugia ultima che apriva la porta a una verità speranzosa. Ci domandavamo dove avremmo dovuto tracciare i limiti della nostra immaginazione. In quelle notti illuminate dalla luna, al crescere delle emozioni, immaginavamo qualcosa di più grande e irraggiungibile, perché la vita stessa era troppo piccola e non era adeguata agli orizzonti della nostra immaginazione.

Ma Alessandro non poteva persistere troppo a lungo nelle sue stesse bugie. Mi metteva alla prova: "Immagina di trovarti in un gioco di cultura generale… E ora, la domanda da cento milioni di lire! Signore, Dio esiste o no? Con quei soldi in gioco, cosa diresti?" E si rispondeva: "Io direi sicuramente che non esiste un qualcosa come Dio. Non vorrei perdere i soldi, ma non lo sapremo mai di sicuro. Potremmo andare alla velocità della luce, sparandoci su in cielo da ora fino a che non moriamo e non potremmo mai arrivare oltre i nostri vicini celesti. Non appena nasciamo, siamo condannati a una vita in prigione per il semplice peccato di esistere", concludeva. Come vedremo dai suoi appunti, nel suo pessimismo c'erano radici più profonde che non condivise mai con me.

Perciò, alla matura età di diciassette anni, Alessandro era una figura mitica per la gente del posto, un idolo per le ragazze e un leader per i ragazzi, ma per sé riservava un sentimento inquieto di fallimento e di bassa autostima. Galleggiava sulla superficie della cittadina sul mare, scrutando l'orizzonte per opportunità che dubitava si sarebbero mai materializzate. Essere un eroe in una città dimenticata da Dio e dal mondo, essere un leader di un esercito inesistente, era come fare l'insegnante in un'aula vuota. Una volta mi disse: "Come disse Machiavelli di Hiero di Siracusa: non gli mancava niente per poter regnare, a parte un regno".

Fu il primo a lasciare la nostra città. Si trasferì a Milano, teoricamente per studiare, in realtà per esplorare il mondo "là fuori". Io fui quello che lo accompagnò alla stazione. Quando arrivai alla casa di famiglia di Alessandro, lo trovai che aspettava fuori con i suoi genitori. Mentre accostavo la macchina, il papà di Alessandro si schiarì la gola e disse: "Abbi cura di te e lavora duramente. Non vorrai essere come una pianta che fa fiori meravigliosi, ma non produce mai frutti". Prendendolo come un contorto incoraggiamento, Alessandro abbracciò il suo papà, poi la sua mamma, sistemò le borse nel bagagliaio e venne via. In macchina ammise: "Non so cosa voglio fare: vogliono che diventi avvocato o dottore. Forse fare quello che vogliono è la soluzione migliore. Ma, in qualche modo, sento che questo è ciò che ho fatto per tutta la vita. Sento come un vortice che mi tira sempre più giù a ogni giro. Quando inizio ad accettare una cosa, questa porta a un'altra e a un'altra ancora contro le quali non ho risorse, perché la stessa falsa logica che mi ha fatto accettare la prima cosa si applicherà anche alle successive. E piano piano i miei piedi diventano sempre più pesanti, il cielo appare sempre più lontano e mi rendo conto che mi sto abituando a respirare l'aria inquinata delle mie stesse decisioni, o della loro mancanza. Ma mentre il tempo scorre e affondo in profondità nella mia vita predefinita, diventa più difficile sollevarsi e più facile continuare a cadere verso il fondo del vortice. Sono stanco di guardare a un futuro più bello. Qualcuno ha detto che 'la maggior parte del futuro giace davanti a noi', ma per me, nel corso di questi ultimi anni, il futuro ha semplicemente evocato il passato: i momenti buoni ma perlopiù quelli cattivi, le conquiste e i fallimenti, cercando di trovare risposte a domande che non riesco a formulare chiaramente, ma che continuano a erodere la mia anima. Queste riflessioni sono spettri egoisti che succhiano ogni possibile felicità dalle mie vene. Ma ora è il momento che io dimentichi il passato e volti pagina".

Ci stringemmo la mano e non ci abbracciammo. Mi dette un pugno sotto la clavicola sinistra e ancora posso sentire la pressione di quel segno di amicizia. Salì sul treno e immediatamente abbassò il finestrino per salutarmi. Mentre il treno iniziava il suo lento, sferragliante percorso verso i territori ignoti del futuro, sporse la mano con l'indice puntato verso di me, premendo il pollice come se mi stesse sparando un'ultima volta: "Tombola!"

***

Mentre sorseggiavo il mio espresso sotto un grande ombrellone, sulla terrazza della casa della mia infanzia, la pioggia continuava a tamburellare pigramente e io aprii gli appunti, curioso di scoprire che cosa ci fosse ancora da sapere sul mio amico perduto. Con mia delusione, gli appunti erano quasi indecifrabili, scritti in una grafia frettolosa e mutevole, e decisi di rimandarne la lettura al mio incontro col Professore che, come tutti gli uomini della sua generazione a Pizzo, era in pensione senza niente da fare ed era perciò probabile che comparisse nella Chiazza per una colazione leggera nonostante la pioggia scoraggiante. Camminai per i cinquanta metri per raggiungere il mio papà, che già da un po' stava tamburellando con la destra sul tavolino; la sinistra di mio zio si esibiva in perfetta sincronia. Tutti gli avventori erano raggruppati sotto un tendone assicurato ai vecchi muri del Bar Gatto e che sporgeva di circa otto metri. Le goccioline d'acqua che cadevano dai margini sul terreno bagnato accrescevano la sensazione di intimità del fortunato che aveva trovato sollievo dall'ammonimento della pioggia tamburellante.

Il Professore non c'era. Invece, sotto un ombrello sproporzionato, apparve l'Avvocato, che, come il Dottor Riga, si destreggiava in una gara incessante tra alcol e sigarette. Al contrario del Dottor Riga, l'Avvocato incarnava uno stadio più avanzato di erosione, ascrivibile a quelle raffiche di piacere, con un corpo da tisico, un tremito considerevole e il torace a botte di un uomo con le vie respiratorie ostruite. Col Dottor Riga condivideva una propensione a sbuffare, grugnire e tossire con una cadenza creativa. Inframezzata con quei rumori, aveva una propensione a espettorare a intervalli regolari in un grande fazzoletto spiegato, che successivamente ripiegava con eleganza – per proteggerne i contenuti – permettendo alla sua sinfonia totalmente cacofonica di ricominciare.

———

Mentre mi avvicinavo al tavolino, mio padre, che chiaramente aveva aspettato troppo a lungo quel momento, afferrò con entusiasmo il "Corriere della Sera", aprendolo alla terza pagina dove c'era un lungo articolo che spiegava che un italoamericano aveva scoperto la cura contro il cancro. Seppi istantaneamente che si trattava di una notizia falsa e chiarii che questa svolta eccezionale era ancora una volta a vantaggio di un'altra specie di mammiferi, molto più fortunata, e che per quelli di noi che non erano topi la pazienza restava della massima importanza. Avendo dedicato anni della mia vita alla ricerca sul cancro, mi sentivo del tutto sicuro della mia convinzione e della spiegazione sulla questione, ma nondimeno il mio commento provocò una dissertazione corollarica da parte dell'Avvocato. Poiché era l'avvocato in pensione della città, si sentiva costretto a esercitare le sue abilità dialettiche, ora che si era ritirato e aveva poche opportunità di esibirsi con un pubblico più rilevante. Tenendo la sua prima Sambuca sopra la testa con una mano, e una sigaretta tra l'indice e il medio dell'altra, iniziò il suo proclama dichiarando che, in America, c'erano molti scienziati che ricevevano premi prestigiosi e che erano leader nel mondo nel campo della ricerca, ma che lui non riusciva a vederne i risultati. "Questo mi ricorda la storia dei due vinai che stavano portando al mercato dieci bottiglie di vino pregiato…"

Nel frattempo apparve il Marchese con un ombrello invece del bastone, ma ciò nonostante usando la sua nuova arma per salutare e grattarsi le basette nei momenti di contemplazione.

"Era una giornata calda", continuò l'Avvocato, "e mentre camminavano fino al mercato, uno dei due uomini disse: 'Ehi, che ne pensi se beviamo una bottiglia di vino?' Il suo amico gli ricordò che avevano fatto il vino per ottenere un profitto e che non voleva darlo via per niente. A queste parole, il primo mercante di vino replicò: 'A quanto abbiamo intenzione di venderlo?' 'Un euro', disse l'altro. 'Ho giusto qui un euro, dammi la bottiglia e prendi i soldi'. Soddisfatto di tale logica impeccabile, il secondo affarista accettò la transazione e così andarono avanti. Ma mentre camminavano sotto il sole battente, alla fine riconobbe un simile desiderio per qualcosa di fresco, liquido e aromatico, da prendere il prima possibile per dissipare gli effetti della giornata calda e la pigrizia dal cammino ancora da fare. Considerando che i buoni affari richiedono transazioni eque, restituì l'euro all'amico per una nuova bottiglia di vino. Si dice che il vino non sia una bevanda dissetante, e che, quando si svuota una bottiglia, ne sia necessaria un'altra per conservarne gli effetti. Al momento in cui raggiunsero il mercato, non c'era più vino e avevano solo un euro nelle tasche".

Mentre stavamo seduti cercando di distillare la saggezza in un ragionamento conciso e significativo, l'Avvocato ci venne in aiuto: "È proprio lo stesso, mi sembra che tutti questi 'studiosi' vivano un'esistenza autocelebrativa, scambiandosi premi, dandosi l'un l'altro pacche sulle spalle per i loro autoproclamati successi, trascurando sempre di verificare se stiano realmente facendo del bene, restituendo un guadagno tangibile a coloro che sostengono i loro passatempi autoindulgenti".

Il Marchese, che aveva aspettato pazientemente la fine della narrazione, agitò l'ombrello verso il signor Belvedere e disse: "Vorreste portarci due latti di mandorla? Uno per me e uno per il signorino Giuseppe. Molte grazie". Girandosi verso di me, aggiunse: "Scommetto che hai anche dimenticato di cosa sa".

Avevo inteso bere un cappuccino, perché era in accordo con la mia routine mattutina profondamente radicata, ma non ebbi il coraggio di dispiacere il Marchese. Sorseggiai pazientemente il mio latte di mandorla. Come avevo ricordato, offriva una sensazione di freschezza mentre seguiva fluidamente il suo percorso verso il mio stomaco.

Fino a quel momento, la gara personale dell'Avvocato era su un pareggio di tre Sambuche a tre sigarette, la pioggia si era trasformata in una pioggerella leggera che fece proclamare a mio zio: "Zaccalia!"[10], e la signora che portava uova in un cesto sulla testa riapparve come l'indiscussa regina della Chiazza. Quando comparve un turista, chiedendo il permesso di fare una foto alla regina, questa alzò la mano, strusciando il pollice con indice e medio in un gesto che significa "soldi". Il turista le dette qualche moneta che aveva in tasca e lei sorrise e si mise in posa per la foto. E ora sappiamo perché, anche in questi tempi moderni, una tale pratica obsoleta di trasporto resti viva e vitale.

La combinazione dell'assenza del Professore e dell'inerzia opprimente di una città sonnacchiosa, così diversa dal mondo al quale sono ora abituato, mi provocò un accesso della mia tipica impazienza, che

---

[10] Espressione dialettale per descrivere una pioggia quasi impalpabile.

affligge così tanto i membri della mia famiglia di ogni generazione. Quando iniziai a riconoscerlo dentro di me, mi alzai dal tavolino, scusandomi, con il pretesto di cercare qualcosa di interessante da cucinare per cena.

Nonostante il fare spese non mi venga naturale, è strano come, quando vado in un centro commerciale in America nel periodo natalizio, mi senta temporaneamente e misteriosamente felice. Forse è dovuto alla confusione e alle luci brillanti che mi distraggono, per un momento, dalla depressione e dalla noia croniche che spesso mi colgono prima delle vacanze. In ogni caso non sono bravo a fare spese. Il sovraccarico sensoriale, causato non solo dalle "cose" ma anche dai miei compagni di spese, mi opprime. Trovo affascinante osservare la varietà di specie e sottospecie di consumatori, e mi ritrovo a chiedermi se il comportamento di spesa sia più fortemente il risultato della natura o dell'educazione.

Ci sono gli esperti che sembrano sapere tutto del centro commerciale. Possono fare spese comparative con altri centri della zona e anche con quelli in California dove potrebbero essere stati l'estate passata, o perché hanno controllato su Internet. Possono indicare con precisione i pro e i contro di ogni articolo e differenziare accuratamente tra affari veri e pseudo-affari. Per quanto l'obiettività sia la caratteristica più apparente di questo fenotipo di persone, la vibrazione nelle loro voci, quando descrivono il gadget recentissimo in vendita al piano più alto, tradisce emozioni più profonde.

Poi ci sono gli scettici. Non importa quanto qualcosa sembri buona, questi non ci cascano. Sanno che la cover di plastica rosa per il loro cellulare, sebbene molto bella, dovrebbe costare almeno cinquanta centesimi in meno del prezzo esposto. Per non menzionare il fatto che potrebbe rompersi facilmente, se non si sta attenti, perché le parti assemblate in Cina sono probabilmente non ben incollate insieme: la cognata ne aveva comprata una simile diversi mesi prima e aveva dovuto riportarla subito indietro con un'incrinatura nel mezzo. Fortunatamente le avevano restituito i soldi. In generale è sempre prudente stare attenti alla grande cospirazione che cerca di vendervi mediocrità a prezzi inflazionati, come quei calzini dei Redskins che non durerebbero un lavaggio senza restringersi e hanno, in ogni caso, un prezzo esagerato, particolarmente in considerazione degli scarsi risultati della squadra in questo campionato.

E poi ci sono i compratori compulsivi, che comprano cose perché sono "così carine", come la bambola da collezione con la testa del Presidente. Non si può assolutamente farne a meno, e oltretutto sono al venti per cento di sconto! È facile giustificare tali compulsioni sentendo che più si spende, più si risparmia.

E questo mi porta ai cacciatori di affari. Credo che questa sia una sottospecie dei compratori compulsivi, che colleziona solo cose in vendita, siano esse utili o no, siano esse adatte alla loro casa o no, e che piacciano o no. La logica dietro questo comportamento è che un affare è un affare, e la possibilità di ottenere una confezione da dodici di occhiali da sole di plastica rosa a disegni di fiocchi di neve col cinquanta per cento di sconto potrebbe non materializzarsi mai più.

Ovviamente, il tipo migliore di acquirente da centro commerciale è il compratore pratico. A passo svelto, segue un percorso prestabilito nel centro commerciale, emergendo da ogni negozio con borse e pacchi in più che infila con destrezza in altre borse come una matrioska russa, finché la borsa esterna non si rompe. Può riempire il portabagagli della sua auto in sole poche ore, avendo speso efficientemente in tempo e denaro per raggiungere l'obiettivo finale del compratore vacanziero: seppellire la monotonia del Natale sotto mucchi di ciarpame colorato.

E poi ci sono i disperati. Credo di appartenere a questo gruppo. Appaiono come persi nella folla, guardano "cose" che non vedono. In realtà non sanno che cosa vorrebbero la moglie o i bambini, non solo per Natale ma anche per la vita, il che fa sì che si chiedano se in realtà li conoscono veramente. Tutto appare loro uguale. Cercano nuove idee, ma niente si addice alle loro speranze, forse perché non ne hanno. Pensano ai Natali passati e vedono la ripetitività del gioco: la lotta disperata verso un concetto di felicità che, inevitabilmente, non si materializza. Pensano con nostalgia ai tempi in cui Babbo Natale si prendeva cura di tutto e la vigilia di Natale portava con sé trepidazione e sorpresa. Non capiscono cosa sia successo a Babbo Natale, che ora siede all'angolo del centro commerciale e, per un compenso minimo, posa per le fotografie con i bambini. Si chiedono che cosa stiano facendo là, dimenticando che non hanno altro posto in cui andare. Alla fine identificano un'anima buona in un negozio di candele e le chiedono di vendere loro qualcosa – qualunque cosa – in modo da poter finalmente andare a casa senza sentire che la loro giornata è stata, ancora una volta, un fallimento. E quando emergono dal centro commerciale, con i campanelli che tintinnano e le luci che brillano, si sentono di nuovo felici perché, dopo tutto, è Natale.

Ma fare la spesa a Pizzo non è niente di tutto ciò. Prima di tutto, mentre vado per negozi a Pizzo, non sono uno dei tanti ma, piuttosto, vengo promosso da signorino Giuseppe a signor Dottore o signor Professore, secondo lo status sociale di coloro che mi si rivolgono. M'immagino a che titolo potrei essere promosso, se esistesse una casta ancora più bassa. Per convalidare in modo conclusivo la ragione irrefutabile di tale deferenza al cliente curioso e poco sofisticato, il proprietario del negozio potrebbe dichiarare: "È il figlio di don Paolo", risolvendo così qualsiasi disputa residua in merito alla necessità di attenzioni speciali. Nonostante quanto possa sembrare, non è adulazione ma piuttosto un sincero apprezzamento per qualcosa di lontano ed esotico che può essere condiviso solo indirettamente, dimostrando la più profonda reverenza.

In secondo luogo, c'è molto meno tra cui scegliere, il che mitiga completamente il sovraccarico sensoriale del centro commerciale americano. Qui non c'è quasi nulla in saldo, anche se tutto è aperto alla trattativa. Ma questa è un'abilità che va al di là delle mie più grandi ambizioni. Quello che mi si addice di più, tuttavia, è la libertà dal prendere decisioni. Tutti i caratteri indecisi, qui, sono in paradiso. "Questo pesce è appena arrivato, sbatte ancora la coda", dirà il negoziante, e prima che te ne renda conto il pesce è in una borsa di carta e nelle tue mani. "E che ne dite di queste melanzane? Avete mai visto qualcosa di tanto grosso? Saranno perfette per una parmigiana. Aggiungiamo questa mozzarella subito subito e qualche pomodoro, e non dimentichiamo qualche foglia di basilico. E a proposito, fatemi andare nel retro, ho del buon vino casalingo. Ma ditelo a nessuno perché non abbiamo la licenza per venderlo! Lo dovete provare, signor Professore, è un buon vino nuovo chiamato Critone. Prendetene una bottiglia, con gli omaggi della casa". Alla fine, con le borse piene di prodotti per i quali ho pagato un totale esatto di dieci euro, mi ritrovo che torno verso casa, cercando di ricordare che cosa intendevo comprare per cena all'inizio e chiedendomi cosa farò con quella agitata creatura marina, troppo grande e certo poco adatta al limitato ecosistema fornito dal piccolo acquario di acqua dolce nello studio.

A questo punto posso udire in sottofondo il lettore che chiede dove stia andando questa storia, e se tali digressioni siano giustificate. Ma io chiederei di rimando, non è forse così la nostra vita? Non dobbiamo così spesso mettere in attesa ciò a cui più teniamo per avere a che fare con banalità che ci tengono occupati, che le vogliamo o no? E, inoltre, questo è il modo in cui vanno le cose a Pizzo. Qui solo le campane della chiesa sono prevedibili, tutto il resto deve attendere il momento scelto da Dio.

Fortunatamente, mentre tornavo alla Chiazza, trovai il Professore al tavolino, pronto per la continuazione della storia di Alessandro che, spero, non sia già stata dimenticata. Questo sarà l'argomento del prossimo capitolo. Ma, prima di girare la pagina, sono costretto a concludere la saga del mio shopping compulsivo.

In paziente attesa all'angolo del Bar Gatto c'era Ciccio Percuoco. Era seduto su una sedia con le gambe incrociate proprio come il mio papà e mio zio, guardando verso il negozio del barbiere, costretto a discutere con sé stesso, con l'atteggiamento più educato e forse, se avesse potuto essere ascoltato, la più ragionevole eloquenza. Mentre camminavo verso il monologhista con le mie provviste, non potei evitare di notare la somiglianza tra i suoi penetranti occhi azzurri e quelli del mio papà e di mio zio, in particolare sotto la struttura della tipica stempiatura dei miei antenati, e una volta di più mi feci delle domande. Ma non c'era tavolino al suo fianco e, perciò, non poteva essere testata né confermata in questa occasione la penetranza del fenotipo "tamburellìo" discussa in precedenza. Consegnai perciò semplicemente alle sue cure fidate i generi commestibili, compreso il pesce che mi disse "arrivederci" dalla borsa con un ultimo sbattere della coda.

Alessandro diventa grande

La storia ora incappa in una questione delicata, riguardo la quale si prega i lettori di mantenere il riserbo evitando di divulgarla oltre la soglia di queste pagine. Al tavolino, insieme alla folla ormai ben nota, sedeva don Pino, il sacerdote della chiesa di San Giorgio[11], la cattedrale di Pizzo, da cui le famose campane segnano il tempo. La ragione di tale discrezione sta nella riluttanza di don Pino, rappresentando la più alta carica ecclesiastica di Pizzo, a farsi vedere mentre partecipava alla scena profana delle piacevoli consumazioni umane di cibi e bevande. In realtà, lui non cedeva mai a simili tentazioni, tranne in quelle occasioni non così eccezionali in cui era costretto dalla sua stessa gentile natura a unirsi al suo gregge, in particolare quando invitato con forza e insistenza dal *noblesse oblige* del Marchese. Perciò, conformemente agli sforzi del Dott. Riga di insegnare con l'esempio ciò che va evitato nelle questioni corporali, don Pino si sforzava di spiegare quelle spirituali, anche grazie a quella misericordiosa sfaccettatura del Cattolicesimo che incorpora rimorso, penitenza e redenzione per ogni peccato, senza specifiche limitazioni sulla natura o il numero.

Questo non vuol dire che don Pino fosse un cattivo pastore. In realtà, lui era proprio quello di cui aveva bisogno Pizzo, una città che non poteva tollerare uno sciovinista: qualcuno con delle credenziali per un'empatia nei confronti di tutti i peccati possibili e immaginabili, dal momento che don Pino, secondo quanto si diceva, aveva un'esperienza concreta di quasi tutti (non che qualcuno osasse fargli domande in merito). Ciò di cui la città aveva bisogno era un ecclesiastico che battezzasse nelle fasi iniziali, officiasse matrimoni quando erano assolutamente inevitabili e offrisse conforto e speranza a quanti si preparavano a lasciare Pizzo per non farvi più ritorno. La morte, secondo lui, non era la fine ma l'inizio di una vita migliore, purché, naturalmente, le potenziali dispute con

---

[11] La Cattedrale si trova proprio di fronte a casa mia ed è nota perché ospita la tomba di Gioacchino Murat, del quale sentiremo parlare più avanti.

l'Onnipotente fossero state risolte prima della dipartita. "Dio perdona tante cose per un atto di misericordia", era solito ricordare al penitente, parafrasando le parole di Lucia Mondella ne "I Promessi Sposi", suggerendo che anche una modesta donazione alla chiesa di San Giorgio sarebbe bastata a compensare una vita di imprese che non soddisfacevano esattamente i requisiti per oltrepassare le porte del paradiso.

Don Pino era ben visto dall'intera città, anche da quelle vecchie signore in nero simili a scarafaggi che cantavano malinconiche litanie in chiesa con belati acuti, forse in rispetto di Dio ma indubbiamente a sprezzo di ogni divinità musicale. In piedi di fronte a loro, inclinava in avanti il collo, seguito dalla testa e dal mento, smuovendo il suo grasso cervicale e toccandosi il petto con il mento mentre congiungeva le mani davanti al cuore. Con occhi pensierosi, tristi, a volte anche umidi, le guardava e per un attimo, come una nuvola che copre il sole, sostituiva momentaneamente il suo atteggiamento gioviale con uno addolorato in segno di simpatia per quelle bigotte. E si vedeva chiaramente che era davvero dispiaciuto per quelle povere donne che non avevano niente di meglio da fare che sprecare il loro tempo in un simile frangente.

Ma una tale contrizione era troppo in dissonanza con l'allegro temperamento di don Pino per durare a lungo. E quindi, qualsiasi servizio stesse officiando, lo svolgeva in modo efficiente, così che la congregazione, lui stesso compreso, potesse essere sollevata dai propri doveri spirituali e fare nuovamente ritorno all'aria fresca, lasciando che quanti serbavano altre questioni da discutere con il Padre, il Figlio e lo Spirito Santo lo facessero nel privato dell'ambito esaltante dell'incenso e senza ulteriori e inutili interferenze terrene.

Don Pino riteneva che l'Avvocato incarnasse il più bisognoso tra i membri della congregazione di allora. Come era archetipico della sua natura caritatevole, decise di dimostrare la sua empatia e la sua lealtà ordinando egli stesso una Sambuca che si accordasse a quella del suo vicino. Nel frattempo, la presenza di Don Pino suscitò in Angelo Belvedere l'inquietante presentimento che, un giorno, la sua stessa vita potesse finire, in particolare a causa della sua abitudine di indulgere nel fumare e nel bere, cosa che probabilmente accelera il processo. Nel tentativo di ingraziarsi il maestro negoziatore, il sig. Belvedere si prese la briga di portare una brioche al gelato – ovvero una brioche tagliata a metà e riempita di gelato artigianale alla vaniglia – insieme a biscotti e dolcetti di pasta di mandorle. Questi, a loro volta, costrinsero don Pino ad allentare il collarino di plastica bianca infilandovi dentro due dita per toglierlo e facilitare così la progressione del cibo giù per l'esofago, seguendo il sentiero originariamente indicato dalla gravità, ma impedito dall'indumento tradizionale dell'ecclesiastico similmente al laccio dei cormorani[12]. Per facilitare ulteriormente la progressione del cibo verso la sua destinazione, don Pino ordinò una seconda Sambuca, seguita da un espresso corretto alla grappa poiché, secondo la sua modesta opinione, il gusto di liquirizia della Sambuca non andava bene con l'amaro del caffè. "La grappa nel caffè è come le lacrime di Maria che diluiscono l'amaro della Passione di Cristo", diceva, lasciando il pubblico sbalordito per la raffigurazione poetica di questa visione altrimenti profana, mentre continuava a masticare con gravità.

Avvicinandomi al tavolino, fui accolto da una serie di caldi sorrisi. Mentre li osservavo in quel giorno particolare, provai un sentimento d'amore per i vecchi saggi che si erano riuniti ad aspettarmi in un giorno di pioggia. Mi resi conto di cosa dovevo significare per loro: ero un rappresentante della loro stessa progenie sparsa per lo stivale italiano e oltre, perlopiù di successo grazie all'orgoglio dell'emigrante o, in ogni caso, più benestante di quanto sarebbe stata restando a Pizzo, dove le opportunità erano scarse e di proporzioni relativamente minuscole. Quella volta, e avendo questo in mente, non cercai rifugio tra i miei parenti, ma sedetti invece tra il Marchese e il Professore.

"Caro don Pino", stava dicendo il Dott. Riga, aggiuntosi anche lui al gruppo, "non dovreste starci male per questo. Le cose sono cambiate a causa di Internet".

Don Pino aveva osservato che la misura del suo gregge si era ristretta col passare degli anni, poiché il contingente in diminuzione degli anziani non veniva rifornito dai semi della gioventù, e aveva espresso la sua preoccupazione che quel venir meno di *verve* mistica fosse, almeno in parte, colpa sua.

"Siamo onesti!" continuò il Dott. Riga. "Perché, in Italia, diventano cristiani e non musulmani, ebrei o qualsiasi altra cosa? Perché

---

[12] Uccelli usati da secoli dai pescatori in Cina, Giappone e Grecia. Viene posto un laccio alla base del becco che permette di inghiottire solo i pesci piccoli, mentre i grandi restano nel becco, costringendo l'uccello a tornare sulla barca del pescatore, dove questo allenta il laccio e recupera il pesce.

vengono battezzati appena fuori dal grembo materno, prima ancora di avere la possibilità di espellere il meconio!"

"E poi restano cristiani per mancanza di alternative", aggiunse l'Avvocato, "perché, mentre loro si preoccupano di cose più importanti per la maggior parte del tempo, il Cristianesimo, con la sua gamma di sacramenti, fa da panacea tenendo occupate madri e mogli. La nostra generazione segue passivamente ciò che le fu messo nel piatto, e concludo che la 'scelta religiosa' è una questione circostanziale. Non tentate di convincermi che non è solo una coincidenza che le preferenze religiose seguano la geografia e l'appartenenza etnica. È assurdo pensare che ogni singolo membro di ogni gruppo etnico del mondo converga verso una conclusione comune dopo aver considerato tutte le opzioni".

Il bicchiere di Sambuca si librava a quel punto sopra di noi, mentre l'Avvocato stava in una posa statuaria che ricordava la statua della libertà, se non per il fatto che io devo ancora vedere quest'ultima tossire ed espettorare con la stessa maestosa potenza.

"Ma questi ragazzi moderni sono diversi! Vengono inondati di informazioni non appena imparano a usare il computer da bambini, cose che noi non potevamo nemmeno immaginare quando eravamo giovani! Essere diversi è la moda, oggigiorno, e mentre può essere positivo per le nuove generazioni, è nocivo, con il dovuto rispetto, per gli affari della Cristianità e delle altre istituzioni che dipendono dall'abitudine. Perciò, mio caro don Pino, non penso che dobbiate biasimare voi stesso. Sono i tempi a essere cambiati".

"Sono totalmente d'accordo con l'Avvocato" intervenne il Professore. "Dovremmo insegnare ai nostri figli tutte le religioni e le filosofie e, alla fine, lasciare scegliere a loro quelle che preferiscono. Lasciamo che paragonino il gergo allegorico e paternalistico delle parabole che tutte le religioni condividono. Lasciamo che esaminino la pseudologica che tutte le religioni condividono con lo scopo comune di far rispettare qualcosa che non potrebbe essere dimostrato altrimenti tramite il pensiero logico. Caro don Pino, con il vostro buonsenso" continuò il Professore, "avete fatto più proseliti e salvato più anime voi di tutti i profeti messi insieme, perché, almeno, voi fornite al vostro gregge gli insegnamenti di cui ha bisogno e date una conferma positiva quando e dove è più richiesta".

"E la fate breve!" lo interruppe mastro Antonio, annuendo pensieroso.

"So cosa intendete", replicò don Pino. "A volte mi vedo più come un buddista che come un cristiano. Alcuni anni fa andai in Cina con una delegazione cristiana e visitai il tempio più antico di Pechino. Mi piacque stare là per quelle poche ore di meditazione. Mi piaceva il silenzio e la semplicità del monastero. In giro c'era solo qualche monaco. I Buddha, con un sorriso incoraggiante sui volti, stavano seduti o sdraiati in pace. L'odore d'incenso e il canto monotono mi mettevano a mio agio, in sintonia con lo Spirito Eterno. Sentivo un immenso desiderio di cambiare, per quanto non fossi sicuro da cosa e in cosa sarei cambiato. Promisi a me stesso, proprio là e in quel momento, che lo scopo della mia vita e serenità sarebbe stato di non fare mai del male agli altri e di alleviare la sofferenza spirituale ed emotiva sulla Terra, poiché gli effetti di tale pratica sono più facili da misurare per noi mortali".

"Mi sembra che il Buddismo possa essere riassunto in 'Prenditela calma!', una versione ascetica del Prozac", aggiunse il Dott. Riga.

"Qualche volta, sento di essere un buddista io stesso, ma per altre ragioni. Sento che i Cinesi hanno ragione a dire che noi esistiamo in vite diverse, ma io correggerei solo leggermente il concetto: noi non viviamo le nostre vite differenti in sequenza ma piuttosto in parallelo. A volte siamo topi, a volte tigri, cani o gatti e molto spesso maiali", aggiunse l'Avvocato, confondendo il Buddismo con lo zodiaco cinese e aggiungendo i gatti al miscuglio, forse in onore del signor Belvedere che, in piedi sulla pedana, con la millesima sigaretta in mano, stava controllando la Chiazza in cerca di potenziali clienti, ora che la pioggia diminuiva e il sole faceva capolino tra le nuvole.

Ed era così che dei *non sequitur* su un tema comune riempivano quelle pigre mattine a Pizzo. Problemi che non potevano essere pienamente compresi da filosofi e studiosi venivano analizzati con semplicità dai saggi di buon cuore, che, avendo vissuto le loro intere vite in quella cittadina, erano al riparo dal dover confrontare le loro soluzioni logiche col rigore della scienza.

"Sì, don Pino, prendetevela calma. Voi siete esattamente ciò di cui abbiamo bisogno", disse il Marchese.

Mastro Antonio aggiunse: "Vedete, don Pino, voi potete anche non essere perfetto, ma, come ha detto il Marchese, siete proprio ciò di cui abbiamo bisogno. In realtà, voi mi ricordate Berlusconi. Possono dire ciò che vogliono su di lui, ma nessuno potrebbe mai accusarlo di regalare agli Italiani la reputazione di noiosi".

Nonostante l'affetto indiscusso, che tutti noi condividevamo, nei confronti di mastro Antonio e la sua salda onestà malgrado tutte le considerazioni diplomatiche, sentivamo che il suo benintenzionato tributo alla figura ecclesiastica più importante della nostra città si era spinto troppo oltre. Promisi a me stesso − e sono abbastanza sicuro che anche quasi tutti gli altri lo fecero – che la prossima volta che mastro Antonio avesse aperto bocca, gli avrei ficcato dentro una brioche al gelato, vaniglia o cioccolato, qualsiasi fosse a portata di mano, prima che fosse troppo tardi. Dico "quasi tutti" e non "tutti" gli altri perché, mentre il resto di noi cambiò posizione sulle sedie, a disagio, il Marchese, fissandosi le scarpe e grattandosi la basetta destra con il manico dell'ombrello, fece un sorrisetto di sbieco, che io colsi solo perché ero seduto al suo fianco.

Fu il Professore a menzionare per primo la storia di Alessandro. "Hai letto gli appunti?" chiese sorridendo.

"Certamente. Solo la parte dattiloscritta, però. Il resto era troppo difficile da decifrare. Speravo lo avreste riassunto voi per me".

"Ah, sì. Francamente, trasformare quegli scarabocchi in una storia coerente ha richiesto molto studio e, cosa più importante, delle lunghe conversazioni con Alessandro durante gli ultimi stadi della sua malattia".

E fu così che il Professore, dopo aver guardato ancora una volta il Marchese per incoraggiamento, cominciò: "Sono sicuro che voi tutti ricordate donna Giovanna…"

"Certamente!" Esclamò don Pino. "Avevamo tutti così paura di lei!"

I lettori hanno già familiarità con donna Giovanna, personaggio cui si fa riferimento negli appunti di Alessandro come "Nonna". Mentre il Professore narrava la sua storia, i miei parenti si trattennero dal tamburellare, il Dott. Riga e l'Avvocato ridussero al minimo il loro tossire e sbuffare, mastro Antonio si avvicinò lentamente al tavolino e il

Marchese posò il mento sulle mani, che teneva incrociate sul manico dell'ombrello che gli stava davanti. Da qui in avanti riferirò il racconto del Professore, interrompendolo solo per qualche contributo saliente da parte del gruppo di ascoltatori.

***

"Donna Giovanna aveva vissuto sulla propria pelle la Seconda Guerra Mondiale, galleggiando sul mare tempestoso in una città costiera che faceva da roccaforte per i Tedeschi mentre gli Alleati li bombardavano regolarmente. Tuttavia, non furono le bombe a scuotere nel profondo la città. Furono piuttosto i disagi conseguenti alla devastazione, il caos e la povertà che accompagnano la guerra, ad avere l'effetto maggiore sui cittadini.

Dopo la morte del marito un decennio prima, era morto il suo primo figlio, colpito dal fuoco nemico durante un raid sul Tirreno. Si ritennero fortunati quando, alcuni giorni dopo, il corpo coperto di ustioni venne ritrovato sulla spiaggia, con la piastrina di riconoscimento ancora appesa al collo, così che poté essere seppellito degnamente nella cappella di famiglia. Insieme a queste perdite, un'ampia porzione del vecchio patrimonio di famiglia era andata persa a causa delle mutevoli decisioni delle fazioni sempre diverse che alteravano il paesaggio politico, un tempo intoccabile, del Sud Italia. Sfortunatamente, queste decisioni non potevano essere contestate in assenza del patriarca o del figlio maggiore che stabilivano sia i legami politici, sia il *savoir-faire* atti a salvare la barca che affondava e a preservare la proprietà nel contesto caotico e instabile determinato dalla guerra civile all'interno di quella regolare. Nonostante tutto ciò che era contro di lei, donna Giovanna ce la fece. Sbarcò il lunario trasformando il palazzo dove la sua famiglia aveva prosperato solo alcuni anni prima in una pensione per Tedeschi e, dopo, per Americani. Girava anche voce che, per un breve periodo di tempo dopo che gli Americani erano sbarcati a Pizzo, avesse alloggiato tutt'e due le nazionalità contemporaneamente, in quei giorni in cui pochi Tedeschi dovettero restare in zona soprattutto per questioni amministrative e furono colti di sorpresa dalla veloce invasione. Secondo quanto si diceva, lei aveva negoziato tra le due fazioni affinché la sua casa fosse un santuario di tolleranza durante il periodo di sovrapposizione, servendo i pasti alle due fazioni in orari diversi nelle rispettive ali del palazzo e lasciando agli

65

assistenti tedeschi il tempo di organizzare in pace la loro partenza, con l'accordo che sarebbero andati via il prima possibile.

"Dopo le devastazioni della guerra, i figli sopravvissuti emigrarono a nord, mentre lei rimase a Pizzo per restaurare da sola l'impero di famiglia. La vecchia magione lentamente recuperò lo splendore e il rispetto che era appartenuto alla famiglia nei secoli precedenti. Nel processo, donna Giovanna divenne una donna dura. Imparò a comandare e a controllare quanti le stavano vicino, e la gente la temeva e la rispettava allo stesso tempo. Nella chiesa di San Giorgio aveva un balcone che restava vuoto la maggior parte del tempo, in attesa di quelle occasioni speciali in cui lei onorava la cattedrale della sua presenza. In quelle rare occasioni, la gente le faceva spazio quando il sacrestano apriva il cancello del balcone e i chierichetti, tra cui il giovane don Pino, venivano a baciarle la mano. Spesso chiedeva a Sara, la sua serva fedele, di accendere delle candele e di donare delle offerte mentre lei scrutava la cattedrale dalla sua panca con occhio inquisitore, come per chiedere ai *nouveaux* leader del dopoguerra della città fatti accomodare in prima fila, anch'essi venuti a porgere rispetto all'Onnipotente:

'Dove eravate quando avevo bisogno di voi?'

Così donna Giovanna viveva come un'impavida regina regnante che detta le regole indiscusse del suo regno. Ma Alessandro non aveva paura di lei. Per lui, era semplicemente la sua nonna. Era una nonna con cui viveva, poiché la famiglia si era riunita a Pizzo dopo aver riacquistato ricchezza e prestigio. A dire la verità, l'invincibile donna Giovanna aveva una debolezza come nonna. Quella debolezza era nei confronti di Alessandro. Per quanto, da vicino, non assomigliasse ad alcuno dei suoi antenati, i begli occhi e l'atteggiamento gentile erano disarmanti, anche per la dura e stoica donna Giovanna. Il posto speciale di Alessandro nel suo cuore era ben nascosto al mondo dal suo comportamento severo, tranne che per il fratello maggiore di Alessandro, Achille, che in segreto provava risentimento per la discriminazione.

A sua difesa, andrebbe detto che Alessandro era un ragazzo eccezionalmente gradevole. Nessuno poteva rammentare il suo coinvolgimento in scatti d'ira di qualsiasi tipo, in qualunque momento della sua vita. Spesso difendeva anche i comportamenti ribelli, in cui ogni bambino può essere coinvolto, con una logica disarmante che, per quanto non necessariamente corretta, esigeva rispetto e richiedeva ponderata negoziazione".

***

Come esempio della logica compulsiva di Alessandro, il Professore offrì, "con gli omaggi della casa", un aneddoto che aveva sentito dal padre del ragazzo. All'età di quattro anni, nella sala in cui si svolgevano quasi tutte le attività della famiglia, la madre di Alessandro aveva detto: "Tuo padre ed io siamo così fortunati ad avere i figli migliori del mondo!" A questo, Achille aveva replicato con cortese entusiasmo: "E anche noi siamo fortunati, dal momento che abbiamo la nonna migliore e i genitori migliori del mondo!" La felicità racchiusa in questa ineccepibile scoperta avrebbe avvolto tutti, se il piccolo Alessandro non si fosse intromesso con un'affermazione meditata: "Aspettate un momento. Questa sarebbe una coincidenza *impossibile*".

***

In merito alla gradevole personalità di Alessandro, c'è un altro aneddoto rivelatore, fornito stavolta direttamente dal suo stesso diario. Tra le molte regole della Nonna, una in particolare era incontestabile: la necessità del completo silenzio durante la cuntrura. Estate o inverno, caldo o freddo, ci si aspettava che i bambini mangiassero a tavola vestiti, dopo aver fatto la doccia se erano appena tornati dalla spiaggia, secondo il suo codice di comportamento: camicie appena stirate e inamidate. Ci si aspettava che si comportassero in modo appropriato, con le gambe sotto il tavolo, e le mani - ma non i gomiti – appoggiate sopra, masticando con la bocca chiusa. Dopo il pranzo in famiglia, ci si aspettava che si ritirassero nelle loro stanze, si spogliassero e restassero a letto fino a quando l'ora contro l'ora fosse finita.

Il riposo e il sonno durante la cuntrura erano un'usanza ancestrale, che si presumeva influenzasse la salute e la crescita del bambino. Nessuna argomentazione scientifica avrebbe potuto supportare questa teoria, come presto si rese conto Achille. Così, maledicendo la Nonna e tutti i suoi antenati, il fratello scontento di Alessandro si abbioccava nell'umor nero più profondo, giorno dopo giorno, anno dopo anno. Questo non era però il caso di Alessandro, che imparò a godersi quei momenti di tranquillità. Ogni giorno, durante quelle ore silenziose, portava placidamente una sedia alla finestra della sua camera da letto, da dove poteva scrutare in pace il mondo esterno. Osservava per ore la vita in terza persona, un comportamento che ben gli si confaceva e che continuò ad adottare anche da adulto, come abbiamo già scoperto nel capitolo precedente.

In conseguenza della gradevole personalità che definiva la sua fanciullezza, Alessandro non approfittò mai del suo potere carismatico sulla Nonna, accettandone di buon grado le regole. Ma la sua gradevolezza fu scossa dall'alba della pubertà. In quegli anni, come ci si potrebbe aspettare durante questa età complicata, sviluppò una vaga compulsione a esplorare aspetti sconosciuti del genere complementare. Questo lo indusse a preferire le serate nella Chiazza o, meglio ancora, nelle alcove appartate della Marina[13] allo star seduto nella sala di famiglia a riascoltare racconti di famiglia rivisitati. Di conseguenza, diventò sempre meno propenso a osservare il coprifuoco delle venti imposto da donna Giovanna e controllato da Sara.

Sara stava con la famiglia da quando l'avevano adottata all'età di sei anni. All'inizio aveva fatto da balia al padre di Alessandro e successivamente ai suoi due figli. Col tempo, aveva ricoperto posizioni di rango familiare più elevato fino ad acquisire la statura di quella che, in tempi moderni, si potrebbe definire "assistente esecutiva di Nonna". Poiché rivestiva questo ruolo importante, assumeva il controllo di tutti gli incarichi con fermezza e lealtà. Era assolutamente idonea a lavorare per la personalità dominante di Nonna. Col passare degli anni, si era adattata ad accettare qualsiasi ordine, o direttiva, da parte di Nonna Giovanna senza fare domande, digerendoli e poi buttandoli fuori come se lei stessa l'avesse concepiti. L'esecuzione avveniva in un flusso unidirezionale, come un pesce che inghiotte aria dalla bocca e la butta fuori attraverso le branchie in un unico, fluido movimento. Sara, in una tenuta da domestica rossa e nera, barcollava invece di camminare, e portava una crocchia intrecciata che le incorniciava la testa. Era fedelmente seguita, a una certa distanza, da due natiche sproporzionate che sfruttava quando riposava le mani girate dietro la schiena. Una mano reggeva un mestolo, come lo scettro di un sovrano, pretendendo obbedienza. Lo chiamava "la ragione" e l'attrezzo fungeva da deterrente contro le monellerie.

---

[13] Originariamente abitazioni di pescatori poste sotto la città e lungo la spiaggia: area con bar, ristoranti e vita notturna.

Una sera in particolare, arrivando barcollante nella Chiazza per andare a prendere i due ragazzi e riportarli all'ovile, mentre le campane della chiesa suonavano le otto, scoprì che il tredicenne Alessandro non si trovava da nessuna parte. In men che non si dica, quanti erano nella Chiazza circondarono Sara per offrirle il loro conforto e sostenerla, per diverse ragioni. La prima era che la scomparsa del ragazzo era il segno di una mancanza di rispetto senza precedenti per il mestolo e per la donna che lo portava. La seconda era che la prospettiva di affrontare donna Giovanna con la notizia di un bambino scomparso, la gente della città lo sapeva, era insopportabile. E la terza, forse la ragione più importante per la semplice donna dal cuore buono, era che Sara provava una preoccupazione sincera e profonda per il fatto di non sapere dove si trovasse il suo principe.

Mentre Achille negava sinceramente di avere una conoscenza più approfondita dei gravi fatti, Alessandro apparve sulla soglia di Carmelo Natti. Il signor Natti era l'elettricista di Pizzo e aveva una relazione con la famiglia di Alessandro paragonabile a quella di Ciccio Percuoco con la mia, probabilmente a causa di simili scappatelle del nonno di Alessandro. Con portamento regale, Alessandro informò il signor Natti di aver iniziato una rivolta contro donna Giovanna. Alessandro aveva intenzione di trasferirsi in casa del signor Natti perché credeva che fosse un uomo d'onore che potesse dargli asilo, nascondendolo dalla sua dispotica nonna. Carmelo Natti, rendendosi conto che era prudente ospitare il ribelle per impedirgli di escogitare un piano ancora più stupido, se lasciato in balìa delle proprie idee, permise ad Alessandro di stabilire il quartier generale della sua insurrezione nella casa dove lui viveva con la moglie devota, due figlie − la maggiore delle quali, Mariuccia, aveva un anno in più di Alessandro ed era molto graziosa − e il loro bastardino.

Poiché il dado era già stato tratto e non restava molto altro da fare a quell'ora, il signor Natti propose di giocare a tombola. Mentre l'intera famiglia, ora costituita da una persona in più, sedeva intorno al tavolo con le cartelle e i pezzetti di buccia e i semi di mandarino per coprire i numeri sulle cartelle della tombola, il povero elettricista, che aveva vissuto una vita molto serena fino a quel momento, si mise in testa il suo cappello di lana e dichiarò che sarebbe stato bello celebrare quella storica occasione. Detto questo, lasciò il piccolo appartamento con la scusa di andare a prendere del gelato.

Il palazzo di famiglia di Alessandro era solo a poche curve dalla sua stessa casa. Il signor Natti camminò lungo vicoli stretti, a quell'ora popolati solo da gatti e cani randagi che, stranamente, sembrava continuassero a vivere le loro vite senza essere toccati dallo storico evento. Allo stesso modo, l'intera città appariva immutata rispetto ad alcune ore prima, tranne per il fatto che, quando Carmelo Natti raggiunse con ginocchia tremanti la magione dove donna Giovanna regnava, notò che erano illuminate più finestre del solito. Questo accadeva molto probabilmente perché donna Giovanna, come Napoleone in circostanze di simile gravità, stava meditando mentre strusciava i piedi avanti e indietro all'ultimo piano, là dove si trovava il quartier generale della controrivoluzione.

Mentre saliva le scale, dopo essere stato annunciato, e mentre si chiedeva come donna Giovanna avrebbe preso la sua decisione di offrire asilo all'insubordinato nipote, la sentì dire, di fronte al ritratto del suo defunto marito, qualcosa che gli fece tremare le ginocchia ancora più forte: "Maria santissima, quel ragazzo non avrebbe mai pensato di fare qualcosa di così sciocco e irresponsabile se tu fossi ancora vivo. Tu sapresti come trattare lui e chiunque lo stia aiutando nella sua spregevole ribellione". Per il signor Natti era chiaro che la voce che Alessandro fosse ancora vivo e in salute si era già sparsa. Ragion per cui donna Giovanna poteva concentrare tutta la sua energia sulla riaffermazione della propria autorità.

Non avendo ricevuto alcun aiuto dal ritratto ammonitore ma distaccato della sua defunta metà, donna Giovanna si rese conto che, come succedeva ormai da molti decenni, sarebbe stata costretta ad affrontare da sola il problema. Riprendendo a camminare avanti e indietro, si imbatté in Sara e nel signor Natti, che teneva nervosamente il cappello in una mano e lo girava con l'altra. Mentre si preparava a dire: "Baciamo le mani, donna Giovanna", lei lo interruppe dicendo: "Un uomo coi baffi[14] mi ha detto che lui è venuto a infastidirvi!"

Mentre il Signor Natti si spremeva le meningi per scoprire il modo migliore per ammettere le sue colpe, donna Giovanna continuò: "Benissimo! Tenetelo a casa vostra come agli arresti domiciliari finché non deciderò cosa fare di lui".

---

[14] Figura del folklore napitino temuta dai più giovani perché, senza essere vista, sta ovunque e sente tutto, per poi riportare i cattivi comportamenti alle rispettive Nonne.

Come tutti i grandi comandanti del passato, donna Giovanna sapeva che doveva ideare una manovra rapida e inattesa per riaffermare la sua supremazia sul pubblico e, di conseguenza, su Alessandro. Fece un'altra passeggiata lungo il corridoio, dove il consiglio degli antenati le lanciava sguardi inquisitori dai ritratti, e poiché non era capace di trovare un'azione punitiva che avrebbe avuto la forza di portare avanti ai danni dell'adorato nipote, tornò e, tenendo la mano destra aperta in direzione della porta come a indicare che il signor Natti era libero di andare, proclamò: "Lasciamo che il ragazzo si preoccupi tutta la notte. Domani manderò Sara a dirgli che, se farà ritorno senza commettere ulteriori stupidaggini, lo perdonerò".

Come Napoleone prima di lei, soddisfatta del piano d'attacco stabilito per il giorno seguente, donna Giovanna andò a letto e cadde rapidamente addormentata, sentendosi orgogliosa della propria abilità diplomatica nel trasformare la sua prima sconfitta dopo tanto tempo in un onorevole compromesso.

Solo alcune stanze più in là, anche Sara si era addormentata. Il suo sonno, però, non era sereno. Era invece interrotto da improvvise cadute da un albero, da gesti di rabbia di sconosciuti e, cosa più importante, dalle occhiate piene di rimprovero degli antenati, che, usciti dai ritratti, camminavano avanti e indietro lungo il corridoio condividendo il disappunto verso Sara, che li aveva delusi.

In un'altra stanza ancora, non molto distante, Achille era invece completamente sveglio. Se ne stava a letto godendo al pensiero dell'imminente punizione di Alessandro, con l'inconscia speranza che, a causa delle bravate del fratello, avrebbe potuto guadagnare una posizione migliore nella gerarchia familiare.

Alessandro completò la tombola e, tenendo davanti al viso la ciotola, leccò ogni goccia di gelato fino a lasciarne pulito anche il fondo, nella tranquilla consapevolezza che né Nonna né Sara erano là a controllare il suo comportamento. Poi andò a letto e dormì profondamente, non come premio per aver ideato un piano ben congegnato per affrontare gli eventi futuri, ma piuttosto grazie alla semplicità della sua gioventù privilegiata, per cui presumeva che l'indomani qualcosa di soprannaturale avrebbe sistemato tutto. In un letto vicino al suo, Mariuccia giaceva sveglia a osservare i capelli ricci di Alessandro.

Il giorno seguente, Alessandro si svegliò e comprese che i problemi della vita non evaporano semplicemente da soli. Quando la luce filtrò attraverso le tende, considerò che non solo aveva perso la comodità della sua stanza, decorata con affreschi di cupidi bellissimi e gentili e dee paffute, ma anche che stava andando alla deriva sulle acque di un affare complicato da lui stesso creato e per il quale non sapeva come trovare una scappatoia. Quasi per verificare dentro di sé la situazione della sera precedente, ripensò alla serie di eventi che aveva precipitato la rivolta. Nel farlo, rassicurò sé stesso che non era stata realmente sua la scelta di perseguire quella lotta per la libertà. Era invece suo dovere morale, proprio come la lotta condotta dall'Unione durante la Guerra Civile Americana contro i Confederati, che, come la Nonna, giustificavano la pratica della schiavitù.

Confortato dal pensiero che l'imbarazzante circostanza non fosse affatto, in realtà, colpa sua, si voltò e trovò i grandi occhi castani di Mariuccia che lo fissavano, distraendolo completamente dalla sua difficile situazione. Come era sua abitudine, rispose con un sorriso seducente.

Potete immaginare la sua sorpresa quando suonò il campanello, interrompendo il tenero momento. Sara apparve sulla porta e lo informò che donna Giovanna gli aveva concesso l'amnistia, a patto che si ritirasse senza ulteriori discussioni. Pur considerando i suoi punti forti, era chiaro che Nonna mancava dell'astuzia dei grandi *conquistadores*, che mai avrebbero osato mostrare anche il più piccolo segno di debolezza all'avversario. In effetti la concessione inaspettata portata dal messaggero di Nonna restituì fiducia ad Alessandro. Il ragazzo, che era già più alto della tozza Sara, afferrò la spalla di lei con la zampa sproporzionata di un adolescente e, guardandola negli occhi, disse: "Per favore, di' alla Nonna che verrò a casa solo quando lei acconsentirà a farmi stare fuori di notte fino alle undici e fino a mezzanotte nei fine settimana. Fino ad allora, starò qua… anche se ciò volesse dire stare qua per il resto della vita".

È difficile ritrarre in modo accurato gli effetti devastanti di un tale ciclone su tutti coloro che erano presenti. Sara lasciò semplicemente cadere la mascella e si tamponò la fronte umida con un fazzoletto di calicò mentre barcollava fino alla prima sedia disponibile. La signora Natti si fece il segno della croce, mentre il signor Natti pensò fosse meglio fingere di non aver sentito. Per tutto il tempo il loro cagnolino, avvertendo che qualcosa di infausto aleggiava sulla famiglia Natti, girava da persona a persona uggiolando, scodinzolando e leccando qualsiasi mano o parte del corpo potesse raggiungere da una posizione accucciata. La figlia più piccola sembrava non toccata dalla conversazione e si mise un dito nel naso, mentre Mariuccia arrossì e, abbassando gli occhi, immaginò silenziosamente una vita con il suo principe e non ebbe alcun dubbio.

Dopo essersi un po' ripresa, Sara fu la prima a rompere il silenzio: "Non irritate ancora di più donna Giovanna. Nessuno l'ha mai sfidata. Lei sa cosa sta facendo. Sindaci, Professori, Onorevoli e tutti gli uomini con i baffi non osano affrontarla. Non sfidate la donna che si è presa cura dell'intera famiglia durante la guerra!"

Mentre la donna continuava, ripetendo testimonianze che aveva udito in circostanze simili, la determinazione di Alessandro non fu scossa. Ancora una volta il ragazzo toccò la spalla di Sara e, stringendola gentilmente con un sorriso rassicurante, le disse: "Non preoccuparti. Il diavolo non è brutto come lo si dipinge. Donna Giovanna non è cattiva come dicono. Andrà tutto bene. Riferiscile solo il mio messaggio". Subito dopo, Sara, barcollando a un passo da record, con entrambe le mani sulle natiche, tornò indietro a riferire il messaggio di sconfitta al suo comandante in capo, mai fino ad allora sconfitto.

Ma il coraggio va e viene, e dopo che Sara l'ebbe lasciato nel suo asilo, Alessandro si chiese: "E ora cosa accadrà? Trascorrerò qua il resto della mia vita? Giocando a tombola e mangiando gelati?"

Nel frattempo, nel quartier generale dei Confederati, donna Giovanna si preparava a ricevere magnanimamente, a braccia aperte, il nipote prodigo. Provò la scena ancora e ancora, camminando su e giù per il corridoio degli antenati, dando un'annusatina alla polvere di pepe[15], sedendo composta sulla poltrona di pelle che recava l'emblema della famiglia, ma rovinando tutto, alla fine, correndo alla porta quando fu annunciato il ritorno di Sara. Il tumulto interiore che seguì la scoperta da parte di donna Giovanna che Alessandro non era tornato con Sara non potrebbe essere descritto a parole, anche se queste parole fossero scritte da un comitato di esperti, compresi Omero, Virgilio e Dante, e neanche chiedendo importanti contributi internazionali da parte di Shakespeare,

---

[15] Allo stesso modo dei "sali", anche la polvere di pepe veniva usata per stimolare i sensi ed evitare gli svenimenti.

Dostojewski, Chekhov, Hemingway o Steinbeck. Eluderò perciò questa parte ritraendo invece umilmente, attenendomi ai fatti, donna Giovanna che riposava a letto, con i tendoni completamente chiusi e un panno imbevuto d'aceto sulla fronte, che gemeva come una mucca pregna, lamentandosi di un terribile mal di testa. L'unico conforto per la regina sconfitta venne da Sara, la quale testimoniò, sulle anime di tutti gli antenati della famiglia, che nelle mani dei Natti Alessandro era ben nutrito e allevato. Al sentire questo, donna Giovanna mugolò: "Bonu, bonu", per poi ritornare ai suoi gemiti.

Un fatto che solo coloro che si trovarono in circostanze storiche come questa possono apprezzare è che, per quanto esaltanti possano essere i momenti importanti, il corso degli eventi interposto tra l'inizio del viaggio e la sua fine spesso non è altrettanto eccitante. In realtà, le vicende del viaggio possono rivelarsi, in parecchi frangenti, insopportabilmente noiose. Come l'eroismo può a volte germogliare dalla disperazione, la sconfitta può allo stesso modo nascere dalla noia.

Mentre il giorno passava, Alessandro cominciò a prendere atto di quella lezione di sobrietà. Dopo altre partite a tombola, anche le occhiate ai begli occhi castani di Mariuccia e gli intensi sorrisi che li accompagnavano non riuscivano a migliorare il suo umore. Mentre si domandava come sarebbe stato il resto della sua vita presso la famiglia Natti, cominciò anche a credere che gli storici non fossero riusciti a comunicare alle masse il vero motivo della resa durante un assedio. A differenza di ciò che i libri di storia ci hanno portato a credere, la ragione non è necessariamente la carestia, la peste o i disagi volutamente inflitti dagli assedianti. È semplicemente il disperato desiderio di vivere al di là delle barriere che fedelmente ci proteggono.

Il suo, naturalmente, non era un assedio reale, perché, a differenza degli eroi dei suoi racconti preferiti, Alessandro era libero di lasciare l'appartamento in ogni momento. C'erano tuttavia alcune cose che lo tenevano dentro. La prima era la paura di dover affrontare la sua ridicola situazione quando, inevitabilmente, si fosse imbattuto in amici o nemici, tutti, lo sapeva, là fuori a parlare della sua piccola avventura con sorrisetti compiaciuti. La seconda era che sapeva che avrebbero sparpagliato per la città degli "uomini coi baffi", in attesa di spiarlo e riferire i suoi ultimi movimenti a donna Giovanna. Per quanto questi resoconti non fossero necessariamente compromettenti, la sola idea trasmetteva ad Alessandro la sgradevole sensazione di essere sorvegliato.

Oltre alla noia cominciò a sopravvenire un leggero senso di colpa e di ansia che non poteva essere spiegato facilmente. Era ancora convinto di aver ragione; ciononostante, ogni volta che le campane della chiesa segnavano il ritmo della vita, si ricordava che la Nonna lo stava aspettando a casa, che i genitori stavano probabilmente facendosi domande sulla sua logica e che l'intera città stava senza dubbio aspettando una catarsi per questa situazione di stallo senza precedenti. Per il crescente disagio, Alessandro decise che aveva bisogno di cercare una conferma da parte di qualcuno più anziano, più saggio e in una più matura fase della vita. Credeva che il proprio padre fosse la persona adatta per tale colloquio e così informò la signora Natti che sarebbe uscito dalla fortezza per fare una chiamata dal Bar Gatto. Vedete, i Natti non avevano un telefono fisso e tutto questo accadeva molto prima dell'avvento dei cellulari.

Mentre aspettava pazientemente il suo turno al telefono a gettoni, osservò con invidia le persone fortunate che vivevano vite ordinarie senza il peso di una coscienza sempre più inquieta. Quando fu finalmente il suo turno al telefono, Alessandro digitò il numero dell'ufficio di suo padre a Milano, dove si svolgevano gli affari di famiglia e dove i suoi genitori trascorrevano una considerevole quantità di tempo.

Il padre di Alessandro era una persona accomodante. Come si addiceva all'immagine che ci si aspettava da una persona del suo rango, sembrava severo e distaccato con i suoi figli, secondo la convenzione del tempo che intendeva la genitorialità più come un compito che come una relazione. Nonostante l'apparenza fredda, in realtà era molto benevolo quando sorgevano difficoltà in famiglia e spesso preferiva darsi da fare per trovare una soluzione piuttosto che aggravare il problema. Pensando a questo, Alessandro si aspettava che, quando avesse chiamato per fornire spiegazioni convincenti sulla situazione in questione, suo padre, che lui riteneva una persona sia intelligente, sia giusta, si sarebbe (dopo aver esaminato obiettivamente i fatti che avevano portato all'impasse del momento nel loro insieme) schierato decisamente dalla sua parte. In effetti suo padre avrebbe anche potuto offrirsi di intercedere presso donna Giovanna per raggiungere un compromesso storico che avrebbe potuto salvare la reputazione di entrambe le fazioni.

Colto nel bel mezzo di una riunione, il padre di Alessandro ritornò velocemente in ufficio, dove era stato chiamato dalla segretaria per parlare col figlio. "Ciao, Alex. Come va?" chiese il padre, fingendo di non sapere niente della rivolta in corso.

Questo saluto indeterminato aprì le porte a un fiume di informazioni dall'altro capo del telefono sulla tremenda *Battaglia di Pizzo* che, secondo Alessandro, era destinata a essere più infame della presa della Bastiglia, la Guerra d'Indipendenza americana e la Guerra Civile, il Risorgimento italiano e la strenua Resistenza dei partigiani contro il fascismo messi insieme. Mentre Alessandro tentava coscienziosamente di fornire tutti i dettagli necessari sulla sua difficile situazione, equiparandola con validi argomenti a occasioni precedenti che meritavano indiscutibilmente un posto legittimo nella storia e che erano senza dubbio necessari per emettere un giudizio giusto e imparziale sulla questione (anche se la loro rilevanza in rapporto alla situazione del momento sarebbe potuta sembrare alquanto arcana e difficile da afferrare per la maggior parte degli ascoltatori), suo padre ebbe una reazione comprensibile. Alcuni minuti dopo che Alessandro aveva iniziato il suo monologo, il padre lo interruppe educatamente per chiedergli cortesemente di arrivare al punto. Una tale richiesta sembrò ragionevole ad Alessandro, poiché stava tentando di fare proprio quello. Però, in qualche modo e inesplicabilmente, non riusciva a far sì che le suddette informazioni –dalle alte sfere del suo intelletto – raggiungessero l'aria aperta.

Alla fine, Alessandro descrisse con estrema imparzialità gli eventi che avevano portato alla sua difficile situazione. Dopo tutto, secondo lui, i fatti parlavano da soli affermando la giustezza della sua causa. Quando finalmente Alessandro fece una pausa e attese trepidante la reazione del padre, udì una voce serena all'altra capo della linea: "Alex, mi dispiace davvero, ma non ho intenzione di intromettermi in un litigio tra te e mia madre. Se lo facessi, è probabile che lei ammazzerebbe tutti e due, invece di te e basta. Dal momento che tu hai cominciato tutto questo, dovresti essere tu a trovare una soluzione. La tua nonna è una persona ragionevole e anche tu stai cercando di diventarlo. Ciononostante, ti auguro tanta buona fortuna". E con questo, il padre di Alessandro gli inviò un bacio esagerato al telefono e riappese.

Lasciato solo nella sua ricerca della libertà, senza alcun aiuto da parte delle forze alleate, Alessandro sentì una sgradevole sensazione alla bocca dello stomaco. Con le mani in tasca, la testa piegata in avanti e la fronte corrugata, camminò lentamente alla volta del suo quartier generale, verso un'altra partita a tombola e il confortante sorriso di Mariuccia. Mentre percorreva gli stretti vicoli, ricapitolò il dialogo col suo papà e si accorse di una traccia di ironia nella sua voce che lo costrinse a mettere in dubbio la propria posizione. Quando tornò alla casa sicura, trovò il cagnolino che gli dava il bentornato stiracchiandosi verso di lui mentre abbaiava, leccava e guaiva per dimostrare il suo affetto. Questo lo rassicurò in parte che almeno il suo piccolo esercito gli era rimasto fedele.

Andrebbe notato che ad Alessandro non venne in mente di chiamare sua madre. Alessandro amava sua madre con tutto il cuore, ma la vedeva, perfino a quell'età, come una donna mite che non avrebbe mai affrontato la Nonna in sua difesa, e probabilmente avrebbe pianto dall'altro capo del telefono pregandolo di tornare e fare la pace con sua nonna prima che fosse troppo tardi. Quando Alessandro era bambino e suo padre era fuori città per affari, lei si accoccolava a letto con lui e lo teneva tra le braccia finché non cadeva addormentata. Il suo sonno non era mai tranquillo. Con gli occhi spalancati, Alessandro la ascoltava parlare nel sonno e piagnucolare. Talvolta, quando delle urla le uscivano di bocca, le accarezzava la testa finché non si calmava nuovamente. Lei lo trattava più come una bambola che come un figlio. Per scherzo, a volte lo truccava prima di condurlo davanti a uno specchio per dirgli che sembrava un bel principe. Questo durava solo finché suo marito era fuori città, quando lei regrediva alla bambina che aveva avuto poche possibilità di essere, poiché si era sposata giovane grazie a un accordo ben combinato tra famiglie di una certa levatura. Crescendo, Alessandro invertì i ruoli e trattò sua madre come una figlia. Aveva cura di lei e la proteggeva dalle vicissitudini della vita che non era preparata ad affrontare. Alla fine, badava a lei solo come a un'altra donna che aveva bisogno d'amore e attenzione, che non poteva guidarlo, ma che l'avrebbe seguito ovunque lui fosse andato e, nonostante il suo amore per lei, non la rispettava.

Per l'ora in cui Sara riapparve, più tardi quella stessa sera, con un nuovo messaggio da parte di donna Giovanna, Alessandro aveva, per così dire, fatto le valigie. Sara riferì che, per preservare l'onore della famiglia ed evitare l'ulteriore imbarazzo creato dalla determinazione di Alessandro, Nonna chiedeva che tornasse a casa, dove avrebbero potuto continuare le trattative a porte chiuse, lavando così i panni sporchi della famiglia lontano dagli occhi dell'intera città. Alessandro, che aveva perso l'iniziale vigore a causa della noia, del senso di colpa e della mancanza di supporto, accettò ben volentieri il compromesso.

Mentre camminava davanti a Sara verso la magione patriarcale, il suo umore continuava a oscillava tra il disappunto verso sé stesso, per essersi arreso così facilmente, e l'inquietudine al pensiero di dover affrontare l'eccezionale potere di Nonna. Mentre saliva le lunghe scale che conducevano al grande corridoio dove sapeva che lei lo stava aspettando, il suo coraggio venne meno e, per la prima volta, si rese conto di ciò che aveva fatto. Si era opposto all'entità più potente che avesse mai conosciuto, a una donna che non aveva paura di niente e che era rispettata e ammirata dall'intera città. Camminava più piano che poteva nel tentativo di ritardare il peggio, contando i ben noti gradini di marmo al contrario, calcolando quanti ne rimanevano prima di raggiungere la cima dove lo aspettava la Pena Capitale. Mentre saliva gli ultimi gradini – tre, due… – pensava agli ultimi gradini di Robespierre e a tutti i personaggi che la storia aveva condannato per le loro azioni impulsive.

Alla fine, gli scalini terminarono e donna Giovanna era lì, davanti a lui, con Achille che sbirciava da dietro di lei, con un sorrisetto stampato in faccia, aspettando l'imminente punizione dell'impudente ribelle. Alessandro non sapeva dire che cosa lo ferisse di più, se l'umiliazione che prevedeva in seguito alle parole di monito di Nonna, o il sorriso di superiorità esibito da Achille. Ma, con sua sorpresa, Nonna dichiarò: "Almeno c'è qualcuno in questa famiglia disposto a prendere posizione per i suoi princìpi. Tuo nonno era proprio come te. Pranziamo, ora. D'ora in avanti mangerai con gli adulti".

Nonna aveva fatto la pasta in casa col brodo di pollo. Questo era il piatto preferito di Alessandro e quel giorno, lo sapeva, avrebbe avuto un sapore perfino migliore di quanto ricordasse. Mentre si dirigeva verso la sua camera, vide di sfuggita Achille, rimasto là con un sorriso gelato, a chiedersi se ci fosse ancora un po' di giustizia nel mondo.

***

"Beh, questo finale non mi sorprende nemmeno un po'! Era una donna incredibile", disse don Pino. "Non potevi mai dire quale posizione avrebbe preso in una discussione, se non che, alla fine, era sempre quella che aveva più buonsenso, al di là di ogni saggezza convenzionale. È stata lei a spingere per la mia promozione. In mio favore disse al vescovo: 'Quel giovane diacono può anche non passare molto tempo sui libri, ma capisce l'animo umano meglio di tutti quegli scarafaggi che, con tutto il rispetto, oggi vengono fuori dai vostri seminari. Quando morirò, voglio lui al mio capezzale per l'ultimo sacramento e una coppa di champagne!'"

***

Da quel giorno in poi il coprifuoco fu abolito per i due ragazzi. Alessandro non tornò più al tavolo dei bambini, ma sedeva tranquillo con gli adulti; ascoltava avidamente e parlava di rado. Con la sua gentile determinazione e gli indagatori occhi azzurri, diventò poco a poco il secondo in comando della famiglia.

Ma l'irreversibile processo noto come "pubertà", che scatena così tanta irrequietezza nella maggior parte degli adolescenti, era appena cominciato. Parecchie tribolazioni stanno per succedere, ma di queste verremo a conoscenza nei capitoli seguenti, poiché per allora la congregazione di saggi si era aggiornata in ossequio all'avvento dell'ora contro l'ora.

***

Tornato nella mia stanza dopo la cuntrura, camminavo avanti e indietro, aspettando che Ipno   placasse il mio nervosismo. Come avevo fatto il giorno prima, dal balcone diedi un'occhiata giù alla Chiazzetta. Forse perché il tempo era cambiato, passando dal caldo afoso a una leggera brezza dalle montagne, o forse perché il mio stato d'animo aveva seguito lo stesso corso, quel giorno la vita nella Chiazzetta sembrava vivace e significativa. Di frequente un passante attraversava la Chiazzetta disturbando i piccioni. Il cane, che il giorno prima dormiva pigramente, ora seguiva con entusiasmo un impercettibile sentiero avanti e indietro, apparentemente determinato a dedicarsi alla sua eterna missione di detective e scodinzolando tutto il tempo e, quando era il caso, sollevando la zampa posteriore per ricambiare in segno di approvazione odore con odore, in risposta a indizi enigmatici.

Perfino il gatto era meno egocentrico. Il cane gli si avvicinò per offrirgli un saluto, e il felino rispose arcuando la schiena, raddrizzando la coda e strofinando il fianco contro il suo petto. Quando il cane si prese la briga, con rispetto ma forse con troppa invadenza, di annusare il posteriore

———

del felino, il gatto (in una dimostrazione di affetto ancora maggiore) si alzò sulle zampe posteriori e, spostando le orecchie all'indietro come ali di un caccia, gli assestò, con quelle anteriori, tre diretti degni di un pugile che fecero starnutire il suo amico. Il cane rispose affettuosamente con una passata della lingua grande e disgustosa che coprì mezza pelliccia del felino, dando così a questo l'opportunità di trascorrere l'ultima parte della cuntrura ristabilendo l'ordine con la propria lingua.

In quel momento, all'angolo opposto della Chiazzetta, seduto su una vecchia sedia inclinata contro il muro, lo scemo del villaggio salutava un passante. Il suo ringhio aveva perso la durezza del giorno prima, e in qualche modo la brezza lo trasformava da litania monotona in serenata armoniosa, che seguiva una sua sequenza di melodie e ritmi che fece sorridere anche la signora graziosa che l'aveva schiaffeggiato il giorno prima.

Sembrava però che le differenze, rispetto al giorno precedente, fossero irrilevanti, al contrario della Chiazzetta senza età che resisteva da decenni, ignara del tempo. A poco a poco cominciai a riconoscere, ai diversi angoli della Chiazzetta, i miei vecchi amici e conoscenti, la cui esistenza era evaporata col tempo. Continuavano a dimorare là come fantasmi, invisibili all'occhio ma vividi nella mia memoria. Suppongo che il cane, seguendo le loro tracce, scodinzolasse per indicare il posto dove un bacio furtivo, un gesto gentile o una stretta di mano amichevole avevano avuto luogo, Dio solo sa quanti anni prima.

Quel pomeriggio non dormii. Rimasi invece sdraiato a letto, paragonando presente a passato e ciò che cambia a ciò che è eterno. Mi chiedevo quanto futuro restasse per i miei parenti, i miei amici, le mie conoscenze e per i vecchi saggi che, nel breve periodo che trascorrevo in quell'angolo di oblio, mi avevano abbracciato con il loro affetto.

Una vita dietro le quinte

Lo *Spuntone*, o *La Pizza Punta*, è l'arco da cui hanno origine i sogni di Pizzo. Da quel punto, alto sulle rocce, i sogni sono lasciati liberi di navigare sopra il tappeto lucente che il sole stende sul mare verso l'orizzonte. È il promontorio dal quale gli occhi socchiusi osservano ogni sera il sole che tramonta. Da lassù si può vedere la linea costiera mentre si piega tra le onde e, in distanza, Stromboli coi suoi periodici pennacchi di fumo. È dove le nubi mostrano impressioni e riverberi creativi, enfatizzati dalla fonte di luce morente. È da questo luogo che si pensa a cosa porterà il nuovo giorno, e il giorno successivo al successivo.

La maggior parte di questi sogni, naturalmente, resterà tale e non si materializzerà mai, e questo è in effetti un dono di Dio, perché i sogni avverati perdono inevitabilmente l'effervescenza dell'immaginazione, appiattendosi con il procedere della vita consueta. Quelli che hanno lasciato Pizzo per creare altrove il proprio futuro, seguendo i piani della gioventù, e che tornano periodicamente, scoprono, nel crepuscolo successivo al tramonto, che l'aroma dei sogni della fanciullezza non li ha accompagnati alle loro nuove case in terre lontane. I loro sogni sono rimasti invece dove hanno avuto origine, attendendo pazientemente di ricongiungersi ai loro creatori allo *Spuntone*.

Lo *Spuntone* si trova dal lato scenografico della Chiazza in direzione del mare. Lungo il perimetro, sovrastanti le onde, ci sono panchine in cemento che bruciano sotto il sole del giorno, ma che diventano ospitali al tramonto. A quell'ora la maggior parte è occupata, ma in qualche modo, misteriosamente, sembra sempre esserci un'ultima panchina libera, apparentemente in attesa del solitario che vi si siederà per scrutare attentamente l'orizzonte, equiparando erroneamente la distanza al tempo e cercando indizi sul futuro, che rimarrà inevitabilmente elusivo, non importa quanto lontano possano arrivare i suoi occhi socchiusi.

Fu in quel preciso luogo che trovai il Marchese, quando ritornai alla Chiazza quel pomeriggio. Sedeva col mento appoggiato sulle mani, incrociate sopra il manico del bastone, nella sua tipica postura. Il fazzoletto non era al suo posto, nella posizione decorativa nel taschino della giacca di lino; era invece nella sua mano sinistra. Gli occhi apparivano umidi mentre mi avvicinavo, così chiesi: "Tutto bene?"

Tamponandosi l'occhio destro col fazzoletto, sorrise e, scrutando l'orizzonte una volta di più, disse con semplicità: "La stupidità della vecchiaia! Andiamo, tuo padre e gli altri sono qui da un po' e ti stanno aspettando. Andiamo al Gatto". E con questo, dimenticando di tamburellarmi sulla spalla col bastone, afferrò il mio braccio sinistro per sollevarsi dalla panchina. Camminammo sottobraccio verso i nostri amici al tavolino, sotto l'occhio vigile del busto austero di Re Umberto I, che ispirò la leggenda degli "uomini coi baffi"[16]. Sulla strada per il centro della Chiazza il Marchese, ripresosi dal suo attimo di malinconia, ricambiava i saluti rispettosi dei passanti col suo solito sorriso enigmatico.

I vecchi erano tutti là, incluso don Pino, che aveva rapidamente concluso le funzioni del vespro e, senza bisogno di essere convinto dai suoi amici, era già seduto al tavolino col suo sorriso affidabile e rassicurante. Per me era ovvio che questi uomini si erano raccolti con entusiasmo per ascoltare ancora la storia di Alessandro. Una strana mescolanza di calore e gelosia per il mio vecchio amico mi invase quando compresi che Alessandro, anche dopo la sua morte, sarebbe stato al centro del palcoscenico, sostituendosi ancora una volta, almeno per quel momento, al signorino Giuseppe.

Il Professore era evidentemente impaziente di continuare la sua storia. "Buona sera, buona sera, cari signori miei", disse salutando il Marchese e me. "Sedete e godetevi il fresco della sera! Sta arrivando il Negroni per il signorino e la Kahlua per il nostro Marchese". Ponendo fine ai preamboli in modo dirigenziale, ci sedemmo ad ascoltare.

"Sono state dette così tante cose sugli abusi sessuali sulle donne, ma la gente si rende conto che anche gli uomini possono essere vittime di stupro da parte di una donna?", esordì il Professore.

"Certo che me ne rendo conto! Se non io, chi?" interruppe don Pino con entusiasmo. Osservando quattordici occhi stupefatti e spalancati

---

[16] La caratteristica fisica di Umberto I, re d'Italia dal 1878 al 1900, era infatti quella di esibire un bel paio di baffoni.

che lo fissavano in modo inquisitorio, si spiegò: "Voglio dire... a causa del confessionale, naturalmente! È incredibile i tipi di pesci che possono uscire dalla rete!" E avendo riportato l'attenzione del pubblico sulla storia originale, aggiunse in modo impacciato, "Scusate l'interruzione, don Ciccio. Continuate pure".

"Questo fu il primo incontro di Alessandro col sesso..."

***

"La famiglia di Alessandro aveva una proprietà lungo la costa, alcuni chilometri a sud di Pizzo, che copriva più di un chilometro di spiaggia privata e si estendeva all'interno, sulle colline, per una certa distanza. Era rigogliosa di banani e fichi, olivi centenari, fichi d'India e agavi che fiorivano una volta nella vita. Pomodori e uva venivano irrigati da canaletti che mormoravano gentilmente – costruiti ogni giorno in modo diverso dai contadini, che seguivano attentamente il mutare delle necessità delle coltivazioni nei torridi giorni estivi – e che incanalavano acqua di sorgente. C'erano zone ombrose che, insieme alle brezze provenienti dal mare, rendevano piacevoli le lunghe passeggiate nella proprietà, anche nei giorni più caldi.

I due giovani fratelli trovarono innumerevoli misteri da svelare nell'isolamento e nella solitudine della grande proprietà. Là trascorrevano i lunghi giorni d'estate con poco da fare, se non seguire l'immaginazione e le seminatrici. Vagavano da soli fino alla spiaggia tutte le mattine. La loro spiaggia era troppo lontana dal confine della proprietà per arrivarvi a piedi e troppo difficile da raggiungere via mare – a causa di una linea di scogli che le correva parallela come un recinto a 15 metri, dove murene e polipi vivevano indisturbati – perché qualche estraneo si unisse a loro. E quindi il loro paradiso sabbioso restava deserto nonostante la sua bellezza naturale, apparentemente lasciando spazio infinito alle loro avventure acquatiche immaginarie. Il resto del giorno languiva quando, dopo essere ritornati per il pranzo alla villa sulla collina, nel centro della proprietà, se ne restavano a letto durante la cuntrura, come veniva loro detto, tra le lenzuola di lino e con le finestre aperte. Là guardavano la danza esotica delle tende mosse dalla brezza pomeridiana e ascoltavano i suoni della risacca del vicino mare. Ogni tanto uno si alzava dal letto per cacciare, con lo schiacciamosche, una mosca che era riuscita a penetrare le fini zanzariere metalliche, mentre l'altro osservava.

Fu in quella proprietà che Alessandro scese alla spiaggia una mattina presto di agosto, seguendo Achille in fila indiana con la famigerata cugina di cui si è precedentemente discusso negli appunti dattiloscritti all'inizio della storia. Per proteggere la sua privacy, mi riferirò a lei come a "la Cugina" e cercherò di spiegare perché – che fosse l'aspetto fisico, la personalità o entrambi – questa detenesse un posto talmente incantato nella memoria di Alessandro.

La Cugina era una donna di corporatura media, di venti anni e poco più, che era stata adottata ancora ragazzina dalla famiglia, quando i suoi genitori, per ragioni non chiare, l'avevano abbandonata. Aveva un seno piccolo ma proporzionato, che si poteva distinguere attraverso le magliette leggere che indossava, spesso senza reggiseno. Aveva una figura attraente, compatta e aggraziata. Camminava diritta come una ballerina, girando la testa senza ruotare il busto e muovendo delicatamente la mani come ninfee galleggianti sulla superficie di un laghetto. I capelli castano scuro erano spesso adorni di un fiore o anche di un bastoncino raccolto da terra. La pelle abbronzata sembrava essere fatta di bronzo e gli occhi color cielo erano sempre in qualche modo sorpresi e birichini allo stesso tempo. Aveva un atteggiamento gentile, si preoccupava del povero e del malato, dello scemo del villaggio, delle piante e degli animali randagi che chiamava "orfanelli". Alessandro ricordava come avesse pianto, dieci anni prima, quando lui aveva quattro anni e lei circa dieci, perché un gattino era morto per aver mangiato del cibo avvelenato. E quando Achille l'aveva presa in giro per il suo essere tenera, gli aveva tirato il fazzoletto, prima di portare Alessandro con sé a seppellire la povera creatura in un grande vaso sulla terrazza, dove un albero di limone gli avrebbe fornito rifugio per il riposo eterno.

La Cugina camminava sempre davanti a tutti con passo sicuro, come se sapesse dove stava andando, non solo in quel momento ma anche per il resto della vita. Parlava senza girarsi, aspettandosi che le parole venissero portate dalla brezza a quelli che la seguivano. Aveva una certa educazione poiché stava studiando storia e filosofia all'università, ma l'istruzione non aveva contaminato la sua spontaneità, giacché conservava solo un'impressione superficiale di fatti storici e pensatori illustri, come se fossero esistiti solo per stendere una carta da parati colorata attorno a una vita altrimenti perfettamente realizzata.

———

Come per la maggior parte degli individui creativi, la Cugina non aveva bisogno di molto al di là della soddisfazione di realizzare la passione della sua vita, che, nel suo caso, consisteva nella predilezione per gli aspetti fisici che alimentano la relazione tra i due sessi. Il sesso per lei era un atto creativo. Toccare e carezzare il corpo di un uomo era un'attività artistica, come la pennellata sinuosa su una tela lo è per un pittore. Stimolare un orgasmo era per lei l'esperimento sommo, produrlo era il conseguimento dello scopo supremo. Era un evento gioioso che invariabilmente la sorprendeva e la colpiva come un miracolo della natura.

I due ragazzi trascorsero l'estate con la madre nella villa. Si supponeva che la Cugina, che li aveva raggiunti dopo essere ritornata dall'ultimo esame all'università di Messina, dovesse aiutare a badarli. Così tutti e tre si incamminavano vivacemente verso la spiaggia, come dicevamo, con lei in cima alla fila con un abito di calicò di seta, Achille che la seguiva con l'attrezzatura da sub e Alessandro che trascinava un materassino gonfiabile, asciugamani, crema solare e altro equipaggiamento, in obbedienza ossequiosa ai compagni più grandi.

Come di solito ad agosto, l'acqua quel giorno era piacevolmente calda. Presto Alessandro si tuffò per rovistare tra le rocce in cerca di piccoli granchi neri, ricci, patelle, cetrioli di mare e altre creature che vivevano nelle pozze d'acqua o anche nel mare più profondo che, limpido come uno smeraldo liquido, copriva un mondo infinito di misteri. Alessandro era particolarmente appassionato di polipi che, timidamente camuffati, guardavano sospettosamente dalla tana con occhi sproporzionati o nuotavano rapidamente quando venivano colti di sorpresa. Alessandro aveva imparato ad acchiapparli con facilità semplicemente allungando la mano verso l'animaletto, che sembrava non potesse impedirsi di afferrarlo con i tentacoli, venendo quindi rimosso dalla tana dalla sua stessa preda. Poi metteva il polipo nel costume, sapendo che la creatura gli si sarebbe appiccicata stretta e non sarebbe scappata, e nuotava a riva per mostrare la preda ad Achille e alla Cugina. Insieme sistemavano poi il polipo in una pozza, dove questo trovava un angolo sicuro dal quale contraccambiare gli sguardi degli umani.

Mentre Alessandro osservava con soddisfazione la sua preda temporanea, le mani sui fianchi, acqua salata gocciolante dai capelli ricciuti e costume bagnato appiccicato al corpo, la Cugina si avvicinò e, mettendo in posa il corpo grazioso su una roccia, come la Sirenetta di

Copenaghen, iniziò a carezzare l'appendice di Alessandro che dall'anno precedente aveva fatto progressi, passando da verme a salsiccia di proporzioni dignitose. 'Vedo che la banana sta maturando!' disse con un sorriso incoraggiante, continuando a strusciare dolcemente l'appendice che, a sua volta, senza rispetto per il volere del suo padrone, aveva preso a espandersi sproporzionatamente come una cintura di salvataggio gonfiabile, provocando imbarazzo in Alessandro, che non sapeva come reagire di fronte alla sua provocante cugina e a suo fratello che rideva. Spinto da un accesso di rabbia, sbatté via la mano della cugina come se fosse una mosca e si piegò verso il polipo, che sembrava silenziosamente deluso dalla sua azione tanto goffa in una situazione imbarazzante ma così normale. Con delicatezza, fece in modo che il polipo mollasse la presa sulla roccia e si attaccasse addosso a lui e quindi, tornando in acqua, lasciò che l'animale si separasse lentamente e se ne andasse nel verde mare profondo, mentre la freschezza calmava le sue emozioni e diminuiva la tensione della summenzionata appendice.

Quella sera, dopo cena, sedettero con la madre sulla terrazza della villa sovrastante il mare. In modo incantevole, la Cugina notò che i raggi della luna disegnavano sul mare un sentiero che conduceva direttamente a loro. 'Che coincidenza romantica che la luna tracci un sentiero verso di noi. Non è un miracolo?' disse con un sorriso birichino girandosi verso Alessandro, che poté distinguere, nell'oscurità rotta a malapena dalla luce tremolante delle lanterne a petrolio, gli occhi color cielo di lei e odorare il profumo dei gelsomini che aveva attorno al collo. Comprendendo che non era in cerca di una lezione di ottica, fu d'accordo sul miracolo e non aggiunse altro.

Di notte dormivano in tre letti adiacenti che guardavano il terrazzo: Achille sulla sinistra, lui nel mezzo e la Cugina a destra. Quella notte non riusciva proprio a dormire e osservava invece la danza delle tende e, attraverso quelle, la luna. Improvvisamente si sentì oppresso dall'occhio di una stella inquisitiva che, senza ragione apparente, si era interessata a lui e lo osservava insistentemente dal cielo blu attraverso una finestra laterale.

Mentre giaceva ascoltando i grilli, odorò il profumo di gelsomino e, nell'oscurità, avvertì che la cugina sollevava le lenzuola di lino e si sistemava dolcemente al suo fianco. Con la testa poggiata sul suo petto, e la mano che gli carezzava il torso nudo, lentamente si mosse a slegare il cordoncino del suo pigiama, riproducendo ancora una volta la meraviglia del mattino: trasformare l'appendice in un frutto maturo. Se la schizofrenia è una duplicazione della personalità, nel caso di Alessandro si presentò secondo la latitudine, con l'emisfero superiore del suo corpo che disperatamente cercava di affermare l'egemonia su una situazione incontrollabile in quello inferiore. Sembrava che si stesse verificando una separazione totale tra le sue due anime. Mentre l'emisfero superiore cercava di vedere se Achille fosse sveglio, stava in ascolto dei movimenti della madre nell'altra camera e si chiedeva che cosa dovesse fare un uomo in tali circostanze, quello inferiore stava progressivamente accettando la provocazione e, allo stesso tempo, inviava messaggi di piacere elettrico al superiore, che confondevano ancor di più il suo processo decisionale. Mentre Alessandro lottava con questa mancanza di determinazione, combattendo col desiderio di fuggire, la Cugina iniziò a baciargli il torso e avanzò lentamente verso il basso fino al punto di interesse e, con labbra morbide, continuò il lavoro che la mano aveva iniziato, producendo un'abbondanza di caldo sollievo. La testa della Cugina si mosse nuovamente verso l'alto e baciò con le sue labbra umide la bocca di lui chiusa strettamente. E mentre riposava nuovamente sul suo petto, mosse la mano destra tra le proprie gambe, celebrando l'occasione con un orgasmo tutto suo.

Il mattino successivo, Alessandro si ricordava degli avvenimenti della notte prima come di un sogno. La rabbia, l'angoscia e l'ansietà della notte si erano dissipate e guardava alla sua graziosa cugina con un misto di disgusto e soggezione. In verità è difficile sentirsi dispiaciuti per l'apprendista, e neppure lui lo rimpiangeva eccessivamente. In superficie, la sua vita non era stata irreversibilmente danneggiata da un tale incidente e, in verità, le notti seguenti aspettò le visite di lei, che in effetti si verificarono qualche altra volta. Per qualche ragione, quell'estate non attraversarono mai il santuario della penetrazione. Mentre lui non sapeva come arrivarvi, lei sembrava non curarsene poi molto, come se lo stesse usando da aperitivo.

Una notte Alessandro osservò la Cugina che visitava Achille, e si rese conto che con lui si univa in contatto completo. Fu tentato, dopo questo, di passare a trovarla nel suo letto mentre giaceva addormentata, ma non riuscì mai a trovare il coraggio di farlo. Mentre il tempo scorreva, giorno dopo giorno e notte dopo notte, quella fu l'estate che non avrebbe mai dimenticato, con strane memorie dolceamare, una sensazione di affetto e distanza, di parole non dette e di contatto fisico. Alla fine conservò l'impressione che l'amore si esprimesse con scambi corporei, passioni soddisfatte e gesti meccanici, senza bisogno di parole, sussurri, promesse o sogni".

***

"Era davvero un bel tipo!" disse don Pino. "Veniva raramente a confessarsi, ma quando lo faceva, avrebbe fatto piangere l'Addolorata!"

"Di gelosia?" chiese mastro Antonio, che nessuno ascoltava in queste circostanze.

"Mi sono chiesto spesso se le sue storie fossero vere o se le inventasse per mettermi alla prova e provocarmi", continuò don Pino, "e, per dire la verità, in varie occasioni c'è riuscita!"

"Qualche mese dopo..." continuò il Professore...

***

"Alessandro stava trascorrendo un pomeriggio a casa di un amico dove, al piano più basso, i ragazzi avevano messo su un ring di boxe. Invece delle corde, sul pavimento avevano fissato dei limiti con del nastro per segnare il campo di battaglia. L'ospite aveva ricevuto, per Natale, un'attrezzatura da boxe per due, e i ragazzi con grande soddisfazione facevano i turni per prendersi a pugni ai fianchi, al volto e sulla bocca: ovunque sopra la cintura andava bene. Alessandro non era interessato a questo tipo di attività, ma, pressato dai compagni, fece il suo turno. Dopo essersi messo il casco e infilato i guantoni, si mise in posizione di fronte al suo avversario, un tipo basso che sembrava fatto di ferro. Al suono del gong, Alessandro ricevette un colpo rapido in mezzo al volto e si ritrovò immediatamente a terra, dove, ripresosi, osservò il sangue che gli colava dal naso in gocce calde a macchiargli i pantaloni.

L'ospite andò nel panico e cacciò un urlo verso il tipo basso che, essendo assolutamente un tipo non raffinato, non aveva trovato niente di meglio da fare che dare un pugno in faccia al figlio di... E poi chiamò: 'Mariuccia... Mariuccia!'

La figlia di Carmelo Natti, con la quale abbiamo già fatto conoscenza, scese dagli alloggi della servitù. Quando notò il suo Principe a terra in condizioni così misere, guardò il suo padrone che l'aveva appena chiamata, poi il tipo basso che aveva colpito il suo Principe e, come era abituale per lei in tali circostanze, arrossì.

'Mariuccia, prenditi cura di Alessandro. Questo idiota lo ha colpito per errore al volto. Mi spiace, Alessandro, ti prego di perdonarmi. Lui non sa chi sei'.

Ma Alessandro non poteva curarsene meno. Tanto per cominciare, non si curava della boxe. Poi non si curava dell'ospite, visto che si trovava là unicamente perché non aveva avuto la forza di declinare l'ennesimo invito. Così era felice della scusa offerta dalle cure di Mariuccia per liberarsi della noiosa compagnia.

Era un fresco pomeriggio di marzo. L'aria era frizzante e le finestre aperte. Le tende ondeggiavano in una danza interminabile e Mariuccia teneva un panno umido e freddo sul suo naso. Si trovava in casa dell'ospite ormai da qualche mese, per imparare come diventare domestica di una famiglia importante in quella piccola città vicina a Pizzo. Tale professione era perfetta per lei, perché era gradevole e felice di seguire ed eseguire gli ordini, avendo per natura l'atteggiamento più gentile, anche se non necessariamente il massimo acume.

Per Alessandro era chiaro che era molto preoccupata per lui. Sembrava che avesse momentaneamente dimenticato il suo amore per lui e avesse spostato l'attenzione solamente al naso sanguinante e ai pantaloni macchiati di sangue. Mentre si affaccendava a premergli il naso e a pulirgli i pantaloni, lui poteva vedere dall'alto il suo seno perfetto, fresco e genuino che, pur contenuto con fermezza dal suo abito semplice, era pieno e fiorente.

Alessandro sentì un bisogno improvviso di stendersi sul letto di Mariuccia, a causa di quel tipo di stordimento psicologico che aveva già aiutato molti uomini in simili circostanze. Mentre si sdraiava, con Mariuccia seduta al suo fianco che premeva il naso che non sanguinava più, allungò un braccio verso il suo avambraccio e lo strinse gentilmente.

'Grazie'.

Mariuccia non replicò, abbassò invece gli occhi verso la coperta. Incoraggiato dalla sua passività, sistemò il cuscino contro la testiera e si sedette, guardandola una volta di più mentre spostava la mano su per il suo braccio, fino alla spalla e al collo. Quindi le mise la mano sotto il mento per raddrizzarle la testa, ma gli occhi di lei continuavano a guardare verso il basso. E mentre lei continuava a evitare i suoi occhi, lui la baciò sulle labbra e la baciò ancora mentre la adagiava gentilmente al suo fianco. Le baciò la bocca, il collo e le orecchie, poi le aprì le gambe e, senza toglierle la biancheria intima ma piuttosto spostandola da una parte, fece l'amore con lei. E fu così che, insieme a Mariuccia, Alessandro perse la verginità in questa strana circostanza in cui i suoi amici stavano felicemente prendendosi a pugni l'un l'altro al piano di sotto, e lui aveva il naso gonfio.

Mariuccia non fa più la domestica. Vive invece in Pennsylvania dove da molti anni è madre di un calciatore e, in effetti, è ora nonna di un calciatore. Una delle sue nipoti assomiglia molto ad Alessandro ed è una calciatrice leggendaria. Anche il padre della stella del calcio assomiglia molto ad Alessandro, ma questi non l'ha mai saputo, perché Mariuccia venne mandata in America, a vivere con la famiglia di suo zio, poche settimane dopo l'accaduto.

Seguirono molti exploit ugualmente scaltri, mentre il gattino si trasformava rapidamente in un abile predatore, ma quelli non vale la pena riportarli.

E poi apparve una ragazza che incise un marchio indelebile nella vita di Alessandro. Era una compagna di scuola che sedeva pochi banchi dietro di lui. Era carina e timida, e all'inizio Alessandro l'aveva notata a malapena, in parte forse perché aveva già imparato che le relazioni tra simili sono di rado casuali e spesso si trasformano in storie spinose, mentre quelle con donne più grandi era meno probabile che lo gravassero di complicazioni. Ma col passare del tempo iniziò a sentire un calore dietro le spalle, e quando si girò a esaminare la sensazione, vide due grandi occhi castani che tornavano rapidamente alle pagine di un libro aperto. E notò anche che all'ora di pranzo spesso si soffermava nelle immediate vicinanze, più di quanto la coincidenza avrebbe lasciato presagire, e che molto spesso cercava il suo riflesso in una finestra per sistemarsi un ricciolo insubordinato dei folti capelli neri. Un giorno, forse per un impulso, Alessandro si diresse verso di lei e, fissando gli occhi ipnotici nei suoi e tenendole con gentile fermezza il braccio destro con la mano sinistra, le chiese semplicemente:

'Vuoi venire con me alla Marina, stasera, a fare una passeggiata?'

Quella fu una sera particolarmente meravigliosa. C'era la luna crescente che faceva discretamente capolino attraverso argentei cumuli di nubi, e il vento forte dal mare era caldo e fragrante. Si poteva vedere qualche pipistrello che silenziosamente volava intorno a lampioni distanti, mentre l'unica luce che si discerneva lungo la spiaggia era la fosforescenza della schiuma sopra i frangenti. Un innocuo e leggero aroma salmastro completava il mormorio pulsante della serenata marina e delle sue ripercussioni echeggianti lungo tutta la spiaggia. Quando arrivò alla Marina, Gianna lo stava già aspettando, sfuggita al controllo del padre e alla protezione della madre per obbedire all'ordine di Alessandro. Era meravigliosa nella sua semplicità e grazia, senza le migliorie che le donne spesso usano per sottolineare i lineamenti a spese della freschezza e della bellezza naturale.

Alessandro era preoccupato, quando arrivò, perché si era scoperto impaziente di concludere questa storia. Era irritato con sé stesso per averla invitata fuori impulsivamente, e in silenzio stava rimpiangendo di averlo fatto. Avvertiva che era troppo giovane e semplice per lui, e che − dal momento che frequentava le stesse compagnie − se si fossero uniti fisicamente, non avrebbe avuto alcuno spazio emotivo. Tuttavia si sentiva bloccato perché non sapeva come invertire il corso che aveva iniziato, come fermare l'inevitabile. Così lasciarono le scarpe vicino a una barca tirata in secco sulla spiaggia e camminarono a piedi nudi lungo la battigia.

Mentre camminavano nella notte, Gianna gli toccò la mano, e la tenne mentre si addentravano nell'oscurità. Poi sussurrò: 'Ti amo' e gli strinse il braccio destro con entrambe le mani, premendo la testa contro il suo petto. Il tenero abbraccio gli ricordò le lunghi notti insonni che una volta aveva passato con la madre che si agitava al suo fianco, e si sentì spiacente per la nuova amica come lo era stato allora per sua madre. Circondò la vita di lei col suo braccio robusto, gentilmente ne sollevò il corpo leggero verso di sé e la baciò. Si addentrarono ancora nell'oscurità e, quando trovarono un luogo silenzioso e appartato, fecero l'amore. Quando lei sussurrò ancora una volta che lo amava, distratto dal momento di passione Alessandro le rispose 'Ti amo anch'io'. Dopo, trascorsero ancora qualche momento insieme tenendosi per mano, finché, come Cenerentola, Gianna improvvisamente iniziò a correre verso casa, dove sapeva che i suoi genitori erano in attesa, freddi e sospettosi. Suo padre l'avrebbe schiaffeggiata in volto come già aveva fatto in passato, ma almeno questa volta ci sarebbe stata una ragione.

Alessandro non amava Gianna, ma mentre osservava la sua figura aggraziata che correva con apprensione e scompariva nell'oscurità, considerò che per la prima volta nella sua vita aveva contraccambiato la dichiarazione d'amore, e ciò lo rese inquieto. 'Che cos'ha a che fare l'amore con questo?' si chiese, perché il povero giovane non aveva mai considerato quello che poteva sembrare ovvio alla maggior parte degli essere umani: che, in una relazione, la componente fisica e quella emotiva possono, in effetti, compenetrarsi. Si domandò che cosa fosse accaduto e cosa potesse significare lo scambio di tre semplici parole. Tornò a casa, quella sera, portando con sé una sensazione di vuoto e scontentezza. Desiderò non aver giocato quel gioco rischioso con un'anima così semplice e fiduciosa, e fu assalito da un infausto presentimento.

Ma era troppo tardi. Gianna era innamorata di lui e determinata a non lasciarlo mai. Lo aspettava all'entrata di scuola. Se faceva finta di non vederla, gli faceva cenno con la mano. Se continuava col suo show di distrazione, insisteva chiamandolo per nome e al contempo facendogli cenno, aggiungendo l'imbarazzo al fastidio. A volte cercava di portargli lo zaino o di tenergli la mano o di rispondere al posto suo quando i compagni gli si rivolgevano. Alessandro cominciò a temere l'ora di pranzo e iniziò ad affondare la testa nei libri durante il tempo libero, fingendo di dover recuperare. Dopo la scuola, non importa quali impegni avrebbe inventato per scusarsi, lei vi si sarebbe adattata e lui non avrebbe potuto restare solo. Per quanto provasse, a più riprese, a comunicare con discrezione che voleva indietro la sua libertà, lei non comprendeva.

Lasciato senza altra scelta, iniziò a trascurarla e a comportarsi in sua presenza come se non esistesse. Flirtava con le ragazze anche se non gli interessavano, faceva battute e allusioni di dubbio gusto e non rispondeva alle sue domande. Quando vedeva i suoi occhi tristi che lo guardavano con stupore, sentiva pena e colpa dentro di sé, ma andava avanti audacemente e senza pietà, contro il suo carattere e le sue inclinazioni, perché non sapeva fare di meglio.

Una sera, pochi mesi dopo la fatidica camminata lungo la spiaggia, sedeva con un'altra ragazza graziosa in una piccola veranda alla Marina. Era tarda primavera e il caldo iniziava a farlo soffocare. Non videro Gianna che si avvicinava, quando all'improvviso apparve di fronte a loro. Alessandro la salutò cortesemente e in modo sprezzante allo stesso tempo, ma lei non se ne andò e rimase invece in piedi di fronte a loro, guardandolo. Per mettere fine all'intollerabile imbarazzo, Alessandro si scusò con l'altra conoscenza e, prendendo il braccio di Gianna, la trascinò saldamente verso un angolo in disparte. Prima che lui potesse dire una parola, lei chiese:

'Perché mi stai facendo questo?'

'Facendo cosa?' replicò, fingendo di non capire.

'Dico davvero, Alessandro. Perché ti comporti in questo modo con me? Perché non mi rispetti? Perché esci con altre donne? Pensi che sia cieca? Pensi che non ascolti quello che dice la gente? Pensi che io non sappia dov'eri l'altra notte e la notte prima?' E continuò ancora e ancora mentre Alessandro, scuotendo la testa e tappandole la bocca con la mano, cercava di farla tacere.

'Gianna', riuscì a interromperla alla fine, 'io non ti amo! Mi spiace. È stato tutto un errore. Mi spiace davvero!' disse tutto d'un fiato.

All'inizio lei guardò in basso verso i suoi piedi e smise di parlare. Poi si volse verso il mare e il sole calante e, con le lacrime agli occhi, disse:

'Ti amo così tanto. Non posso vivere senza di te. Lo capisci?'

Alessandro rise e replicò: 'Sì, puoi. Perché ameresti uno tanto incosciente come me? Tu sei meglio di me, e troverai per te una persona migliore. Vai a casa e lasciami essere come sono. Lascia che la malerba alloggi nella gramigna e che le rose sboccino nei campi del paradiso'.

Soddisfatto di questa conclusione mascolina, Alessandro tornò dall'altra ragazza che aspettava a gambe incrociate e con una sigaretta in man".

Domenica mattina, due giorni dopo lo sfortunato episodio, la madre di Alessandro andò in camera sua e col sussurro trasparente di un angelo disse:

'Sandro... Sandro, sei sveglio?' Aveva un giornale in mano e, mentre lui girava la testa, chiese: 'Gianna T, non è... una tua amica di Vibo?'[17] Mentre guardava verso sua madre con curiosità, un gomito sul cuscino e la testa girata, pensò di udire:

'Si è uccisa ieri'.

Saltò su dal letto e le strappò il giornale dalle mani. Vide la foto della sua graziosa amica e amante, che sorrideva con l'entusiasmo della gioventù. I meravigliosi capelli scuri le scendevano lungo il collo e le spalle, e il viso aveva l'espressione semplice di quella sera, quando lo aspettava alla Marina. L'articolo dichiarava semplicemente che aveva acceso il gas nella cucina mentre i genitori erano fuori. Quando un vicino aveva alla fine sentito l'odore del gas nella tromba delle scale dell'umile edificio dove viveva la sua famiglia e chiamato i pompieri, era troppo tardi. Era stata trovata seduta con gli occhi spalancati, la testa appoggiata alle piastrelle di ceramica, le braccia penzolanti ai lati del corpo minuscolo.

'Sì, la conoscevo', disse Alessandro, coprendosi gli occhi e il volto con le mani aperte, ed è possibile che piangesse.

Alessandro non disse mai a nessuno della sua relazione con lei, al di là di quanto alcuni amici possano aver sospettato. Non parlò mai con nessuno, perché non sapeva cosa dire che avrebbe potuto restituire la vita a lei e a sé stesso. Per la prima volta aveva avuto esperienza dell'irrevocabile. Vide la netta separazione, il divario insormontabile tra quella che era stata, fino a quel momento, una giovinezza spensierata, e un futuro improvviso e inevitabilmente avvelenato. Si sentì colpevole, senza rimedio. Si ricordò dell'ultima volta che l'aveva vista e valutò quanto sarebbe stato facile abbracciarla e confortarla, parlarle invece di congedarla, darle retta, fare qualunque cosa che potesse evitare l'irrimediabile. E non sapeva che era da biasimare solo in parte, perché era troppo giovane, troppo inesperto e ignorante per capire le complessità

---

[17] A Vibo Valentia si trovava al tempo il liceo regionale.

della vita e prevedere quel disastro. Alla fine, disgustato, giurò solennemente che non avrebbe mai più usato la parola 'amore'.

***

"Ricordo quella storia", disse mio padre. "Ricordo come tutti voi ragazzi eravate sconvolti e mi rammento che quando ti vestisti per andare a Vibo per il funerale, volevi indossare il vestito nero di lana nonostante il caldo".

"Sì, lo ricordo anch'io", dissi. "Ma non sapevo che avesse qualcosa a che fare con Alessandro. A me non ha confessato niente di lei, come pure non ha mai accennato, con me, a nessuna delle altre storie che mi avete descritto. Sì, c'erano voci su una relazione tra i due, ma c'erano sempre fan che lo circondavano, e abbiamo dato per scontato che lei fosse solo un'altra di quelle. Non credo di averlo mai visto mostrare in pubblico una qualche intimità con lei, o con qualche altra ragazza, del resto". Mentre mescolavo l'ultimo terzo del mio Negroni, meditavo su tutti i segreti che il mio amico aveva tenuto per sé, e sulla pena che doveva averli accompagnati. Mi chiesi perché non ne aveva mai condiviso uno con me o, come sembrava probabile, con qualcun altro fino alle sue confessioni al Professore.

"Era una ragazza carina e semplice, di famiglia umile e religiosa", aggiunse don Pino. "Furono sconvolti quando il sacerdote della sua diocesi disse che non poteva essere benedetta in chiesa e che non doveva essere sepolta nel cimitero regolare a causa della natura della sua morte. Mi chiesero aiuto, e andammo dal comandante della polizia per intercedere. All'inizio rifiutò il suo aiuto. Era del nord e non capiva i nostri costumi. Insisteva a dire che, contrariamente a noi terroni, era abituato a seguire le regole. Alla fine, la nostra insistenza lo sfinì. Ci girò le spalle e, guardando fuori dalla finestra, disse: 'L'ho già firmato, ma se volete potete sbarrare "suicidio" e scrivere "incidente". Non ci tornerò sopra, con questo ho finito'".

"Era così graziosa nella bara, con un abito bianco che sembrava quasi un vestito da sposa e così tanti fiori che erano arrivati da posti noti e ignoti".

Stringemmo le mani ai vecchi e andammo a casa. Quella sera cenammo sulla terrazza che sovrastava il mare. Era già scuro quando

95

iniziammo il pasto, così tenemmo accese le lanterne della stanza adiacente. Un rettangolo di luce, penetrando attraverso le persiane parzialmente aperte, preservava un dominio di bianchezza nel muro altrimenti oscurato dalla notte. Là si trovava il nostro amico geco che, come diverse generazioni di suoi antenati, ascoltava pazientemente le nostre storie, vecchie e nuove, narrate da voci che echeggiavano quelle di decenni prima, emesse dai nostri antenati da quelle stesse sedie, e che forse rimarranno, mescolate con le nostre, nella memoria del tempo. La nostra cena consisté in un antipasto leggero con squisitezze locali, un primo leggero di riso ai frutti di mare, surici[18] fritti e cocomero, il tutto annegato in numerose bottiglie di Critone freddo gelato, mentre il mio pesce aveva trovato la pace in una marinata di aceto e limone per il giorno successivo.

Dopo la prima bottiglia di vino, la storia di Alessandro era stata relegata in fondo alle nostre menti, mentre la conversazione si era spostata su un argomento molto più serio: una discussione approfondita sulla mia capigliatura. A detta di mia madre, che aveva iniziato il penoso argomento, i miei capelli non erano appropriati alla mia età, al mio status professionale, alla mia reputazione nel complesso ed erano, allo stesso tempo, una profanazione del decoro dell'intera famiglia. Dovrei ammettere che non ho una passione per il barbiere: attendere il proprio turno, l'ansia associata con la posizione nella lista d'attesa che non è mai chiaramente definita, l'indolenza del sedere in una folla di estranei che fingono di leggere «Novella 3000» o altre riviste insulse, il chiacchiericcio con una nonna a caso, mentre il nipotino corre attorno e disturba le mie letture, e tutte le altre distrazioni che attizzano la mia impazienza descritta in precedenza e disturbano il mio stato favorito di concentrazione su me stesso. Stando così le cose, gestisco gli affari dei miei capelli con passiva procrastinazione, finché l'influenza sociale diventa intollerabile o i capelli crescono in modo così disorganizzato da costringermi a soccombere ai fondamenti della civiltà.

Avendo a mio favore anni di esperienza nel mondo accademico, dove la pazienza e la passività sono gli strumenti più efficaci per eludere opinioni forti di menti possenti, ascoltavo docilmente le varie reiterazioni di mio padre, mio zio e altri membri della famiglia. Aspettavo che si stancassero dell'argomento e si spostassero verso un altro territorio,

---

[18] Letteralmente "sorci", ma si tratta del nome locale di un tipo di pesce molto saporito pescato al largo di Pizzo e caratterizzato da affilati denti sporgenti simili a quelli di un topo.

posponendo così la decisione fatale a un altro giorno. Ma questa volta la conversazione andò di traverso. Mio zio, un banchiere importante, sottolineò come in questo mondo il volto, nei suoi più minuti dettagli, sia del massimo valore. Mio padre notò che, a causa di un'aberrazione congenita, mi mancavano i capelli su una parte della nuca e che tale deformazione veniva evidenziata dalla presenza di capelli lunghi attorno alla carenza. Fu don Pino, tuttavia, a dare il colpo di grazia.

Quella sera don Pino era venuto a cena a casa nostra. Indossava una tenuta completamente civile, a parte il collarino bianco attorno al collo, che era stato preventivamente allentato. Da quando ero un ragazzino, aveva preso le mie parti in modo costante, fervido e anche senza vergogna. Addirittura mi dava canditi durante la Quaresima e, per vincere le mie esitazioni, si giustificava dicendo che Cristo aveva gineprai più fitti di cui preoccuparsi durante quell'epoca dell'anno che controllare lo stomaco di un bambino e che, in ogni caso, non poteva vedere, perché era coperto da un lenzuolo bianco[19]. Tuttavia, in questo momento critico della mia vita, don Pino disse: "Perdonami, Giuseppe". Si dovrebbe notare che non mi si rivolgeva mai come signorino perché lo considerava condiscendente. "Penso che la tua mamma abbia ragione. Questa volta I tuoi capelli sono troppo lunghi e troppo disordinati. Fallo per lei e sono sicuro che Qualcuno lassù ricorderà, un giorno, il tuo sacrificio".

Comprendendo che venivo lasciato solo, senza alleati e senza neppure Carmelo Natti, dal quale avrei potuto cercare rifugio per una nuova ribellione, e ragionando che, in ogni caso, non avrei avuto la pazienza di giocare a tombola, e avendo intenzione di evitare la situazione di stallo di Alessandro, accettai gli insegnamenti della storia. Capitolai e dissi: "D'accordo, papà. Di' per favore al signor Leonardo che sarò là alle otto di mattina".

Don Pino era un uomo di statura leggermente superiore alla media, ma a causa della personalità estroversa, della voce stentorea e dello spirito indagatore, si ergeva come un gigante in ogni conversazione. Dopo che il gruppo ebbe stabilito l'accettazione del mio fato, ci volgemmo ad ascoltare con piacere le sue storie. Dopo qualche momento di ascolto silenzioso, improvvisamente, seguendo un impulso insopprimibile, lo interruppi chiedendogli:

---

[19] Durante la Quaresima, nel Sud Italia si usava coprire la croce con un drappo bianco.

"Don Pino, dove pensate che sia, ora, Alessandro? Pensate che sia condannato a bruciare all'inferno per sempre?"

Un silenzio cadde sul gruppo mentre don Pino raccoglieva i pensieri. L'immobilità venne infine interrotta quando mio zio, forse per prendere tempo per il suo amico, o forse semplicemente per intromettere la sua tipica visione cinica della vita, dichiarò con voce armoniosa e in un tono basso che ben si adattava all'oscurità del cielo:

"Forse non gli andrebbe tanto male. Quando morirò, preferirei andare all'inferno che in paradiso! È là che alloggia la gente interessante, dopo tutto! Potete immaginare come sarebbe tedioso trovarsi per l'eternità con santi, monaci, suore e predicatori? Con l'ovvia eccezione di don Pino, naturalmente, che tuttavia vedrei meglio all'inferno col resto di noi!" E con questo noi tutti, eccetto mia madre, levammo un altro bicchiere di Critone freddo gelato e bevemmo in segno di approvazione.

"Io non vedo male e bene, paradiso e inferno come entità distinte", aggiunse mio padre in tono pensoso. "Per me sono tutte sfaccettature dello stesso concetto, lati diversi della stessa medaglia. Lo stesso per Dio e il Diavolo. Uno non potrebbe esistere senza l'altro. Alla fine, nei cieli le cose devono essere esattamente le stesse che in terra, dove non c'è sipario a dividere il bene dal male o il paradiso dall'inferno. Piuttosto, questi opposti si mescolano in un purgatorio concreto".

Può non giungere come una sorpresa il fatto che don Pino non aveva scelto una vita di devozione alla Chiesa di Cristo a seguito di una vocazione insopprimibile. Aveva piuttosto abbracciato la Chiesa seguendo le direttive dei suoi genitori, che, essendo italiani del sud della classe più bassa, sentivano che la sola strada perché il loro figlio potesse sfuggire alla vita proletaria in cui era stato allevato era un impegno con la Madre di tutte le Madri. Don Pino era un ragazzo obbediente che riconobbe il valore di una tale strategia e, di conseguenza, si sottomise ai loro desideri. Essendo profondamente onesto da un lato, ma del tutto devoto ai suoi umili genitori dall'altro, accettò questa responsabilità in buona fede. Con la professionalità di un medico che si preoccupa del benessere fisico dei suoi pazienti, don Pino percepiva che il suo dovere era rispondere alle necessità spirituali della sua congregazione, servendo come ambasciatore per il messaggio di Dio, piuttosto che facendo rispettare gli insegnamenti della Bibbia come uno zelota del Suo esercito. Perciò, come un diplomatico navigato, non aveva bisogno di credere nel messaggio per trasmetterlo efficacemente alla sua congregazione.

Don Pino applicava anche la logica reciproca all'insegnamento biblico che Dio creò l'uomo a Sua somiglianza. Si immaginava Dio riflesso nella sua immagine ma più in grande, e perciò meditando che Lui fosse benevolo e indulgente almeno come lo stesso sacerdote. Mentre era facile per don Pino simpatizzare e comprendere bene i peccatori, era per lui estremamente difficile concepire penitenze proporzionali ai loro peccati, e alla fine pochi "Pater Noster" e "Ave Maria" erano la punizione peggiore che chiunque potesse ricevere. Questi risultati avevano il vantaggio di incoraggiare la confessione e la redenzione, ma forse al prezzo della sincerità del rimorso. Questo per spiegare come mai non fosse facile per don Pino sistemare Alessandro in una qualsiasi sfera eterea. Sicuramente ammetteva che il ragazzo, che ricordava molto bene, non fosse esattamente un San Francesco. Ma, d'altro canto, ricordava l'atteggiamento gradevole di Alessandro, la sua personalità accomodante, il sorriso e il calore, e don Pino non poteva immaginare Dio che lo puniva per l'eternità.

"Sapete, prima di cena ero al capezzale di un vero peccatore. Ragazzi, se ne ha fatte di cose brutte nella sua vita! E ora che se ne sta andando, mi ha confessato tutto. Era pieno di rimorso e spaventato come un ragazzino. Mi teneva la mano e mi chiedeva se potevo salvarlo dall'inferno. Quest'uomo ha ucciso su commissione, ha maltrattato amici e nemici, uomini e donne, solo per proteggere un valore incomprensibile di interesse personale confuso con un rozzo onore. Ha fatto del male ad altri senza ragione e improvvisamente, in punto di morte, era impaurito e pieno di rimpianti, forse anche di rimorsi… o almeno cercava di esserlo. Dentro di me sono cinico e mi chiedo: 'Non è troppo tardi? Non è comodo cambiare all'ultimo momento, contrattando per la salvezza?' Ma poi mi domando: 'Chi sono io per giudicare? E se fosse davvero pentito?' E lo condanno a dire qualche Padre Nostro. E quando mi rendo conto che non ricorda neppure le parole, gliele suggerisco io, finché la sua anima è finalmente salva. Questo è il motivo per cui credo che, se un Dio esiste davvero, doveva creare il Diavolo perché lui stesso, l'infinitamente benevolo, non avrebbe avuto la determinazione di punire nessuno, visto che io, il Suo umile servo, nella mia limitata benevolenza non riuscirei a farlo".

E concluse: "Non so dove dovrebbe essere Alessandro. Per quanto mi riguarda, spero che sia un angelo in paradiso. Era uno dei ragazzi più fini che abbia mai conosciuto, e confido che Dio la penserebbe proprio allo stesso modo. Ma se non si è pentito – e, conoscendolo, questa è una chiara possibilità – e il diavolo ha fatto il suo lavoro, è possibile che ora sia all'inferno, divertendosi con tutte quelle persone fini che non hanno potuto rispettare le regole della Chiesa, anche se non hanno mai fatto volontariamente del male a nessuno in vita loro, come don Giusto stava dicendo". E sollevando un altro bicchiere di Critone, una volta di più ci bagnammo le gole. Questa volta bevemmo in onore del nostro perduto amico e di tutti quelli come lui, che non potevamo porre chiaramente né in cielo né all'inferno, sempre ammettendo che tali entità esistano.

Mentre brindavamo, guardai in su verso il cielo trasparente con tutte le stelle appuntate sopra e verso la Via Lattea, e ricordai le mie conversazioni con Alessandro di anni prima. Ricordai le nostre domande e pensai che, forse, ora aveva le risposte a tutte loro e mi chiesi se le avrebbe mai condivise con il suo vecchio amico.

"Perché un personaggio elusivo come Alessandro ha voluto lasciare delle note autobiografiche?" chiesi. "È così in disaccordo con la sua personalità. Non si è curato della vita durante tutto il suo corso. Ha evitato la vicinanza di donne e uomini. Ha sempre amato la solitudine. Perché ha sentito il bisogno di lasciare un'eredità? Perché si è voluto aprire col Professore?"

"Forse è stata una reazione al modo in cui ha trascorso la vita. Forse, nel suo nichilismo, è stato un dolente tentativo di comunicare e rammentare le opportunità perdute. Aveva bisogno della rassicurazione che la sua vita non sarebbe andata completamente sprecata", disse don Pino.

"La vita giunge in pillole dolceamare la maggior parte delle volte", aggiunse mio padre. "Ma se non ci sentiamo soli, se siamo capaci di condividere con altri l'amaro, le nostre sofferenze acquistano valore e diventano significative. Io penso che, alla fine, Alessandro avesse bisogno di qualche conferma, come ha detto don Pino. Aveva bisogno di lasciare una scia dietro di sé che desse un qualche scopo a quella che considerava una vita senza scopo. Anche io mi sento così, a volte".

———

Dopo che don Pino se ne fu andato, lasciai mio padre e mio zio sulla terrazza, dove si stavano godendo la brezza e un digestivo, e mi ritirai nel mio studio, aspettando l'ispirazione e l'energia per prendere il telefono, Blackberry o fisso, e chiamare casa in America. Ma l'energia che cercavo di richiamare non sembrò trasmettersi alla mia mano, che se ne rimase passivamente ferma sul bracciolo della poltrona.

Guardando in su, vidi i ritratti a grandezza naturale dei miei antenati che, vestiti di uniformi splendide, come al solito mi osservavano con viso indecifrabile e senza battere ciglio. E mi chiesi chi fossero, in realtà, nelle loro vite ormai passate da lungo tempo. Mi resi conto che, sebbene fossi cresciuto con quelle immagini sul muro e le sentissi così familiari, in realtà non avevo mai incontrato nessuno di loro. Alcuni avevano fatto la storia, mentre la storia di altri era stata abbellita da generazioni di leggende familiari. In quel momento non potevo trattenermi dal pensare che, sebbene i miei geni e i miei tratti mi venissero da loro, per sempre e senza speranza mi sarebbero stati estranei, perché nessuno di loro aveva lasciato un appunto o un messaggio per le generazioni a venire, come aveva fatto Alessandro. Mi immaginai, un giorno, appeso al muro con la stessa espressione ambigua, con una mia distante progenie del remoto futuro seduta sulla stessa sedia, a domandarsi esattamente la stessa cosa:

"Chi era costui?"

Quella notte non chiamai casa. Non c'era una ragione specifica, se non che la mia mano non raccolse forza sufficiente a fare il numero. Dopo che mia madre mi svegliò dal sonnellino preliminare in poltrona, seguii il suo consiglio e mi ritirai nella mia camera, mentre le campane della chiesa ci ricordavano, ancora una volta, lo scorrere del tempo.

Tre banditi, un combattimento al coltello e un omicidio

La mattina, come avevo promesso la sera prima, mi trascinai coscienziosamente al negozio del barbiere che dava sulla Chiazza, a soli due minuti di cammino da casa. Come succede con la maggior parte delle imprese a Pizzo, il negozio offriva un'esperienza che andava oltre quella suggerita dalla colonna a strisce bianche, rosse e blu che girava all'entrata. Questo è probabilmente dovuto alla doppia vita condotta dai Napitini: l'una adottata per coprire le necessità pratiche dell'esistenza, e l'altra, un'esistenza immaginaria che si estende verso i limiti dei propri sogni, per compensare la semplicità della prima. Il negozio di barbiere era di proprietà di, e gestito da, due fratelli che erano di gran lunga più appassionati di musica di quanto non lo fossero delle chiome altrui. Leonardo, in particolare, era un'autorità riconosciuta nel campo della musica classica, un esperto suonatore d'organo e un compositore di litanie sacre.

L'opinione che i Napitini riservavano a Leonardo come barbiere discordava dalla sua reputazione come musicista. Oltrepassando la porta, ogni cliente veniva a conoscenza della possibilità del 50% di cadere sotto la maestria di Leonardo, che come Figaro deteneva indiscutibilmente una reputazione scoraggiante. Risvegliato da questa amara realtà, in ogni cliente sorgeva quindi un inebriante desiderio di sottoporsi alle cure del fratello come al minore dei due mali. Ma non importa quanto potesse pesare questo dilemma sull'umore di ogni cliente, questo lato negativo della vita napitina che dipendeva dalle manchevolezze di Leonardo, come per molti strascichi della storia, produceva l'inaspettato vantaggio di tirare fuori il meglio dai cittadini di Pizzo, fornendo indiscutibile prova che la cortesia si poteva almeno occasionalmente rivelare nei geni napitini.

In effetti, quando alla fine arrivava il turno del cliente, e se le avversità del destino avessero questa volta puntato verso Leonardo, la vittima, con la massima cordialità, entusiasmo e affabilità, diventava insolitamente cortese, esibendo una proliferazione di sforzi per incoraggiare il secondo nella lista a passargli avanti. Questo, naturalmente, offriva con vigore la stessa opzione al successivo, che non si sarebbe potuto esimere dal volgere i favori al seguente, e così via. "Prego! Prego!" Dicevano al successivo. "Vada avanti! Non ho assolutamente fretta! In effetti potrei anche approfittarne per fare un salto da Ciccio a comprare il giornale, così possiamo scoprire tutti cosa sta succedendo nel mondo!"

In quel giorno, in particolare, ero il meno equipaggiato per resistere a una dimostrazione di cortesia così determinata. Di conseguenza ebbi il privilegio di istruirmi su Bach, Beethoven e Handel, mentre i miei capelli brizzolati nevicavano pigramente sul pavimento a ritmo di un valzer di Strauss, e la mia testa assumeva la ben nota configurazione Uovo di Pasqua *à la* signor Leonardo.

Mentre il capolavoro si realizzava sotto gli sguardi preoccupati dei presenti, il Professore, che doveva essere stato informato da un uomo coi baffi che ero entrato in tale locale di mia iniziativa, venne tardivamente a salvarmi. Senza i soliti saluti e inchini, annunciò: "L'Avvocato è stato portato d'urgenza in ospedale durante la notte. A quest'ora potrebbe essere morto".

Per quanto non intendessi sminuire l'impressione drammatica lasciata su tutti noi da questo prologo abbagliante, fui influenzato dal mio impulso ammonitore che era il risultato di anni di pratica clinica. Avvisai gentilmente che poteva essere precipitoso dichiarare qualcuno morto prima di avere la possibilità di controllarne il polso, e chiesi: "Cos'è successo? Cosa lamentava?"

"Chi lo sa? L'ho saputo dallo spazzino questa mattina che ha detto che Donna Filomena, che vive di fronte alla casa dell'Avvocato, l'ha avvisato di aver visto un'ambulanza lasciare la sua casa verso le due di mattina".

"Strano", replicai. "Non ho sentito sirene l'altra notte, per quanto viviamo molto vicino".

"Beh, non c'è ragione di svegliare tutta la città se le strade sono vuote e la gente sta dormendo nel cuore della notte, no?"

"O forse era già morto", ci confortò Leonardo, che per quel momento si era affrettato a completare il suo lavoro e stava togliendo dai miei abiti, con una spazzola, ogni ricordo dei miei amati riccioli.

Non ero disposto a dichiarare morto il povero Avvocato, che solo poche ore prima espettorava con forza erculea, solo basandomi su impressioni di seconda mano. Detti rapidamente una mancia generosa a Leonardo, mentre mi controllavo nello specchio per essere certo che entrambe le orecchie fossero ancora al loro posto e, portando sulle spalle la mia testa ovale con tutta la dignità possibile, lasciai il negozio di barbiere con l'intenzione di raccogliere altre informazioni dai residenti della Chiazza, incurante di tutti i regolamenti intesi a proteggere la privacy, che si possono applicare da qualunque altra parte ma non sono mai approdati sulle rive di Pizzo.

Il Professore e io percorremmo i pochi passi verso il Bar Gatto, dove il solito gruppo stava già discutendo gli eventi della notte.

Il Sig. Belvedere si tolse la sigaretta dalla bocca non appena mi vide e disse: "Avete saputo dell'Avvocato? Con tutte le sigarette che ha fatto, deve aver avuto un ictus, come mio padre! Gliel'ho detto tante volte che avrebbe dovuto fumare sigarette col filtro!"

Ciccio Percuoco, che il subbuglio aveva distratto dalle proprie discussioni con sé stesso, ci si avvicinò e, inchinandosi rispettosamente di fronte a me, aggiunse: "Sì, si fa le sue sigarette con i fogli di giornale, e usa L''Avanti'! Non può andare bene… con tutto il rispetto!" Ciccio Percuoco, nonostante le umili origini, era un lettore di quotidiani avido e perspicace.

Donna Rita, la moglie del farmacista che aveva appena sentito la notizia ed era venuta a unirsi alla conversazione al Bar Gatto con lo stesso intento anamnestico, la pensava diversamente. Aggiunse la diagnosi differenziale "indigestione", poiché l'Avvocato era noto, di tanto in tanto, farsi la doccia dopo cena senza attendere le tre ore obbligatorie che ripristinano la resistenza del corpo al contatto con l'acqua: un fenomeno che la pratica medica o le comunità scientifiche devono ancora scoprire, ma che le comari della città conoscono da lungo tempo.

Mastro Antonio aggiunse che poteva essere stato un episodio di dolori di colica provocato da calcoli alla cistifellea, visto che questo è un problema molto comune tra gli avvocati, che hanno il pelo sullo stomaco e che, nella loro attività professionale, devono essere pronti a digerire le pietre.

Com'era tipico del suo cinismo, mio zio, che camminava verso il tavolino insieme a mio padre, suggerì infine che tutta la faccenda rappresentava probabilmente un disperato tentativo dell'Avvocato di fuggire dalla città per evitare di dover sopportare ancora le storie del Professore.

Il Professore, a sua volta, insisté che in quel momento l'Avvocato avrebbe potuto essere morto e stecchito. Ma che nel caso non lo fosse stato, ci saremmo dovuti sbrigare a fare qualcosa per salvargli la vita. A questa considerazione, tutti si voltarono con entusiasmo verso di me, promuovendomi o degradandomi simultaneamente da signorino Giuseppe a *il Dottore dall'America*. Il gruppo decise che mi sarei affrettato a visitare l'Avvocato all'ospedale di Vibo per salvargli la vita, se non fosse stato troppo tardi.

Mentre iniziavo a protestare che la cittadinanza americana non mi assegnava poteri soprannaturali e che l'Avvocato era probabilmente in mani migliori sotto la supervisione dei medici dell'ospedale, il Dott. Riga apparve e venne a salvarmi. Ci disse che era stato lui a visitare l'Avvocato la notte prima, e che al poveruomo aveva diagnosticato la polmonite. Aveva chiamato l'ambulanza per portare l'Avvocato in ospedale per una radiografia al petto e aveva prescritto antibiotici a motivo della febbre alta e dei suoni sordi al petto.

"Dovremmo andare a vederlo insieme, più avanti nella giornata. Ho appena chiamato e mi hanno detto che sta meglio dopo aver preso gli antibiotici. Possiamo fargli visita nel primo pomeriggio".

Poiché era ancora mattina molto presto e l'eccitazione era stata spenta dalla spiegazione senza fronzoli del Dott. Riga, sedemmo tutti al tavolino dove mio padre, mio zio e il Marchese si erano già accomodati a guardare scetticamente i convenuti. Dal momento che sembrava non avessimo altro da fare se non aspettare il momento giusto per visitare il povero Avvocato, il Professore proseguì con la storia di Alessandro.

***

"Alessandro aveva uno zio che si chiamava don Antonio, che era un ricco proprietario terriero dell'entroterra. I suoi possedimenti abbracciavano chilometri e chilometri di colline e valli, picchi e conche, pascoli verdi e dorate coltivazioni di grano, lussureggianti campi di granturco, frutteti, vigneti, oliveti e querce centenarie sparse che coprivano con la loro ombra spazi sconfinati dove le mucche pascolavano, i galli lottavano per le galline, le volpi apparivano e scomparivano e i cani sospiravano, in attesa che accadesse qualcosa. È qui che Alessandro trascorse le lunghe giornate estive per tutta l'infanzia e l'adolescenza, leggendo i classici: *Guerra e pace*, *Madame Bovary*, *La valle dell'eden*, *La signora col cagnolino* e altre storie interminabili, in sincrono col modo in cui la vita gli appariva in quei momenti, sotto l'ombra delle vecchie querce".

"Disperse per il territorio vi erano molte case di contadini. Laggiù, bambini che non avevano mai indossato scarpe si arrampicavano sugli alberi, portavano le greggi al pascolo, mungevano le mucche e conducevano muli distratti. Con quei bambini, Alessandro trascorreva giorni senza tempo cercando fragole, more o funghi, rispettivamente omaggi di primavera, estate e autunno. Insieme a loro cacciava con le fionde, o aiutava i loro padri a raccogliere i frutti della terra e a portarli alla fattoria su un carro tirato da un asino buono ma imperturbabile. I contadini si occupavano di Alessandro con benevolenza, ascoltando con reverenza i suoi suggerimenti, che arrivavano da un'anima educata, sebbene ingenua, ed erano frutto dell'entusiasmo e dell'amore per la loro terra".

"Nel mezzo della proprietà, sulla sommità della collina più alta, stava la magione dove don Antonio viveva con la moglie, Teresa. Più che un palazzo, si trattava di un casale di campagna. Il piano terra consisteva di stanze grandi che fungevano da magazzini, dove il fieno o delle grandi botti di olio e vino emanavano odori distinti nell'oscurità. C'erano ripari di animali, cucine e officine che ronzavano di braccianti nel corso del giorno e controllate, di notte, da cani scontrosi. Al piano superiore c'erano i quartieri dove viveva la famiglia. Su questo livello c'era una grande camera con le finestre che restavano aperte dalla primavera all'autunno, dove una brezza spirava continuamente dalla valle sottostante. Di notte l'oscurità era completa, a parte poche luci migranti portate dai contadini che tornavano ai loro ripari sotto la brillantezza della Via Lattea".

"Non c'era elettricità nelle case, al tempo, ma la quieta oscurità era rotta dal tremolio delle lampade a petrolio che attraeva le falene e i gechi che le mangiavano. Occasionalmente un pipistrello faceva una visita casuale e volava intorno, toccando i soffitti, finché un servitore non riusciva a scacciarlo con una scopa. Tutto accadeva, notte dopo notte, con la naturalezza di una scena ricorrente propria di una rappresentazione teatrale. Ogni personaggio, animale o persona, era un partecipante involontario che condivideva con gli altri una fiaba intangibile, nel silenzio e nella solitudine immensi della campagna".

"I racconti narrati dai vecchi contadini arricchivano la rappresentazione vivente. Le fiabe, una sorta di mitologia locale, erano abbellite da lupi con mani umane, tacchini con occhi rossi che fumavano sigari, spettri che mangiavano i bambini e si nascondevano sotto i loro letti, volpi che sapevano parlare e banditi che erano eroi. Più tardi, nel cuore della notte, l'oscurità prendeva il sopravvento e solo il bubbolio di un gufo o il richiamo di un usignolo rompevano di tanto in tanto il silenzio in lontananza".

"In quella particolare mattina d'estate, don Antonio sedeva con sua moglie, donna Teresa, facendo colazione attorno a un massiccio tavolo di legno sotto una quercia vecchissima. Erano circondati da gelsi, che facevano da siepe e li riparavano. Alla sua sinistra sedeva il dodicenne Alessandro, che aveva appena chiesto di Bruno, il cane che lo aveva accompagnato fedelmente negli ultimi giorni, mentre vagava su e giù per le colline o si riposava a leggere sotto le querce. Alessandro non aveva visto Bruno per tutta la mattina, né ai piedi delle scale di marmo, dove l'animale di solito lo aspettava, né nei boschetti, dove il cane di solito lo seguiva per trovare fichi freschi e uva per colazione".

"Bruno era un cane poco sofisticato che non aveva mai imparato ad abbaiare come doveva. Invece, nei momenti di maggiore eccitazione, a volte buttava fuori suoni gutturali o al massimo piagnucolava per attirare l'attenzione. Stava sempre attaccato ad Alessandro, senza dargli tregua, proprio al suo fianco come se fosse al guinzaglio. Allo stesso modo, si fermava quando Alessandro si fermava, per ripartire non appena ripartiva lui. Era una compagnia semplice che non si aspettava niente, a parte una leccata occasionale della calda lingua canina che veniva contraccambiata da una grattatina dietro le orecchie".

"'Gli ho fatto sparare da Guglielmo stamani. Aveva ammazzato una gallina… quella bestiaccia!' disse don Antonio".

"Alessandro accettò la decisione perché sapeva che Bruno aveva trasgredito la legge della terra, secondo la quale era stato correttamente giustiziato. Ma non aveva più fame. Piuttosto, fissò l'angolo dove Bruno era solito aspettare che lui finisse la colazione prima di iniziare le attività della giornata, con la coda scodinzolante e il sorriso canino. Immaginò una lavagna con una cimosa che cancellava Bruno, e gli sembrò che l'essenza della vita avesse solo l'impatto di scarabocchi fatti col gesso su un'indifferente lastra di ardesia".

"Il sussurro della brezza era leggero e carezzevole sulla sommità della collina in quel giorno di prima estate e non si sentiva il bisogno di parole a rompere la pace. Ma presto il rumore di un motore si insinuò da lontano, aumentando gradualmente finché, da dietro un'altra quercia, apparve una macchina. Il veicolo proseguì lentamente per il cortile e poi voltò per fermarsi di fronte al tavolo".

"Vestito in pantaloni di fustagno, una camicia a quadri e un cappello di lana, un uomo di circa cinquant'anni spuntò dalla portiera posteriore mentre il conducente proseguiva fino a parcheggiare il veicolo all'ombra della stessa quercia. L'uomo era mastro Gennaro, uno dei fattori, persona tenuta in grande considerazione e assai stimata nel regno di don Antonio".

"'I miei rispetti, donna Teresa', disse, togliendosi il cappello e avvicinandosi alla tavola. Sotto lo sguardo scrutatore di don Antonio, aggiunse: 'Dei disgraziati hanno avvelenato i cani ai Granatari'".

"I Granatari erano un lontano appezzamento di terreno, ad alcune colline di distanza verso l'interno della proprietà. Laggiù, il bestiame veniva lasciato a pascolare durante il giorno lungo le rive lussureggianti di un piccolo torrente, che nasceva da una sorgente naturale. Le mucche seguivano perfettamente la routine, uscendo dalla baracca dove trascorrevano la notte e trovando lentamente la strada in cerchio, su e giù per i dolci pendii attorno al torrente e le piccole zone paludose, finché il sole non si spostava da un lato all'altro del cielo ed era di nuovo l'ora di tornare al riparo per la notte. I cani avevano poco da fare se non seguire le mucche con disinteresse, controllandole solo di tanto in tanto con la coda dell'occhio prima di venire distratti per un attimo da un suono in lontananza o da una fragranza insolita".

"'Sedetevi, Mastro Gennaro. Prendete qualcosa. Oggi abbiamo le prugne e i fichi migliori, e anche dell'uva che mio nipote è andato a raccogliere di persona. Prendete un uovo, o la torta che donna Teresa ha fatto con le sue mani'. Mastro Gennaro si sedette come gli era stato detto, per quanto ovviamente non fosse affamato perché doveva aver già fatto colazione. In ogni caso prese rispettosamente qualche oliva e un uovo sodo, se li mise nel piatto e ne portò lentamente alla bocca un pezzetto, attendendo ordini. Nessuno parlò".

"Donna Teresa non osava mai parlare. Era troppo stupida e ignorante per pronunciare parole in una conversazione di un certo spessore, troppo inetta e ingenua per contribuire al un dialogo pratico, e troppo timorosa delle occhiate irritate del marito per emettere un qualsiasi suono superfluo che potesse ricordargli la sua esistenza. Era stata viziata per tutta la giovinezza, allevata in un collegio femminile lontano da casa dopo che Nonna l'aveva allontanata, quando la famiglia aveva dovuto affrontare momenti difficili. Laggiù le insegnarono a recitare rosari interminabili e a lavorare a maglia il resto del tempo, entrambe abilità che difficilmente avevano un qualche valore in campagna".

"Solo il sussurro della brezza si poteva udire, quando don Antonio alla fine dichiarò: 'Mio caro mastro Gennaro, sono fiducioso che vi occuperete di questa sfortunata circostanza. Avete la mia benedizione'. Mastro Gennaro si alzò, si inchinò dignitosamente verso donna Teresa e, rimettendosi in testa il cappello, tornò alla macchina".

"Alcuni giorni dopo, fatta colazione, don Antonio afferrò un bastone appoggiato al lato del tavolo, si mise in testa un cappello di paglia e si girò verso Alessandro: 'Vieni con me. Ti mostrerò cosa succede quando le persone fanno quello che non dovrebbero fare'".

"Un'auto diversa li aspettava all'ombra della vecchia quercia. Il conducente aprì la portiera posteriore per don Antonio e Alessandro, che, senza fare domande, seguì l'adorato zio. Percorsero qualche chilometro su e giù per una strada polverosa, lasciandosi dietro una nuvola rossa. Alessandro abbassò il finestrino e apprezzò la fresca brezza del mattino per un attimo, prima di arrivare sulla sponda del torrente dei Granatari, a soli pochi passi dal riparo dove venivano tenute le mucche".

"I muggiti delle mucche facevano pensare che qualcuno avesse dimenticato di aprire il cancello per farle uscire, quella mattina. Alessandro notò alcune persone in piedi a pochi metri di distanza dal riparo, sotto gli olivi. Don Antonio uscì dalla macchina per primo, seguito da Alessandro, e lentamente si avvicinarono al riparo. Dietro l'ultimo cespuglio, Alessandro vide un piccolo camion coperto di polvere. Un morto vi stava davanti, riverto sul cofano, la testa piegata verso il cielo e gli occhi vuoti che, senza conseguenze, fissavano proprio il sole del mattino. Il parabrezza era in frantumi e un altro morto appoggiava la testa contro il volante, mentre un terzo corpo giaceva a pochi passi di distanza, come se il suo occupante avesse cercato di fuggire sotto la pioggia di pallottole".

"Il silenzio era assoluto, come pure l'immobilità della scena. Sembrava che il mondo avesse cessato di esistere, in sincrono con la vita di quei tre uomini. Seguendo lo sguardo fisso del primo morto, Alessandro alzò gli occhi verso la cima dell'olivo. Là notò il movimento gentile dei rami ondeggianti, come a ricordargli che un respiro di vita era stato lasciato in quell'angolo abbandonato di esistenza. Con quel pensiero, il giovane Alessandro si risvegliò dal suo incubo surreale".

"Il capitano della polizia si avvicinò prima a don Antonio e, grattandosi la nuca, spiegò: 'I miei uomini hanno aspettato i tre banditi per tutta la notte. Sono arrivati all'una di notte. Dall'oscurità gli abbiamo intimato di fermarsi. In risposta, uno di loro ha sparato contro il mio uomo che gli aveva detto di fermarsi. Il mio uomo ha acceso i fanali dell'auto della polizia e abbiamo risposto al fuoco'".

"Don Antonio si girò verso i morti, come per assicurarsi che fossero in effetti senza vita, e quindi nuovamente verso il capitano di polizia. 'Da dove vengono?'"

"'Dalle montagne attorno a Serra San Bruno. È probabile che prima abbiano rubato del bestiame in quella zona'".

"Rivolgendosi a mastro Gennaro, che era in piedi a pochi passi dal capitano, don Antonio disse: 'Assicuratevi che abbiano un funerale e una sepoltura decenti, a mie spese'. Detto questo, tenendo il bastone per l'asta, tornò alla macchina. Alessandro, che non aveva nemmeno sussurrato una parola, lo seguì da presso e si chiese dove fossero, ora che si erano separate dai corpi, le vite di quei tre uomini e quella di Bruno".

***

Passarono tre anni.

"Alessandro aveva lasciato il campo di calcio, dove aveva appena terminato di giocare un'ottima partita. La sua squadra aveva vinto proprio grazie alla sua prestazione. Aveva preso il controllo della strategia offensiva e, di conseguenza, aveva segnato tre gol. Era una partita in trasferta contro una quadra di una cittadina in montagna, dove la gente vestiva in modo leggermente diverso, parlava in modo abbastanza diverso, ma pensava in modo molto diverso".

"Era un giorno lucente, e positivo. Era quel tipo di giorno che rimane impresso nella memoria dei giovani per nessuna buona ragione, se non per la sua bellezza, poesia e semplicità. E così sarebbe rimasto nella memoria di Alessandro, non fosse stato per uno strano incidente che lo attendeva sul sentiero polveroso che conduceva dal campo di calcio al parcheggio, dove si trovavano le macchine che dovevano portare a casa lui e i suoi".

"Sembrava che due uomini, somiglianti agli infami personaggi del "Pinocchio" di Collodi, lo stessero aspettando. La Volpe era più alta e più magra, piegata leggermente in avanti come se una brezza da dietro fosse troppo da sopportare. Il Gatto, d'altra parte, era basso e robusto, e compensava l'atteggiamento del compagno allungandosi all'indietro, con le spalle appoggiate a un palo e una gamba piegata, col piede appoggiato allo stesso palo, mentre teneva le mani in tasca. Ci fossero stati dubbi che quei personaggi stavano aspettando Alessandro, ogni dubbio fu fugato quando quello magro trascinò i piedi fino al centro del sentiero, mentre quello basso si allontanò dal palo che lo sosteneva e seguì il suo amico mentre Alessandro si avvicinava a loro".

"Alessandro, amichevole come sempre, pensò fosse meglio sorridere ai due personaggi, poiché li aveva riconosciuti come membri della squadra avversaria. Il suo sorriso si gelò, tuttavia, quando vide la Volpe portare avanti la mano destra armata di un coltellino aperto. Nello stesso momento, il suo amico tarchiato tirò fuori la mano dalla tasca destra per mostrare un ulteriore avvertimento: un coltellino chiuso".

"Con la coda dell'occhio, Alessandro vide alcuni membri dell'altra squadra che si erano raccolti attorno a un cespuglio vicino. A quanto pare erano presi dai loro discorsi, e non poté vedere nessun'altro che fosse in grado di aiutarlo. La Volpe fece un passo avanti mostrando il coltello, puntato proprio sotto la cintura di Alessandro. Mentre proseguiva verso di lui, disse a mezza bocca poche parole: 'Così, mi pare che tu pensi di poter venire qui in montagna e disporre a tuo piacere dei contadini? Pensi che esistiamo solo per essere maltrattati da cretini come te? Fammi vedere cosa sai fare davvero, uomo contro uomo. Questo è quello che io chiamo gioco leale!' Girandosi verso il Gatto, la Volpe ordinò: 'Dagli il coltello! Vediamo quello che sa fare!'"

"Alessandro non era mai stato molto portato per il machismo, né era particolarmente versato nei combattimenti con sconosciuti per qualsiasi motivo, specie se basati su princìpi assolutamente indeterminati. Ma non era in grado di pensare a un modo per tirarsi fuori da questo combattimento, se non declinando l'offerta del coltello e offrendo invece qualche scusa inventata".

"Mentre rifletteva rapidamente su come meglio gestire la situazione, fu improvvisamente spinto da destra, mentre la voce di Peppino arrivava in suo aiuto: 'Di cosa state discutendo? Siete stupidi? Non sapete chi è questo?' Peppino, che era compagno di squadra di Alessandro e suo amico di lunga data, si avvicinò alla Volpe e gli sussurrò all'orecchio".

"Qualunque cosa avesse detto, ebbe un effetto immediato. La Volpe richiuse l'arma e la rimise in tasca, dicendo con la massima reverenza: 'Vi chiedo perdono, vostra Eccellenza. Sono davvero spiacente. Non so cosa mi è passato per la testa. Vi prego di perdonarmi, così che io possa essere servo vostro da oggi in poi'".

"Il robusto felino guardò perplesso il suo amico, e ugualmente si rimise in tasca il coltello chiuso. Afferrando il braccio della Volpe come per guidarlo lontano da una scena imbarazzante, il Gatto aprì la bocca in un sorriso codardo e chinò leggermente il mento. Mentre se ne andava lentamente, tirato dal suo amico, l'aggressore di alta statura si girò un'ultima volta verso Alessandro, pregandolo: 'Perdonatemi. Per favore, non parlatene a nessuno, e io vi sarò grato per il resto della vita'".

"Il giorno non venne del tutto rovinato dall'incidente, perché Alessandro riuscì a relegarlo in fondo alla mente mentre trovava la strada verso la sua macchina, la sua città natale e il suo futuro. In effetti non gli dette molta importanza, dimenticandolo quasi completamente finché, un anno più tardi, un altro evento spiacevole non lo constrinse a rammentare e a capire che cosa avesse voluto dire quel momento".

***

"A sedici anni, Alessandro era più maturo di tutti i suoi compagni e, come già accennato, aveva un modo di fare talmente naturale col gentil sesso da attirare tutte le ragazze, proprio come le mosche sono attirate al miele. In un caldo giorno estivo, si stava rilassando all'ombra di una tettoia di legno che segnava l'ingresso di un bar, proprio di fronte alle onde e ai salati venti marini. Teneva in bocca una cannuccia che si immergeva in un bicchiere di acqua freddafrizzante, e indossava un paio di Ray-Ban scuri che erano del tutto in linea con la moda del tempo. La pelle era perfettamente abbronzata sotto la camicia leggera lasciata aperta, il che contribuiva ancor più all'immagine del perfetto playboy. In comoda attesa all'ombra, esaminava il panorama in cerca di una potenziale preda. Il giradischi dentro il bar sparava a tutto volume musica orecchiabile secondo le richieste della giovane generazione, i cui gusti andavano alla deriva insieme alle storie d'amore di quelle canzoni rivisitate".

"Il sole era alto nel cielo e le ombre marcavano strette i loro proprietari, inclusa quella di un'adolescente carina che era apparsa all'improvviso di fronte a lui. Aveva grandi occhi scuri e labbra rosse che stavano in mezzo al viso bronzo scuro come una fragola in cima a un gelato al caramello. Mentre attraversava il corridoio, era immemore di tutto fuorché del percorso che seguiva per arrivare al bancone dove erano esposte le prelibatezze. Tuttavia Alessandro colse una breve occhiata significativa gettata nella sua direzione, uno di quei movimenti infinitesimali dell'occhio femminile che solo uomini esperti potevano riconoscere e interpretare".

"Con la massima naturalezza, mentre lei passava, Alessandro le chiese: 'Come ti chiami?'"

"Il suo nome era Marilena e, come risultò evidente dopo che il ghiaccio fu rotto, le piaceva molto parlare. E così parlò, e spiegò, e approfondì tutto della sua famiglia: che vivevano nell'entroterra ed erano alla spiaggia solo per quel giorno, l'età dei suoi fratelli e sorelle, i pettegolezzi della sua cittadina, e che avevano portato anche la cagna al mare con loro, e che la cagna era incinta e presto avrebbe fatto i cuccioli come già un anno prima, e che a lei piacevano tanto i cuccioli, ma l'anno prima ne erano morti alcuni prima che avessero la possibilità di dargli un nome perché sua madre era contraria a dare ai cani nomi cristiani e preferiva nomi di fiori o di piante… e così andò avanti a lungo".

"Alessandro si stancò presto, perché si chiedeva che cosa avesse a che fare questa pletora di informazioni con la domanda iniziale. Mentre iniziava a cercare un modo cortese per porre fine alla conversazione, un giovane di circa vent'anni andò diretto verso di lui, la rabbia negli occhi. Prese Marilena per il polso per spingerla lontano dal tavolino e, mettendosi tra lei e Alessandro, fece una smorfia e lanciò un avvertimento: 'Stai lontano dalla mia ragazza o ti insegnerò una lezione che non dimenticherai mai'".

"Come già aveva fatto un anno prima, Alessandro sentì l'imbarazzo di aver a che fare con estranei, e la propria indifferenza verso i litigi originati da incontri casuali. Come molti aristocratici, Alessandro percepiva le persone – quelle che non erano state adeguatamente presentate all'interno della propria ristretta cerchia di conoscenze – come esemplari di una specie diversa, piuttosto che come veri esseri umani, messi su questa Terra col solo scopo di popolare il mondo attorno a lui. Mentre in linea di principio rispettava seriamente le persone, aveva però dei problemi a interagire, nel bene e nel male, con le classi inferiori senza un'adeguata presentazione, a parte naturalmente nel caso di ragazze carine quando questa barriera psicologica non sembrava, spesso, completamente insormontabile".

"Ma quella volta non lasciò perdere. Con la voce più arrendevole possibile disse: 'Sono spiacente. Ho chiesto come si chiamava e lei mi ha offerto volontariamente molto di più. Che c'è di male in questo?'"

"Il visitatore si tirò su i pantaloni, gonfiò il petto e, stringendo la mano a pugno, replicò: 'Ti farò vedere cosa c'è di male in questo'. Proprio mentre cominciava a sembrare che la situazione stesse degenerando verso una deplorevole disputa, altre persone nel bar si raggrupparono intorno a loro e Marilena, trattenendo il braccio destro del suo ragazzo con entrambe le mani, lo trascinò via mentre lui continuava a fissare Alessandro con occhi implacabili".

"Niente altro sarebbe stato detto su questo sfortunato episodio non fosse stato che, più tardi quella stessa sera, una macchina inchiodò di fronte ad Alessandro mentre camminava lungo la spiaggia con due amici. Dalla macchina uscirono tre uomini che, rapidamente, afferrarono Alessandro. Uno lo trattenne al petto mentre gli altri due, afferrando una gamba ciascuno, lo gettarono nell'auto. La macchina sbandò, andandosene veloce come era arrivata, e scomparve verso una striscia isolata di spiaggia chiamata 'la Pineta'".

"Come ad Alessandro, che era troppo sbalordito per reagire, anche ai suoi amici mancarono i riflessi necessari per intervenire prima che fosse troppo tardi. Non appena la macchina si fu allontanata dalla loro strada, ed ebbero una frazione di secondo per elaborare quello che avevano appena visto, corsero alla loro macchina, che era a poche centinaia di metri da lì. Ci saltarono sopra e premettero l'acceleratore per catapultarsi nell'oscurità imminente della notte. Peppino, uno dei due amici che abbiamo incontrato nell'episodio menzionato in precedenza seguito alla partita di calcio, era stato testimone di quanto accaduto al bar, quella mattina, e aveva riconosciuto il ragazzo di Marilena in uno degli aggressori".

"Non ci sono molti luoghi intorno a Pizzo dove i ragazzi possano andare a risolvere le loro dispute. Diversi vanno, prevedibilmente, alla Pineta, contrariamente ai piani meglio progettati di criminali professionisti che scelgono invece di evitare l'ovvietà. Per i leali amici di Alessandro era perciò una supposizione ragionevole che gli attaccanti fossero andati alla Pineta, dove le cose sono quiete, la notte, e dove ci sono solo innamorati clandestini e altre attività che presuppongono un certo tatto. I due ragazzi erano naturalmente stati in quel luogo molte altre volte, per ragioni facilmente immaginabili".

"Guidarono da esperti nel sottobosco familiare, cercando l'amico sulla spiaggia sabbiosa e soffice illuminata dai loro fari. Sebbene tutto fosse successo troppo rapidamente per pensarci, questa fu in effetti una mossa coraggiosa: gli amici di Alessandro erano infatti ragazzi di classe medio-alta, non allevati nella violenza che era accettabile, e forse incoraggiata, tra i ragazzi della classe operaia, che avevano molto da dimostrare a sé stessi e al mondo, costruendosi le proprie regole. Non avevano armi. Non avevano piani. Stavano solo seguendo un istinto che diceva loro di cercare l'amico, con grande irritazione delle coppie che venivano sorprese in varie fasi di una prestazione antica e che li guardavano con gli occhi rossi delle iene colte sul fatto".

"Forse erano passati quindici minuti da quando avevano iniziato a perlustrare la savana di Pizzo in cerca del loro amico, quando videro la figura incerta di un uomo emergere dall'oscurità. Trascinava una gamba, e si teneva la guancia destra con entrambe le mani. Non appena i fari della macchina illuminarono appieno la figura, il fisico snello di Alessandro divenne chiaramente visibile. Il sito dove Alessandro era stato rilasciato dalla sua punizione premeditata era un posto silenzioso, vicino alla spiaggia, là dove terminavano i pini".

"La luna aveva già preso il controllo del crepuscolo e solo il mormorio del mare rompeva il silenzio. Il viso di Alessandro era gonfio di lividi e sfoggiava il labbro inferiore rotto. C'era del sangue sulla maglia e sulle mani, e graffi su fronte e avambracci. Quando gli tolsero la maglia, videro che altri graffi e lividi gli coprivano tutto il petto e l'addome".

"Tuttavia, i tre amici si sentirono quasi allegri, come quando una grande paura viene improvvisamente superata. Anche Alessandro, all'inizio, sorrise debolmente. Premendo un fazzoletto sul labbro spaccato cominciò poi a ridere istericamente, come se tutto l'episodio non fosse accaduto a lui, ma ne avesse invece sentito parlare come di una testimonianza della stupidità della gioventù".

"Peppino si unì alla risata e urlò: 'Penso che farai meglio a evitare quelle donne di campagna e i loro protettori montanari!'"

"Alessandro si sedette ai piedi di un pino e guardò il sentiero tracciato dalla luna attraverso il golfo di Santa Eufemia. Mettendosi uno stecchino in bocca dalle parte meno rovinata, come se stesse fumando una sigaretta, disse: 'Sapete cosa sarà ancora più divertente? Il viso di donna Giovanna quando le verrà presentata la nuova versione del viso del suo adorato nipote!'"

"Ma, per qualche ragione, quel pensiero spense immediatamente il riso nei loro animi. Tutti e tre divennero, invece, improvvisamente pensosi".

"'Non c'è modo che ti portiamo a casa in queste condizioni, Alex', dichiarò Peppino. 'Le verrebbe un attacco di cuore'".

"Nessuno parlò per un bel po'. Macchine entravano e uscivano dalla Pineta, lentamente e furtivamente, portando coppie che non avevano posto migliore in cui andare. Alessandro pensò a come fosse impegnata la notte sotto il riparo dell'oscurità. Non era mai stato di persona alla Pineta per gli scopi summenzionati, perché viveva una vita privilegiata in cui aveva il lusso di sperimentare il proibito nell'intimità di comode case e ville di campagna, senza bisogno di ricorrere a questi mezzucci. Ma considerò che quegli incontri, compiuti nel sotterfugio della notte, lontano dal mondo civilizzato, avevano una loro attrattiva e, forse, anche un sapore romantico. Avvertì una sensazione di eccitazione, nonostante le sue condizioni, al pensiero di quanto aveva luogo in quelle impegnate alcove di piacere".

"'Penso che dovremmo portarti da don Antonio. Puoi stare là finché il tuo aspetto non migliora', riprese Peppino. 'Possiamo dire a donna Giovanna che hai deciso di andare alla villa per avere un po' di requie dal caldo estivo in aumento. Possiamo portarti la tua roba. Diremo che hai chiamato dalla spiaggia e che non volevi farti tutta la strada fino a casa perché era più facile chiedere a uno di noi, visto che eravamo già a Pizzo'".

"Alessandro riconobbe che quella era l'unica cosa da fare. Donna Giovanna non avrebbe creduto alla storia, naturalmente, ma l'avrebbe accettata perché si stava abituando all'indipendenza di Alessandro. Avrebbe probabilmente sospettato che lui, per rispetto verso l'eredità lasciatagli dai suoi illustri antenati, fosse fuori per una fuga romantica: i resoconti di tali avventure avevano infatti iniziato a salire furtivamente le scale di marmo della magione, attraverso affidabili uomini coi baffi".

"Erano quasi le undici di sera quando i tre amici arrivarono alla casa di don Antonio, sulla cima della collina, dopo una breve sosta a Pizzo per recuperare gli effetti personali di Alessandro. Mastro Gennaro, che aveva udito il rumore della macchina, li stava aspettando sotto la quercia con un fucile in mano. Era a malapena vestito, i pantaloni abbottonati alla meglio, e la camicia semiaperta sul petto villoso".

"Quando la macchina finalmente si fermò nel mezzo del cortile principale, due contadini, anche loro muniti di fucile, avevano raggiunto mastro Gennaro sotto la quercia. Peppino, che era alla guida, alzò il braccio sinistro fuori dal finestrino con la mano aperta e spense i fari. Alessandro fu il primo a venire fuori dall'auto. Uscendo dal sedile posteriore, salutò allegramente: 'Buona sera, mastro Gennaro. Come vanno le cose alla vecchia fattoria?'"

"In verità, Alessandro non se la stava passando per niente bene. Dopo che l'afflusso di adrenalina della serata aveva iniziato a recedere, un dolore pulsante si era esteso dalla mandibola fino alla tempia destra, e stava rapidamente allargandosi fino all'orbita da un lato e alla parte alta della nuca dall'altro. Nonostante il dolore crescente, sapeva che, in quelle montagne, ci si aspettava che i veri uomini minimizzassero le avversità. In accordo con queste aspettative da macho, finse leggerezza mentre si arrendeva alla protezione offerta dai tentacoli dell'esteso potere di suo zio".

"Mastro Gennaro e i due contadini circondarono Alessandro, mentre i due amici, anche loro usciti di macchina, osservavano da rispettosa distanza. Uno dei contadini accese una lampada a kerosene, sfregando il fiammifero contro il palmo ruvido della mano sinistra, e la alzò verso il viso di Alessandro, che in quel momento non nascondeva bene il dolore lancinante del suo proprietario".

"'Chi vi fece questo?' chiese mastro Gennaro".

"'Qualcuno che non apprezzava il mio spirito, immagino!' rispose Alessandro".

"Mastro Gennaro, a sua volta, non apprezzò la battuta di Alessandro. Girandosi verso Peppino, ripetè: 'Chi gli fece questo?'"

"Peppino, che veniva da un ambiente medio-alto e aveva, quindi, vissuto una vita meno protetta di Alessandro, avvertì con precisione lo scopo e la gravità della domanda di mastro Gennaro. Sapeva anche che non poteva fare altro che spiegare esattamente quanto era successo. Mentre si preparava nervosamente a rimaneggiare la storia, Alessandro cominciò a sentirsi stordito e cercò la spalla di uno dei contadini con la mano sinistra. Mastro Gennaro interruppe Peppino con un gesto della mano e, offrendo il braccio ad Alessandro, disse in tono di scusa: 'Andiamo, andiamo. Prima dobbiamo farvi riposare. Decideremo più tardi il da farsi'".

"Salirono lentamente le scale fino agli alloggi. Quando arrivarono al piano più alto e si preparavano a bussare, la porta si spalancò a rivelare don Antonio affiancato da un servo, una specie di maggiordomo, che teneva una lampada a gas".

"Don Antonio guardò l'adorato nipote senza tradire alcuna emozione, mentre Alessandro cercava senza successo di abbozzare un sorriso sul viso ferito e gonfio. Don Antonio scrutò lentamente il nipote. Vide i riccioli scuri e la fronte pallida solcati da sangue appiccicoso, e osservò che i trasparenti occhi azzurri e le lunghe ciglia erano le sole parti non sfigurate del suo viso. Alzando con tenerezza la mano destra, carezzò lentamente le parti meno danneggiate del viso di Alessandro. Quando ritirò la mano, guardò le sue dita che ora erano macchiate del sangue di suo nipote. Esaminò i graffi sul collo di Alessandro e gli aprì la camicia, rivelando altri lividi e graffi. Senza dire una parola, don Antonio si girò verso gli alloggi. Tenendo suo nipote per il braccio sinistro, lo condusse a una poltrona nel salotto, animato da una brezza fresca che entrava dal balcone aperto".

"Fece sedere Alessandro e disse al maggiordomo: 'Portagli un po' di whisky con ghiaccio'. Poi, girandosi verso Alessandro, chiese: 'E donna Giovanna? Ne è al corrente?'"

"A quel punto Alessandro non aveva molta voglia di parlare. Invece, con l'indice della mano sinistra indicò Peppino e mosse delicatamente le dita restanti, chiedendo silenziosamente il suo aiuto".

"Peppino rispose per l'amico: 'No. Abbiamo detto a donna Giovanna che Alessandro voleva venire a stare con voi in montagna per sfuggire al caldo, giù al mare. Le abbiamo fatto credere che voleva un po' di privacy per passare del tempo con una ragazza rispettabile, se capite cosa intendo'".

"Don Antonio non mostrò di aver sentito le parole di Peppino. Continuò invece a guardare intensamente l'amato nipote. 'Tuo padre è al corrente?'"

"'No', rispose Alessandro".

"Don Antonio era un uomo anziano molto piacente. I capelli erano ancora scuri, anche se spruzzati di grigio. Aveva un viso con fattezze gentili, la pelle molto scura, abbronzata dalle giornate trascorse a controllare i suoi vasti possedimenti, e una bocca piccola affiancata da fossette, che, quando sorrideva, mostrava una chiostra di denti bianchissimi e regolari. Il viso gentile sembrava sorridere costantemente, dandogli l'apparenza di una persona tra le più amabili, non fosse stato per gli occhi neri, che quando fissava qualcuno sembravano lanciare strali di fuoco. Quando concentrava la sua attenzione, aveva l'immobilità del leopardo che punta la preda: non si poteva osservare alcun movimento nel viso o nel corpo, neppure un battito di ciglia".

"Dopo aver passato qualche momento interminabile a guardare Alessandro in quel modo, don Antonio si girò verso il maggiordomo, prese il bicchiere di cristallo col whisky e lo portò delicatamente alle labbra di Alessandro. Costrinse il ragazzo a bere qualche sorso e poi disse con forza: 'Ho bisogno che tu mi dica come sono andate le cose. Poi potrai riposare. Dovrebbe essere tutto a posto, ma domani mattina chiameremo un dottore'".

"Alessandro fece di nuovo un cenno al suo amico scuotendo impercettibilmente la testa. Alla fine spiegò: 'Non so chi siano, so solo che erano dei tipi delle montagne. Peppino sa chi sono. La mattina c'era stata una lite per una ragazza, con uno di loro. Mi ha minacciato, ma io non gli ho prestato attenzione. Ma la sera mi hanno rapito mentre stavo camminando sulla spiaggia. Mi hanno fatto salire in macchina e mi hanno portato alla Pineta. Mentre due mi tenevano giù, il fidanzato della ragazza mi ha preso a pugni. Poi mi hanno buttato fuori dalla macchina e se ne sono andati'".

"Alessandro non si rese conto che questa confessione era una condanna a morte. L'unico pezzo mancante era l'identità dell'assalitore, ma sarebbe stato abbastanza facile scoprirla. Peppino conosceva bene la gente della zona, e poteva fornire a don Antonio e mastro Gennaro dettagli sufficienti per sistemare la questione".

"'Vai a letto, ora, Alessandro, e fatti un buon sonno. Domani mattina chiamerò il dottore per farlo venire qui', disse don Antonio".

"Mentre il maggiordomo lo accompagnava lungo il corridoio fino alla sua camera, Alessandro udì la voce dello zio: 'Mastro Gennaro, vi prego di accertarvi che un fatto simile non accada mai più. Andate con la mia benedizione'".

"La mattina seguente, Alessandro si svegliò col viso molto gonfio. Non poteva aprire l'occhio sinistro e il dolore pungente gli arrivava, a turno, da nuca, petto, viso e testa. Ma nel complesso si sentiva bene e sollevato. Rimase sdraiato a letto per un po', il cuscino tirato su contro la testiera. Si guardò attorno con l'occhio destro e osservò discreti raggi di luce di un sole rispettoso che filtravano attraverso le persiane e illuminavano la camera. Pensò a come fossero stati strani gli eventi del giorno prima. Pensò a Marilena e al suo fidanzato. Considerò come fosse stata strana la sua reazione".

"'Gli importava davvero così tanto? Mi ha attaccato solo per orgoglio? O era veramente preoccupato di difendere la sua fidanzata?' Si chiese se avrebbe potuto fare o avrebbe mai fatto qualcosa del genere per una donna. 'Mi preoccuperò mai così tanto? Non sarebbe bello preoccuparsi così tanto per qualcuno?'"

"Pensò al sorriso gentile di Marilena e ai suoi occhi caldi. Forse lei era davvero importante per quel giovanotto, pensò. Si toccò il viso gonfio e pensò che, forse, doveva imparare qualcosa dall'accaduto. Ed era una grande lezione: non solo sul rispettare la fidanzata di un altro uomo o sull'attenersi a simili concetti puritani. Piuttosto si trattava della rivelazione che era possibile preoccuparsi per un'altra persona fino alla passione e alla stupidità. La dolcezza di quel pensiero toccò, anche se solo brevemente, il suo cuore insensibile".

"I giovani contadini, che erano i ragazzi con cui Alessandro aveva giocato in gioventù, vennero per fargli visita e chiacchierare. Le ferite li impressionarono, come se lui fosse un eroe di guerra e loro ne fossero orgogliosi. Non volevano sentire che lui aveva a malapena avuto qualcosa a che fare con il combattimento: era inutile tentare di spiegare che aveva passivamente subito un pestaggio. Si immaginavano Alessandro che combatteva per i diritti della mascolinità. Nei loro cuori votarono all'unanimità perché lui fosse il loro futuro padrone, l'erede di don Antonio".

"Passarono tre giorni privi di eventi di rilievo, finché Peppino venne a fargli visita. Lo informò che don Antonio aveva fatto visita a donna Giovanna per consolarla del fatto che il suo caro Alessandro si stava godendo la campagna, facendo escursioni in montagna con i contadini per assaporare la freschezza dell'aria, e che donna Giovanna era felice di sapere che stava col suo amato zio. Peppino riferì che gli amici di Pizzo stavano bene, che gli mandavano i loro saluti e che aspettavano il suo ritorno. Avevano organizzato, per quando fosse tornato, un viaggio in barca a vela fino alle Eolie, Panarea e Vulcano. Avrebbero trascorso qualche giorno nuotando nel mare blu e pescando, cenando sulla spiaggia e facendo escursioni in montagna, dove le capre brucavano fin dai tempi di Ulisse. Peppino continuò a descrivere la vita perfetta che attendeva la guarigione di Alessandro e il successivo ritorno a Pizzo, finché finalmente Alessandro non lo interruppe".

"'Così, nessuna nuova di quel Romeo che mi ha picchiato?'"

"L'espressione di Peppino cambiò improvvisamente. Guardò negli occhi dell'amico con troppa curiosità, come a chiedersi se volesse davvero sapere. Sospirò profondamente e abbassò la testa a osservare il pavimento. Quietamente, pronunciò le poche parole che cambiarono il corso della vita di Alessandro".

"'L'hanno trovato annegato lungo la spiaggia, di fronte alla Pineta, due giorni dopo. La polizia dice che è stato un incidente'".

"Alessandro si carezzò il viso gonfio col palmo della mano sinistra. Premette sui lividi, come per far rivivere il dolore e, al tempo stesso, far rivivere le azioni di un morto".

"'Sai bene che non si è trattato di un incidente'".

"Peppino lo interruppe immediatamente: 'Alessandro, guardami! È stato un incidente. Caso chiuso!'"

"'E la sua famiglia? Aveva una famiglia?'"

"'Era il figlio unico di una vedova. Lei sa che si è trattato solo di un incidente, e così la sua fidanzata. Credi a me, nessuno oserà mai metterlo in discussione'".

"Alessandro scosse la testa e chiese in tono sarcastico: 'Mio zio pagherà per il suo funerale?'"

"Passarono giorni, uno dopo l'altro. Alessandro si riprendeva fisicamente, ma un nuovo male si era insediato nella sua giovane anima, uno che sarebbe stato con lui per il resto della vita".

"All'inizio voleva agire. Sapeva di dover parlare. Sapeva che la giustizia doveva essere amministrata. L'educazione gli aveva instillato la superiorità della civiltà rispetto alla passiva accettazione delle pratiche brutali di terre abbandonate. Tutto ciò di cui aveva letto e sognato riguardava giustizia ed equità. Pensò di confessare alle autorità il suo crimine, ovvero l'aver consentito a tali brutali eventi di evolversi. Riconobbe che aveva sempre saputo chi fosse suo zio, e di cosa fosse capace. Pensò all'episodio dei banditi e della lotta al coltello. Pensò al viso spaventato della Volpe quando il nome di una famiglia potente gli era stato sussurrato all'orecchio. Gli appariva tutto così chiaro, ora".

"Si interrogò sul perché aveva accettato di essere portato da don Antonio piuttosto che a casa, la notte del rapimento. Non erano forse ovvie le conseguenze? Si chiese se, per vendicarsi, non avesse inconsciamente sperato nella giustizia spietata della terra. Era, questo, il potere che si volge contro il debole, l'innocente e il senza difese quando diventa scomodo, che distrugge il sottomesso quando alza la testa, come il leone fa col topo nella fiaba di Esopo".

"Voleva affrontare suo zio, ma non ne aveva il coraggio. Invece, una profonda apatia ebbe la meglio sui suoi princìpi. Comprese che non c'era giustizia di alcun tipo, non importa quanto severa e legittima, che potesse riportare indietro la vita di quel povero amante. Comprese che, come già Bruno, il poveretto si era arreso non solo alla dura legge della terra, ma anche a una regola più profonda che governa la vita stessa. Una regola che è ancora più dura, con la sua indifferenza per l'esistenza umana, l'inesorabilità delle sue azioni, l'insensatezza della sua causalità, la mancanza di prevedibilità, l'assoluta assenza di significato e di responsabilità verso una più alta Entità. Si vide come un codardo, che non poteva sopportare di affrontare la lotta della vita o di asserire la volontà dell'umanità contro il silenzio e l'oscurità devastanti dell'eternità".

"E si arrese".

―――――

La morte di Nonna

"**D**on Antonio era un uomo ragionevole e di sani principi, ma apparteneva a un'altra generazione", continuò il Professore. "Era duro con sé stesso come con gli altri. La punizione definitiva per il suo ultimo crimine fu che Alessandro, dopo la guarigione, non tornò mai più a trovarlo. Non parlarono mai apertamente di ciò che era successo, ma pochi sguardi tra loro furono sufficienti, durante quei giorni terribili. Alessandro non parlò mai a nessun altro dell'incidente. Continuò ad avvertire un segreto senso di colpa per il resto della vita. Provava rimorso per aver ordito un crimine che non aveva, in realtà, commesso. Non condivise la sua angoscia nemmeno con il papà. Ma, tenendosi tutto dentro, trovò il modo di autoinfliggersi una punizione più crudele di quella che avrebbe potuto mettere in atto un qualsiasi tribunale, perché finalizzata alla sua stessa autodistruzione, senza alcuna possibilità di ottenere la libertà condizionale. Alcuni mesi dopo, don Antonio ebbe un ictus, e nessuno sa cosa sapesse o capisse durante i mesi seguenti che precedettero la sua morte, senza mai rivedere il suo amato nipote".

"Non penso che Alessandro fosse colpevole di qualcosa!", disse mastro Antonio con generosità, ma senza riuscire a comprendere la profondità dell'angoscia del ragazzo. "Come avrebbe potuto prevedere quello che sarebbe successo? Don Antonio era un gentiluomo di campagna e nessuno si sarebbe aspettato…" Mentre mastro Antonio completava lo scenario, io pensavo al mio vecchio amico e al nostro rapporto, iniziato solo alcuni mesi dopo quell'incidente. E cominciai a capire. Facevo fatica a ricordare gli aspetti lieti della sua personalità. Ricordai i suoi occhi azzurro chiaro e, per la prima volta, compresi quanto dolore avesse nascosto il suo bellissimo sorriso. Ricordai le parole che aveva pronunciato quando l'avevo accompagnato alla stazione, così tanti anni prima, per il suo viaggio verso un'altra vita: "Ma ora è tempo di dimenticare il passato e andare avanti!" Non penso che lui l'abbia mai fatto e, non importa quanto abbia corso, non è mai riuscito a sfuggire a sé stesso.

Fu il Dott. Riga a distogliermi da queste riflessioni dicendomi: "Beh, penso sia ora di andare a Vibo a fare una visita al nostro buon amico, il signor Avvocato".

***

Camminando verso la macchina del Dott. Riga, notai un adesivo gigantesco che diceva, in italiano: "Non sono un comunista". Senza che glielo chiedessi, il Dott. Riga si sentì obbligato a dare una spiegazione: "Il Professore l'ha attaccato qui qualche anno fa". Non seguirono altre spiegazioni.

Appena salimmo in auto, il Dott. Riga trasse un respiro profondo e così fece la sua auto, poiché era una vecchia Fiat con una voce rauca e un fumoso tubo di scappamento, in perfetta armonia con il suo proprietario. Era dotata di sedili di stoffa appiccicosi impregnati di fumo e scoloriti dal sole. C'era una statuina di San Cristoforo appesa allo specchietto retrovisore, come se fosse stato giustiziato tanto tempo prima e dimenticato là senza una sepoltura dignitosa. Il posacenere era pieno di mozziconi e ce n'era uno portatile sul pavimento, anch'esso dotato di simili accessori. Sul cruscotto c'era un pacchetto di sigarette e un accendino. "Ho deciso di smettere di fumare!" disse il Dott. Riga. "Certo ho preso questa decisione già parecchie volte nella mia vita, ma questa volta è per sempre. Per favore, prendete questo pacchetto e tenetelo come souvenir".

Distrattamente, domandai: "Passiamo a prendere don Pino? Voleva venire con noi".

"Ma siamo pazzi?" rispose il Dott. Riga. "Se ci presentiamo con don Pino, all'Avvocato viene un attacco di cuore e se ne vanno in fumo tutte le sue possibilità di sopravvivere alla polmonite. Chi", continuò, "vorrebbe vedere un prete al suo capezzale quando è malato? Come dottore, io non visito mai i pazienti accompagnato da un gentiluomo vestito di nero. È un brutto affare: o il paziente muore non appena lo vede... o, se sopravvive, ti odierà per il resto della vita per lo stupido scherzo". Fui d'accordo.

Il Dott. Riga seguiva una logica impeccabile, e io provai imbarazzo per la mia mancanza di tatto. Ma non ebbi tempo di esprimere il mio rammarico perché il Dott. Riga, molto loquace in quel bellissimo pomeriggio settembrino, dette inizio a una nuova conversazione.

"Sapete? Vi ammiro, veramente! Voi incarnate ciò che io desideravo essere da giovane. Sapete, avevo dei sogni quando ero un giovane dottore. Volevo davvero fare la differenza, non essere un semplice dottore di campagna che scambia polli con un'aspirina. Ma ora sto solo vegetando come fa la maggior parte di noi. Ero una persona diversa, allora… Non ho mai creduto in Dio o in alcuna di quelle sciocchezze, ma sono sempre andato alla ricerca di qualcosa di un po' più grande della vita stessa. Una volta andai in pellegrinaggio, perché ero curioso e fiducioso. Attraversai a piedi la nostra Italia, nella speranza di trovare l'ispirazione che non avevo.

Fu un viaggio che feci con alcuni amici. Giù per le colline da Camaldoli, attraverso ruscelli gentili, su per altre colline e oltre, giungemmo ai piedi di una roccia, sulla cui cima stava, come un'aquila, il convento della Verna[20]. Eravamo una compagnia... particolare. La vita di Tonino era basata sui dogmi. Aborriva il dubbio e non voleva contestare le basi di niente, per quanto amasse intavolare dibattiti e discussioni. Una buona base era il valore supremo per lui, giusta o sbagliata che fosse. Avrebbe potuto essere un avvocato. Gli piaceva dibattere a favore o contro qualsiasi cosa, purché avesse un punto di partenza. Passare dall'ateismo al Cristianesimo era solo una decisione di fatto... per lui. Credeva in Dio proprio come aveva creduto che Dio non esistesse solo una settimana prima. Quando gli chiesi perché avesse cambiato idea, non seppe cosa rispondere. Fece spallucce e mi disse che non aveva importanza. Fino ad allora aveva avuto torto e ora aveva visto la luce e le sarebbe rimasto attaccato finché il prossimo uragano non l'avesse spinto da qualche altra parte.

Tonino aveva organizzato quel pellegrinaggio tra Umbria e Toscana per riaffermare la sua nuova fede, un viaggio a piedi durante il quale avremmo visitato dei monaci, persone che prendono sul serio la fede e per le quali Dio non è la distrazione del fine settimana, ma un'occupazione giornaliera: dei professionisti della Cristianità. In particolare, alla Verna, volevamo far visita ai francescani, là dove San

---

[20] La Verna, un monastero francescano in Toscana, posto nell'appennino centrale e svettante sulla valle del Casentino, è il luogo dove si afferma che San Francesco abbia ricevuto le stimmate.

Francesco, grazie alle donazioni del Conte Orlando di Chiusi, aveva dimorato per essere il più vicino possibile a Dio.

Dietro Tonino seguiva silenziosamente, magro e allampanato, lo Spillo. Nessuno sapeva cosa pensasse di questa stravaganza o, anzi, di qualsiasi altra cosa. Questo perché non gli piaceva molto conversare. Di preferenza annuiva. Voleva bene a noi tutti: per lui ognuno rappresentava un idolo. Così non litigava mai su niente. Era solo felice di seguirci. Se si accendeva una discussione tra di noi, cercava subito di calmare gli animi trovando un terreno comune che, in realtà, non esisteva. Leggermente curvo sotto il peso dello zaino, non aveva nient'altro di particolare con cui potrei migliorare la descrizione. Eppure, tutti noi sentivamo che c'era qualcosa di buffo in lui che meritava un soprannome. Così lo chiamammo semplicemente "lo Spillo". Finì a lavorare in un negozio di scarpe e ho sentito dire che è diventato più assertivo di quanto fosse un tempo, assertività che lui usava abilmente per parlare delle qualità delle sue scarpe durante le svendite e, forse, lui è quello che tra noi ha avuto più successo.

Dopo di lui c'era Angelo. Come suggerisce il nome, lui era quello mistico. Non sarebbe un'esagerazione rivelare che aveva fede o, meglio ancora, che la fede lo possedeva. Per lui la religione, le preghiere, le meditazioni erano solo pretesti per ricongiungersi con la sua anima interiore, che, nel suo caso, era l'unica cosa che avesse importanza. Per lui credere in Dio non era una scelta, era un fenomeno naturale. Sarebbe stato come dire che si deve credere che il cuore batta perché possa battere. In altre parole, era proprio il mio opposto.

Io chiudevo la piccola processione di pellegrini. Mi era stato chiesto di aggiungermi al gruppo come memento dei vecchi tempi dell'ateismo di Tonino. Al contrario di lui, io credevo fermamente nel dubbio e che non ci fossero basi che non mi sentissi costretto a contestare. Non ho mai compreso (e mai lo saprò) se Dio esiste o no. Sono un agnostico, e lo sarò sempre. Non è una mia scelta, così come la fede non era una scelta per Angelo. Tonino mi aveva chiesto di unirmi a loro e io ero andato. Gli agnostici non rifiutano l'esperienza. In realtà, avevo sempre voluto 'incontrare Dio' e quella sembrava essere l'ultima opportunità. Dopo tutto, avevamo solo diciassette anni.

Il sole splendeva e gli uccelli cantavano, il ruscello sussurrava sotto gli alberi loquaci. Eppure niente disturbava il silenzio del luogo. Anzi, quei suoni dispettosi sottolineavano la grandezza del silenzio che cresceva intorno a noi e che, come una lente, rendeva la Verna più grande ai nostri occhi e alle nostre anime. Nessuno parlava e poi, d'improvviso, a un'ora di distanza dal tramonto, mi sentii felice in un modo che non avevo mai provato prima. 'Forse', pensai, 'Angelo ha ragione: Dio sta là a prendersi cura di noi, non importa che io ci creda o no'.

I monaci del monastero erano allegri e ospitali. Ci nutrirono con minestra, biscotti e vino. Dalla terrazza che domina la valle ascoltavo, da una certa distanza, le parole di Tonino, nella fresca brezza della sera.

'Questa è la vita reale. Qui è dove tutti noi dovremmo vivere. Vicino alla creazione di Dio, senza distrazioni. Come il conte Orlando disse a San Francesco: *Possiedo una montagna che è molto remota e selvaggia e che è molto adatta per coloro che vogliono essere contriti; è lontana dalla gente e questo è bene per chi vuole vivere una vita solitaria. Se volete, sarei felice di darla a voi e ai vostri fratelli, per il benessere della mia anima.* I fratelli presero la decisione giusta. Ci vuole forza per rinunciare alle volgari ricompense della vita, per vivere in povertà e indossare sandali tutto l'anno, nella neve e nel fango. Per dormire su letti di legno senza materassi ...'

Per qualche motivo, la spiritualità del momento fu rotta da quelle parole, dall'idea dei fratelli che dormivano senza materassi. Mi sembrava troppo un'ostentazione. E pensai: 'Si può essere vicini a Dio eppure dormire decentemente, come un essere umano!' E, all'improvviso, non potei apprezzare la forza richiesta per vivere lassù, lontano dal caldo della valle, il traffico, gli occhi indifferenti delle persone che ti fissano in metropolitana, la puzza di luoghi affollati. Sembrava più un'autoindulgenza. Quale delle due era la vita reale? Quella, lontano dalle sfide quotidiane di una vita normale, che comprendeva esami, professori e genitori? Là, coltivando verdure e pregando, quando si è stanchi di occuparsi dell'orto? Leggendo e sognando nel silenzio favorevole della Verna? Che bene faceva tutto quello, e a chi? Sentii che quella scelta era un segno di debolezza, più che di forza.

Quando venne la sera, ci fu offerta la possibilità di dormire su letti regolari o su delle tavole di legno. Tutti noi scegliemmo le tavole. Forse ognuno per un motivo diverso: Tonino per principio, Angelo perché non gli poteva importare di meno del suo corpo, Spillo per empatia e io per curiosità. Ma quello fu quanto di più vicino a una vita spirituale io abbia mai provato. La notte seguente mi assicurai di avere un letto vero e proprio per dormire, e non mi preoccupai mai più di quei monaci.

Diventai comunista perché era una scelta più pratica. Forse era meno nobile, ma aveva maggiori probabilità di realizzare qualcosa di buono. Ho continuato a credere di dover fare la cosa giusta, nel rispetto dei princìpi di uguaglianza e moralità, ma non perché una forza trascendente mi ordinasse di farlo. Vi ho creduto solo perché aveva un senso. Perché seguiamo le regole del traffico, quando lo facciamo? Non è a causa del loro significato etico, ma semplicemente perché hanno un senso e ci aiutano a coesistere. Nessuno sostiene che Dio ha inventato la luce rossa, eppure tutti noi la rispettiamo, perché, semplicemente, ha un senso", concluse. E questa fu una dichiarazione notevole, soprattutto fatta da un italiano!

Ma la storia non era finita: "I miei genitori volevano che il figlio fosse un medico e, alla fine, questo è il motivo per cui lo sono diventato. Sono andato a l'Università a Roma e, dopo la laurea, ho voluto ampliare le mie conoscenze per aiutare le persone che avevano più bisogno. Sono andato lontano con altri due giovani medici. Sono finito in Mongolia. Allora era sotto l'Unione Sovietica e avevano bisogno di medici. Il partito comunista aveva organizzato un gruppo di volontari... Ci sono voluti giorni per arrivarci, attraversando diversi paesi su dei vecchi treni... C'era ancora la terza classe allora. A volte il treno si fermava per un giorno in una stazione remota e io mi ricordavo delle storie di Checov. Ma non dovemmo corrompere nessuno per continuare, quando venne il momento. Era estate, un'estate piacevole; avremmo dormito nelle steppe fino a quando il treno non fosse stato di nuovo in pista… per così dire.

Infine, quando arrivammo a destinazione, vagai lontano dal campo-base verso le montagne e attraverso gli altipiani. Mi ricordo che presto il paesaggio diventò superbo, seppur desolato. Il silenzio incombeva maestosamente ed era soverchiante. In realtà, non era nemmeno silenzio, ma vuoto. Emersero suoni lontani: il grido di un animale, lo stridio di un uccello là in alto, il mormorio di un torrente e le folate del vento erano la misura di tale vuoto. Mi sentivo come se avessi raggiunto il limite dell'umanità, a un passo da questo spirito infinito di cui avevo desiderio. E c'era un senso di instabilità nelle mie orme, un'indecisione in merito al procedere o al ritornare; un senso di aspettative frustrate nei confronti di uno spirito che non vuole comunicare; l'amarezza per una distanza che non può essere superata attraverso lo spazio e il tempo; l'indifferenza delle montagne verso un essere umano irrilevante in rapporto alla maestosità della loro esistenza.

Questo è stato solo l'inizio di un periodo molto spirituale, anche se breve. I nomadi avevano sentito parlare dei dottori ed erano venuti da luoghi lontani per piantare i loro *ger* attorno alle tende dove si supponeva praticassimo l'arte della medicina. Aspettavano per giorni fino a che non era il loro turno di essere visitati. Non c'era fretta. Non importava dove pascolasse il bestiame, e per loro era lo stesso.

Ricordo gli occhi della sofferenza. Non posso dimenticare la vecchia coppia venuta per una visita. Lei era itterica e aveva un cancro al fegato in stadio avanzato... C'è un sacco di casi di epatite lì! Ovviamente la malattia non si poteva curare, in particolare con le risorse che avevano. Dissi loro, semplicemente, attraverso il traduttore, che non c'era niente da fare e che la donna doveva prepararsi a morire. Accettarono il verdetto in pace e con dignità e mi ringraziarono per aver detto loro quello che già sapevano. Quando, più tardi, uscii dalla tenda, li vidi entrambi seduti su una grande pietra. Lui le stava massaggiando la schiena. Lei stava guardando le sue montagne. Quando sono tornato, la pietra era nuda. Non li ho rivisti mai più.

Ho continuato a lavorare sodo. Sembra che quei nomadi non sappiano quando è il fine settimana in quel luogo senza tempo. Le distanze erano calcolate in base ai giorni necessari per arrivare in un luogo, e il tempo da quanto lontano si poteva andare in un dato periodo.

Ben presto divenne una routine inutile. Potevo visitare la gente, anche fare una diagnosi, ma non ero in grado di fare nulla, perché non c'erano soldi, ospedali, infermieri e infrastrutture. Alla fine, terminato il nostro tempo, tornammo a Ulan Bator e non ho mai più visto quel posto desolato. La definii una parentesi nella mia vita e mi trasferii.

Eppure, continuo a credere che si abbia la responsabilità di usare la vita nella maniera più positiva possibile. C'è una vecchia espressione ebraica che dice: 'Spero che lascerò questo mondo un po' meglio di come l'ho trovato...' Io non sono ebreo, ma ho reso questo motto parte della mia vita. Anche se niente di eccezionale deriverà da questa presa di posizione, un giorno mi conforterà pensare che ho fatto qualcosa, non importa quanto poco, per rendere il mondo un posto migliore. Una parabola cinese parla di un vecchio che piantava alberi che impiegavano decenni per crescere. Quando un ragazzo gli chiese il motivo per cui lo facesse, dal momento che non avrebbe vissuto abbastanza a lungo per godere della loro ombra, rispose: 'Vedi quei bellissimi alberi che danno ombra e riparo durante le calde giornate estive? Qualcuno li ha piantati per noi molto tempo fa'".

Il Dr. Riga continuò: "Quando tornai, assunsi il ruolo di mio padre come medico di famiglia. Ma non ho dimenticato tutte le idee di carità. Ho cercato di tenere il passo con i progressi nel campo della medicina, anche se qui non è facile. Ho partecipato a incontri di aggiornamento e ho comprato libri di cardiologia. Mi interessano molto i problemi cardiaci e qui sono comunissimi. Ho cercato di prendermi cura delle persone come meglio posso, anche se non sempre me ne sono grate. Una volta, una paziente mi disse, dopo che le ebbi spiegato che il suo caso era grave e che c'era poco che potessi fare per alleviare i suoi sintomi (aveva il cancro, ma allora non usavamo questa parola): 'Sapete, caro il mio Dottore, stavo davvero bene fino a quando non sono venuta a trovarvi. Siete sicuro che non siete voi che mi fate ammalare?'"

Quindi continuò: "Sapete, quando si invecchia si diventa sempre più cinici. Io non ammetto nemmeno più la cortesia tra colleghi. Un tempo lo facevo. Ma c'era una famiglia, entrambi medici con tre bambini piccoli. Non mi piacevano, perché facevano visitare i figli solo quando erano molto malati e non prima. Non li rispettavo, perché li ritenevo negligenti. Infine, quando la madre contestò la cortesia tra colleghi e insistette per pagare, la feci pagare. Alla fine, se non le importava dei suoi figli, perché dovevo preoccuparmi io per le loro finanze? Il giorno dopo, ricevetti un biglietto dal marito in cui mi ringraziava per averli fatti pagare. Non avevano voluto approfittare dei miei servizi perché erano gratuiti e cercavano così di rinviare le visite fino a quando non erano assolutamente inevitabili. Da quel giorno i loro bambini ebbero le cure migliori! Quindi, come si può vedere, le buone intenzioni non necessariamente producono i risultati sperati".

E via dicendo, il dottor Riga continuò quella conversazione casuale e scollegata, sfogando su di me anni di solitudine, condividendo con un collega i segreti di una vita professionale isolata.

Ascoltando, mentre l'auto ansimava su per la montagna, con la vista spettacolare del golfo di Santa Eufemia alla mia destra, conclusi che il dottor Riga non era una cattiva persona, dopo tutto. E guardando fuori dal finestrino aperto, con la brezza fresca che entrava nella macchina, vidi l'amata Pizzo che, adagiata sulla sua roccia sopra il Mar Tirreno, sembrava davvero sorridere sotto il fresco sole settembrino.

Quando entrammo nella stanza del paziente, l'Avvocato, con indosso una camicia da notte pulita collegata a un paio di ciabatte strascicanti da due gambe magre e pelose, spingendo il supporto della flebo, si precipitò verso di noi: "Dottori miei! Grazie per essere venuti! Dovete fare qualcosa subito: qui mi stanno uccidendo! Dovete salvarmi! Niente fumo, niente alcool... Ho paura che qui morirò, se non mi aiutate. O forse anche peggio: ho paura che non morirò e che dovrò adattarmi a queste sciocchezze puritane!"

Dalle sue parole e dal vigore con cui si batteva per il proprio sostentamento, era ovvio che gli antibiotici stavano già avendo un effetto incredibile e che si sentiva molto meglio.

Il Dr. Riga guardò la tabella appesa in fondo al letto su cui erano scarabocchiati i segni vitali e mi mostrò il grafico della temperatura che puntava verso la normalità. Senza alzare gli occhi, disse all'Avvocato: "Mi dispiace dirvelo, ma avete finito di fumare, che vi piaccia o no... a meno che non preferiate morire. Per aiutarvi, smetterò anch'io. Giuseppe terrà il mio ultimo pacchetto di sigarette come testimonianza! Smetteremo insieme. 'Mal comune mezzo gaudio', come dicono. Ma, se ora promettete solennemente sulla tomba dei vostri antenati che smetterete, vi porterò giù al bar per un caffè e una Sambuca".

Considerando che non aveva nessuna scelta, almeno fino a quando fosse rimasto in ospedale, e che una delle due gratifiche era meglio di niente, l'Avvocato mormorò: "Andiamo".

Mentre lo aiutavamo a infilarsi i calzoni e a recuperare le scarpe da sotto il letto, il Primario entrò nella stanza, avendo sentito del nostro arrivo dalle infermiere. Era un gentiluomo anziano, con i capelli grigi curati, un lungo camice bianco e la camicia aperta a mostrare una catenina d'oro che splendeva sulla pelle abbronzata. Era a maglia fine e sosteneva una semplice croce, più o meno simile a quelle date ai bambini in occasione della prima comunione. Probabilmente stava sul suo petto da sempre, da quando la madre gliel'aveva messa al collo decenni prima. Il Primario non mostrò affettazioni o manierismi, ma venne sorridendo verso di me con spontanea cordialità. Mi strinse la mano con forza: "Vi prego, venite nel mio ufficio: posso mostrarvi le radiografie. È un vero piacere conoscervi, ho sentito tanto parlare di voi. È un vero onore!"

Pertanto, mentre il dottor Riga, completamente disinteressato alle prove diagnostiche, continuava a sistemare l'aspetto del suo amico, io seguii il Primario nel suo ufficio, dove lui tirò fuori una lastra da una busta marrone e l'appese a uno schermo. Mostrava chiaramente come la diagnosi di polmonite fosse corretta, con un infiltrato di aspetto fioccoso nel lobo superiore del polmone destro. "Questa è la radiografia di stamattina; è proprio la stessa di ieri e non mostra alcun peggioramento. Dal momento che la cura antibiotica è stata iniziata solo la scorsa notte e il nostro caro paziente è già sfebbrato", disse con orgoglio, "tra pochi giorni potrà nuovamente correre in giro come un ragazzino".

Essendo il dottore dall'America, mi sentii in dovere di aggiungere valore con la mia presenza e iniziai una dissertazione sulle potenziali diagnosi differenziali e su come il cancro debba essere considerato in un fumatore e come una broncoscopia con "lavaggio", una tomografia e un mucchio di altre meraviglie tecnologiche potrebbero aiutare a escludere tutto ciò cui la mia fervida fantasia riusciva a pensare.

Il Primario ascoltò ammirato la mia dissertazione, mentre il dottor Riga, che era venuto a informarmi che il paziente era pronto a ricevere la panacea promessa al bar, stava al mio fianco, orgoglioso di essere un mio conoscente. Infine, quando ebbi finito la dissertazione, il Primario, con il comportamento più rispettoso e delicato, dichiarò umilmente: "Sì, certo, potremmo fare tutti questi esami, ma, a essere onesti, il paziente ha solo un classico caso di polmonite da klebsiella e forse dovremmo solo seguire il paziente, visto che sta migliorando, e aspettare a fare ulteriori esami, a meno che non peggiori all'improvviso". Sorpreso, gli chiesi come facesse a essere così certo della causa della polmonite: "Avete già i risultati delle colture batteriche?" Al che rispose semplicemente: "No, ma ne ho visti abbastanza di casi simili in tutti questi anni; non sono molto comuni, ma si manifestano in maniera tipica, con l'espettorato di colore rosa, l'aspetto ai raggi X. Domani avremo il risultato delle colture".

———

Come previsto, pochi giorni dopo i risultati confermarono la diagnosi e l'Avvocato tornò nella Chiazza con i suoi amici espettorando con rinnovata forza, dopo essere stato salvato dalla tomba da una radiografia, alcune dosi di antibiotici e un medico esperto. Smise anche di fumare davanti a noi al tavolo, o almeno la maggior parte delle volte, in particolare quando il dottor Riga era nelle vicinanze. Quando riferii agli altri come l'avvocato fosse stato curato con straordinaria essenzialità, il dottor Riga rilevò che la soluzione alla spesa crescente per l'assistenza sanitaria era semplice: formare medici migliori. Mentre sorseggiavo con rammarico l'ultima goccia del mio Negroni, mi chiesi come mai nessuno ci avesse pensato prima. Un altro punto per la squadra dei saggi di Pizzo!

Ma sto divagando. Quella sera stessa, dopo il ritorno dall'ospedale, eravamo seduti al tavolino a riferire sulle condizioni di salute dell'Avvocato ai suoi amici, quando il Marchese espresse educatamente il desiderio di ascoltare la continuazione della storia di Alessandro. Pertanto, il Professore riprese il suo racconto...

***

"Dopo aver lasciato Pizzo per frequentare la scuola di legge a Milano, Alessandro tornò solo raramente alla città natale e, quando lo faceva, era in primo luogo per visitare la nonna. La verità è che era sempre stato il preferito di Nonna, e lui riservava un tenero sentimento alla donna invincibile temuta da tutti gli altri. Così fu colto di sorpresa quando, anni dopo, suo padre lo chiamò, mentre lui era a una festa a Milano: 'Mia madre sta morendo e sto andando giù in Calabria per vederla. Vuoi venire con me?' Era abituato ai toni drammatici di suo padre e a reagire con compostezza, dopo diversi altri falsi allarmi, ma sapeva che quella volta l'allarme era giustificato. Era malata e per lo più costretta a letto da un po', con un cancro in stadio avanzato, e il dottor Riga aveva smesso di somministrarle farmaci. In realtà, era stata una chiamata del Dott. Riga che lo aveva indotto a tornare. Eppure Alessandro non poteva credere che Nonna stesse veramente per morire. Aveva appena finito la scuola di legge e non era più giovane. Aveva sofferto per la morte di amici a causa di incidenti, overdose o suicidio. Aveva vissuto una vita davvero stupenda, più di quanto la maggior parte delle persone avesse mai avuto la possibilità di fare; eppure, la morte di nonna gli appariva come un tappa cui non era preparato.

Trascorse una lunga notte a guidare alla volta della Calabria con il padre. Quando arrivarono, suo padre gli disse che non sarebbe entrato nella stanza di Nonna: 'Quando sei malato e vecchio, se tutti in famiglia cominciano a venire a trovarti, ti rendi conto che stai morendo'. Alessandro aveva sempre amato il suo papà, anche se, in diverse occasioni, la sua logica l'aveva lasciato perplesso. Lui, invece, andò subito al capezzale di Nonna. Lei sembrava debole, ma la sua mente era molto acuta. Sembrò felice di vederlo e, anche se il suo respiro era affaticato, riuscì a sussurrare qualche parola di ammirazione: 'Sei sempre stato il ragazzo più bello della città e lo sei ancora di più ogni volta che ti vedo. Sei quasi bello come tuo zio morto in guerra'. Provava ancora un amore struggente per quel primo figlio che aveva perso.

Sara approfittò del fatto che Alessandro era lì e si allontanò per un po' di riposo, mentre lui sedeva sul bordo del letto, vicino a Nonna. A intervalli, il suo papà si affacciava alla porta senza essere visto, con lo sguardo imbarazzato di un uomo con le lacrime agli occhi. Quando Nonna pensò di essere sola col suo amato nipote, gli afferrò la mano e disse: 'Alessandro, non voglio morire!' Come se stesse cadendo da una scogliera, gli afferrò il braccio come a costruire un ponte tra i giorni andati e i giorni a venire, un ponte che sapeva di non poter più attraversare.

Che spettacolo incredibile! Per la prima volta vide Nonna sopraffatta dalla paura! Questa donna che aveva guardato la guerra, la tragedia e l'umiliazione dall'alto in basso, con la dignità di una principessa, aveva ora perso la compostezza davanti a una tappa naturalissima della vita. La sua paura lo turbava. Aveva visto la morte intorno a sé per tutta la gioventù, ma era sempre riuscito a razionalizzarla: per tenerla a distanza, come se fosse la conseguenza evitabile di un comportamento poco saggio, di un errore prevedibile che poteva essere aggirato da una mente preparata; qualcosa che non riguardava lui o chiunque avesse un'indole forte e riflessiva. Ma la trepidazione di Nonna, che era stata padrona senza paura della sua e delle altrui vite, minava ora le fondamenta dell'ultima delle sue certezze.

'Allora, non morire! A me sembra che tu stia proprio bene!' Sorrise rassicurante e lei gli rispose con un sorriso. Si erano capiti, e non c'era altro da dire.

———

Quella notte don Pino venne a stare al capezzale di Nonna. Aveva gli occhi umidi e parlava con voce spezzata. Ma disquisì sulla bellezza della vita e la benevolenza dell'Onnipotente, su come la morte è un inizio e non una fine, la gioia riservata alle anime virtuose di coloro che avevano fatto tanto bene su questa Terra. Riferì tutte le grandi cose che donna Giovanna aveva fatto, e tutti coloro che erano in piedi intorno al letto passarono dei bei momenti ricordando e contribuendo con i propri aneddoti e le proprie storie da tempo dimenticate.

Non ci fu alcuna confessione formale, perché non ce n'era davvero bisogno. Nonna non credeva di aver mai fatto niente di male o almeno niente di cui non potesse discutere lei stessa, senza inutili mediatori, con l'Onnipotente, quando avesse attraversato le porte del Paradiso. Tutti recitarono un Pater Noster, compresa Nonna che si guardò intorno con composta diffidenza. Spesso girava gli occhi verso Alessandro in cerca di rassicurazione e lui le sorrideva e le faceva un gesto per sollecitare la sua pazienza, come se loro due stessero cospirando per prendere in giro il pubblico, mettendo in scena uno scherzo per intrattenerlo; come se tutto fosse solo una farsa, una burla per far divertire parenti e amici.

Alla fine, dopo che Don Pino ebbe finito la sua parte disegnando una croce sulla fronte con l'olio benedetto, si sentì sollevata da tali forzate austerità e compostezza e, rivolgendosi a lui, disse: 'Penso che questo sia il momento di bere la famosa bottiglia di Champagne di cui parlammo molto tempo fa!' E infatti fu portata una bottiglia fredda e tutti bevvero un sorso della fresca bevanda.

Quella notte, Alessandro stava sdraiato su un lettino adiacente alla stanza di Nonna dove dormiva da quando era bambino. Di notte, mentre stava confrontando il silenzio tedioso con le voci del passato, la porta si aprì e la testa di Nonna si sporse nella stanza, proprio come aveva fatto ogni sera da quando lui riusciva a ricordare. Stava solo controllando per assicurarsi che lui fosse a letto, al sicuro. 'Come stai?' 'Bene'. 'Bonu, bonu' furono le ultime parole che Alessandro sentì da lei. La mattina, quando si svegliò, Nonna era morta.

Avevano allestito una camera mortuaria nello studio. Aveva un aspetto imponente. Una grande bara lucida stava nel mezzo della grande stanza, e le immagini di diversi antenati le facevano la guardia con competenza, dal momento che avevano già vissuto quell'esperienza definitiva.

Fu sorpreso dalla facilità con cui la vecchia e pesante scrivania era stata rimossa assieme al resto dei mobili, nelle ore silenziose della prima mattina. Lo studio era doppiamente vuoto, per i mobili rimossi e per la dipartita di Nonna dal suo corpo senza vita, che stava accettando passivamente una morte da lei non concordata.

Nonna giaceva nella bara con un sorriso sarcastico. Si trattava in realtà di una risata silenziosa, che echeggiava nella stanza come un richiamo alla futilità della vita, e un memento del fatto che il tempo è stato creato per materializzare lo scontato, immutabile destino della vita che si completa nella morte. Tutto era immobile, inclusa Sara, che stava seduta su una seggiolina in fondo alla bara come un cane fedele che protegge il suo padrone. Le lacrime le scendevano silenziosamente dagli occhi. Di tanto in tanto se le asciugava con un fazzoletto. Poi, quando il fazzoletto era fradicio, si alzava e, dopo essersi fatta il segno della croce davanti alla padrona, barcollava fuori dalla stanza per tornare un minuto dopo a sedersi sulla stessa sedia, con in mano un fazzoletto nuovo e asciutto.

Parenti, amici, conoscenti andavano e venivano. I più avevano qualcosa da dire che era accolto con un sorriso compiacente dai familiari stretti, chiunque fosse sul posto in quel momento. Alessandro trascorse lì una quantità incalcolabile di tempo; stava cercando il sentimento più appropriato da manifestare di fronte agli altri. Lui non riusciva a decidere, non riusciva a mettere ordine in quello che stava vivendo; sapeva solo che provava una rabbia inspiegabile, accompagnata da una sensazione di impotenza e da un disgusto soverchiante verso la vita e ciò che può o non può rappresentare. Ricordò molti momenti della sua giovinezza che aveva vissuto con Nonna, e, quando cominciò a sentire con imbarazzo che gli occhi gli si inumidivano, spostò lo sguardo verso la finestra per afferrare un po' di quel cielo blu che stava sospeso là sopra con le sue nuvole indifferenti, alla ricerca di una spiegazione, o di un semplice segno, qualsiasi cosa giungesse da Lassù.

Dopo la morte di Nonna, Alessandro tornò sempre meno di frequente alla sua città natale, e il ritorno non era necessariamente costruttivo per lui. Per lo più, arrivava per brevi parentesi estive e in quelle occasioni cercava di ristabilire i contatti con i vecchi amici che ugualmente facevano ritorno alle loro radici durante l'estate, ogni volta che potevano. Una volta, si incontrò con Peppino e accettò di uscire in mare con lui e la sua figlioletta, sulla piccola barca di famiglia di Peppino.

Mentre lasciavano la riva in una calda mattina estiva, il rumore del motore fuoribordo sovrastava tutto. Eppure le parole che Alessandro sentì erano ben definite: Peppino lo informava sulla sua vita mentre portava la barca verso il mare aperto: 'Ovviamente, in questa situazione non posso fare progetti a lungo termine'.

Come già anni prima, Alessandro non aveva idea né del perché della frase né del suo scopo. Pensare a voce alta era sempre stata una delle principali caratteristiche di Peppino, quando voleva che gli venisse chiesto qualcosa. Anche se Alessandro avesse nutrito dell'interesse per la situazione di Peppino, in quel momento i suoi pensieri erano congelati, poiché era intento a osservare il vecchio amico. Apprezzò la persistenza delle abitudini di Peppino, che resistevano da un decennio. Peppino non era cambiato neanche un po' dall'ultima volta che l'aveva visto, anni prima. Era ovviamente cambiato fisicamente, aveva messo su peso e le tempie avevano iniziato a imbiancarglisi. Avevano appena superato la tappa dei trent'anni. Ma non molto altro era cambiato: non il suo comportamento senza fronzoli, le sue parole che anticipavano i pensieri, il suo sguardo miope perso in lontananza quando parlava con qualcuno. Parlava come se non fosse lui a pensare, ma come se stesse piuttosto riportando appunti da un mondo o da un tempo lontano. Come il capitano di una nave al largo, scrutava l'orizzonte in cerca di una terra che sapeva bene non sarebbe mai apparsa grazie alle competenze, inutili ma magnifiche da esibire, di un esperto.

Perso in quei pensieri, Alessandro non seguì la dichiarazione di Peppino e trascurò di chiedergli cosa avesse voluto dire. Ma, come negli anni precedenti, Peppino continuò a seguire il filo dei suoi pensieri, gettando la rete più in profondità nelle acque limpide dei pensieri del mattino. 'A settembre devo decidere riguardo alla separazione da mia moglie'. 'Perché stai pensando di separarti?' Improvvisamente Alessandro uscì dal suo torpore rendendosi conto che non si trattava di una conversazione casuale e che quella mattina Peppino lo aveva portato al centro del Golfo di S. Eufemia per sfuggire non al caldo della spiaggia ardente, ma a un fuoco più profondo che poteva essere estinto solo dal suono ruggente del motore fuoribordo che lo portava lontano dal suo dolore.

'Mentre ero a Roma ho lavorato per sette anni ogni giorno, durante i fine settimana, mai a casa. Non ho quasi mai visto né lei, né mia figlia. A causa del mio lavoro dovevo essere a disposizione tutto il tempo... dovevo essere pronto a viaggiare dappertutto. Sissignore! Questa è la vita di un ufficiale dei carabinieri. Si va dove ti porta l'indagine, dove ti mandano. Mi hanno mandato in America, Nord e Sud, o in Medio Oriente, poi in Tunisia, in Libia e poi a Tripoli, mesi e mesi, e ora sono appena stato assegnato a Messina a capo della task force anti-mafia. Lei non vuole trasferirsi, vuole restare a Roma con Carla. Non le piacciono le piccole città'. 'Potresti chiedere di essere ritrasferito a Roma?' Non ci fu risposta e Alessandro capì che la conversazione era finita. Quello che c'era da dire era stato detto e, come una breve eruzione dello Stromboli, il fuoco e la lava erano diminuiti e solo una nuvola di fumo era rimasta e si stava allontanando dai pensieri di Alessandro. Sarebbe stato sensato chiedere la ragione più profonda per la separazione, ma Alessandro sapeva che la domanda avrebbe imbarazzato ulteriormente il suo vecchio amico di fronte alla piccola Carla e che, in ogni caso, quella domanda non aveva risposta nella mente di Peppino. Ironia della sorte, quest'uomo abituato al lavoro investigativo non poteva e forse non voleva capire la complessità della propria vita. Capì che il dolore di Peppino per la separazione era profondo perché amava ancora la moglie e la figlia, era amaro anche perché gli era stato inflitto all'improvviso, e non riusciva a reagire, perché i suoi pensieri erano rimasti paralizzati.

Il ruggito del motore diminuì e poi si fermò. La barca restò ferma al centro del Golfo, dove il mar Tirreno è blu e profondo. 'Qui l'acqua è pulita. Andiamo a nuotare'. Peppino si gettò in acqua per primo, poi lo seguì la figlia e infine Alessandro. Nuotarono intorno alla barca con le correnti fredde che rinfrescavano i loro corpi. Carla restava vicino a suo padre perché aveva paura della profondità e della misteriosa oscurità sottostante. Peppino la teneva stretta mentre il sole, con un sorriso benevolo, accarezzava i capelli biondi che galleggiavano sopra il blu del mare. E per un momento l'orizzonte fu dimenticato e la sua vacuità superata dalle creste delle onde che toccavano maliziosamente i lati della barca. Carla aveva sette anni ed era piena di gioia mentre rideva delle proprie paure e nuotava tra Peppino e Alessandro in un giorno che non avrebbe mai dimenticato.

Alessandro non rivide più Peppino. Forse sarà uscito in barca a scrutare l'orizzonte altre volte prima che la figlia dovesse tornare a Roma. Dopo di allora, non tornò a Messina o a Roma o in qualsiasi altro posto, ma si sparò nella vecchia casa di famiglia, di fronte ai ritratti disapprovanti dei suoi parenti e di una statuetta di Gesù che teneva un cuore nella mano destra. Nessuno sapeva perché lo avesse fatto e Alessandro era ormai troppo lontano per partecipare al dolore. Ne sentì solo parlare di terza mano, da un amico di un amico, parecchi mesi dopo: così distante era ormai dalla vita della cittadina che si stava sempre più allontanando dalla sua stessa anima. Nel frattempo, il segreto di Peppino fu sepolto con lui, mentre la gente di ritorno dal cimitero discuteva sugli orrori della depressione clinica..."

"Sì, le cose sono cambiate; oggi seppelliscono i suicidi nel cimitero come qualsiasi altra creatura di Dio. E penso che sia giusto", disse Mastro Antonio. "Non è colpa loro se non riescono a sopportare i dolori della vita".

Don Pino non disse nulla, ma fece un cenno di approvazione. Alla fin fine, si trattava di uno dei suoi successi in una vita trascorsa come pastore compassionevole.

Un viaggio a Monte Carlo

Un racconto su Pizzo non sarebbe completo senza un riferimento a Gioacchino Murat e al castello che da lui prende il nome. Molti ricorderanno Murat come il vistoso monumento al narcisismo del romanzo di Tolstoj *Guerra e Pace*, quando, conducendo il suo cavallo prima della battaglia di Lipsia, contemplava le linee nemiche pronte ad attraversare la sua versione del Rubicone a sostegno del sogno napoleonico. Sfortunatamente, l'esercito francese venne definitivamente sconfitto. Così, al contrario del suo collega romano di maggior successo, il dado che aveva gettato non atterrò sul tavolo da gioco della vita sotto buoni auspici, come invece aveva fatto quello che portò gloria a Cesare. Dopo qualche altra battaglia, la vita di Gioacchino Murat, cognato di Napoleone Bonaparte, Maresciallo di Francia, Primo Cavaliere d'Europa, Duca di Berg e Cleves e Re di Napoli e Sicilia, sarebbe gradualmente svanita nell'oblio più completo, se non avesse deciso di terminarla secondo il suo stile, il che a sua volta assicurò a Pizzo un posto nella storia.

Dopo essere stato sconfitto nella battaglia di Tolentino, cercando di proteggere dagli Austriaci la sua interpretazione del Regno di Napoli e Sicilia, Murat fuggì in Corsica, dove fu raggiunto da un pugno di lealisti. Qui complottò contro i precedenti monarchi, che era stati rimessi sul trono, fomentando un'insurrezione dalla Calabria. Perciò, al suo approdare al porto di Pizzo domenica 8 ottobre 1815, Murat tentò di ottenere il sostegno della piazza cittadina, la stessa gloriosa Chiazza che è stata il pezzo forte della nostra storia. Ma la folla era indifferente nel migliore dei casi, ostile nel peggiore. Presto le forze del rinstallato re di Napoli, Ferdinando IV, lo arrestarono. Finì per essere accusato di alto tradimento e alla fine messo a morte per fucilazione.

Viene dato per scontato, dalla maggior parte della gente del posto, che il suo corpo sia stato sepolto nella chiesa di San Giorgio, proprio davanti a casa mia. Sul pavimento della navata centrale, a solo pochi passi dall'entrata, è invero visibile una pietra tombale che riporta il suo nome. Sono anni che i Napitini cercano di confermare che le ossa sepolte nella chiesa appartengono a questa figura storica, e negoziano con le autorità laiche e religiose, sia italiane che francesi, per creare un monumento in suo onore e anche uno in onore dell'amata moglie Carolina Bonaparte, che, d'altonde, non aveva niente a che fare con tutte le traversie di Murat, se non per il fatto che ne era la consorte.

Quindi, la nostra amata cittadina ha fatto sforzi ammirevoli per guadagnarsi il meritato ruolo nella storia, ossequiando colui che aveva in precedenza tradito. Ma non è così che va la vita? Pensiamo a come sarebbe stata insignificante tutta la faccenda se Murat fosse passato per Pizzo indisturbato e incolume. E da chi avrebbe preso il nome il castello? Poiché la storia non può essere costruita con i "se", metteremo a tacere questa domanda tormentosa, assicurando semplicemente la nostra gratitudine all'eroe francese che dette la vita per l'esaltazione di Pizzo.

Si dice anche che quando ai Napitini venne offerta una ricompensa per aver arrestato Murat, essi scelsero all'unanimità la promozione di Pizzo al rango di Città. Ecco perché questo paese è ancora chiamato *La Città di Pizzo*.

Paradossalmente, il castello ha preso il nome della sua vittima perché è il luogo dove Gioacchino Murat fu incarcerato e alla fine giustiziato dopo cinque giorni di prigionia. La storia ci dice che Murat camminò con passo fermo verso il sito dell'esecuzione. Con gli occhi scoperti proclamò: "Ho affrontato la morte troppe volte per averne paura". E quando tutto fu pronto, ordinò al plotone di esecuzione: "*Soldats! Faites votre devoir! Droit au cœur mais épargnez le visage... Feu!*"[21]

Il castello fu eretto nel XV secolo per ordine di Ferdinando I d'Aragona, come forte piuttosto che come vero castello, in cima alla roccia che si affaccia sul golfo di Santa Eufemia, e consiste di due grandi torri collegate da mura molto spesse, costruite per proteggere la città di Pizzo dagli attacchi provenienti dal mare. Un lato è posto su un precipizio che si estende fino a quella che è ora chiamata la Marina, e che era il porto di Pizzo. Verso l'entroterra, un fossato lo separa dal resto della città, cui è collegato da un ponte levatoio. Tunnel misteriosi furono costruiti nel corso

---

[21] "Soldati! Fate il vostro dovere! Dritto al cuore ma risparmiate il volto! Fuoco!"

dei secoli per collegare il forte a diverse aree della città o alla costa sottostante, e attualmente se ne sa molto poco, il che li rende ancora più misteriosi e leggendari.

Oltre a varie dispute di proprietà tra generazioni di famiglie feudali, sembra che il castello non sia mai stato usato per gli scopi previsti, se non per quello di fungere da spaventapasseri in cima alla scogliera ripida per allontanare i pirati saraceni. Si può presumere che questo sia stato fatto con successo, dato che non esistono resoconti storici di attacchi di pirati contro Pizzo. Tuttavia non è riuscito a spaventare passeri, corvi, rondini, pipistrelli o altre creature volanti che da secoli colonizzano felicemente le crepe nelle mura.

Nel 1835 Alessandro Dumas visitò il castello e lo chiamò "una stazione omerica dell'Iliade napoleonica". Il 3 giugno 1892 il castello guadagnò la sua posizione nella storia, perché lo stato Italiano lo trasformò in monumento nazionale.

In tempi recenti, il castello Murat è anche luogo per attività intellettuali oltre a rivestire lo scopo primario di attrazione turistica. La cella dove venne ospitato Gioacchino Murat e il sito dove fu giustiziato sono là come memento. La guida mostrerà orgogliosamente ai turisti distratti i buchi nel muro che si suppone rappresentino la prima scarica di fucili, quando il precedente re di Napoli e Sicilia era stato inizialmente risparmiato da un plotone ambivalente. Il castello è oggigiorno sede di diverse attività culturali, da museo che ripercorre gli ultimi giorni della sua illustre vittima, a ostello nei piani più bassi, a tranquillo recesso per tornei di bridge ai piani alti. Cosa più importante, offre rifugio ai pipistrelli durante il giorno e ai corvi o alle rondini durante la notte. Per la gente del posto, è un luogo dal quale osservare il tramonto, guardando verso il mare dalle terrazze in cima alle torri. È anche il luogo dal quale la città può essere osservata spassionatamente, mentre i passanti vanno avanti e indietro lungo la Chiazza verso lo Spuntone, del quale abbiamo detto capitoli fa.

Il castello vanta il suo bar, dove vengono preparate diverse specialità che sono probabilmente più antiche della sua storia, tra le quali c'è il famoso latte di mandorla. Fu là che incontrai il Marchese, la mattina seguente alla visita al povero Avvocato all'ospedale di Vibo. Avevamo tacitamente preso l'abitudine di incontrarci in quel luogo per gustare un latte di mandorla e quindi passeggiare insieme verso la Chiazza per trovarci col resto degli anziani.

In risposta ai miei saluti, mostrò il sorriso composto e insincero di una persona che non prova felicità da molto molto tempo. Ero abituato alla sua malinconia, e di norma non gli avrei prestato molta attenzione, ma di recente mi sembrava chiaro che il suo abbattimento era cresciuto in profondità e spessore, come se un muro di emozioni lo stesse separando dal resto di noi. Anche lo scherzoso tamburellare sulla mia spalla col bastone se n'era andato, mentre avevano preso il sopravvento sospiri e sguardi distratti verso l'orizzonte.

Sedemmo su una panchina di pietra su una delle terrazze del castello e sorseggiammo in silenzio il latte di mandorla che ci avevano portato non appena ero comparso.

Nel corso della notte precedente avevo trascorso ore insonni pensando ad Alessandro e chiedendomi se dovessi contribuire con un mio ricordo, collegato al suo periodo lontano da Pizzo. Da una parte sentivo l'urgenza di condividere gli eventi, ma dall'altra mi trattenevo a causa della delicatezza di alcuni fatti che includevano aspetti non precisamente esaltanti della mia condotta durante quegli anni.

Al risveglio, avevo deciso che non valeva la pena di portare alla luce la storia, particolarmente in presenza di mio padre. Ero venuto a patti con me stesso finché, seduto di fronte al Marchese, un impulso non mi fece dire: "Vidi Alessandro una volta, dopo che entrambi avevamo lasciato Pizzo. Fu durante l'estate prima dell'ultimo anno di medicina. Stavo studiando per un esame e decisi di andare a Milano per un breve periodo di tempo, per visitare qualche amico che, come me, frequentava medicina. A quel tempo, Alessandro aveva appena finito legge e avevo sentito parlare di lui da amici comuni, sebbene nessuno sapesse di cosa si stesse occupando in quel momento…"

"Aspetta", mi interruppe il Marchese. "Voglio davvero che tu mi dica tutto, ma penso che dovresti aspettare che ci troviamo con i nostri amici. Non sarebbe gentile saltare questa parte, penso, ora che tutti loro, escluso forse tuo zio, sono assorbiti dalla storia. Ci sono motivi per non condividerla?"

Mentendo, risposi: "Nessuna ragione al mondo, sarò felice di farlo". E una volta di più, scendendo i vecchi scalini col bastone in una mano e il fazzoletto nell'altra, il Marchese condusse e io seguii, evitando di aiutarlo, poiché lui preferiva di gran lunga essere trattato come il giovane e bell'uomo che era stato un tempo.

Al tavolino la vita scorreva come al solito. I bravi vecchi si stavano già crogiolando sotto i raggi del sole che attraversavano la brezza autunnale. Tra di loro, per mia disgrazia, c'erano naturalmente mio padre e mio zio, che quindi stavano per ascoltare aspetti della mia giovinezza che fino a quel momento avevo tenuto nascosti con discrezione. Ma la voglia di condividere questo punto saliente della storia di Alessandro era troppo intensa perché io potessi trattenermi dal divulgarlo. Allo stesso tempo ero invogliato dal desiderio di mantenere Alessandro vivo nei nostri ricordi un po' più a lungo, ricostruendo un altro capitolo della sua vita.

Fu il Marchese che, sedendosi sulla sedia di alluminio portatagli dal figlio di Angelo, annunciò il mio desiderio di contribuire. Tutti erano là a parte l'Avvocato, che stava ancora misurando senza requie la corsia a Vibo, portandosi dietro la flebo e il supporto e al tempo stesso lamentandosi della mancanza delle vere necessità della vita.

Curiosamente, non ero affatto preoccupato della presenza di don Pino, che allo stesso modo stava per ascoltare della mia cattiva condotta giovanile, poiché, come ho rivelato in precedenza, era quello che con meno probabilità si sarebbe sorpreso della creatività dei peccatori.

Perciò, iniziai dicendo:

***

"Nell'estate del… ero a Milano per far visita a degli amici che, come me, studiavano medicina. Intendevamo studiare insieme per prepararci all'ultimo anno. Alloggiavo nell'appartamento di un amico, lottando per placare la calura estiva della pianura Padana con tè freddo, ventilatore e visite regolari al bagno, dove mettevo la testa sotto l'acqua corrente. La mia routine era semplice: non avevo piani, se non quello di studiare durante il giorno e uscire con gli amci la notte, andando in centro, che nel cuore dell'estate era quasi completamente deserto e riservava una sensazione piacevole di proprietà assoluta su strade e locali. Per me era costruttivo trascorrere del tempo con i vecchi amici, e intendevo restare là almeno una quindicina di giorni prima di tornare alla mia consueta routine.

Un venerdì pomeriggio, il mio ospite era andato via per il weekend e l'appartamente era tutto mio. Fulmini iniziarono a ravvivare l'atmosfera. Seguirono tuoni, e un vento mulinante che trasformò la cappa soffocante dell'estate in una gioiosa aria montana. Uscii sul balcone per assaporare le prime grosse gocce di pioggia, l'odore elettrico della polvere bagnata e per gustarmi gli spettacolari fuochi d'artificio, omaggio della forte tempesta estiva, e in quel momento suonò il telefono. Mi era stato detto di rispondere alle chiamate, avvisato della possibilità che il mio stesso ospite stesse cercando di mettersi in contatto con me.

In sincrono con un tuono prolungato udii: 'Giuseppe, sei tu? Sono io, Alessandro. Ti ricordi di me? Ho sentito che abiti là. Come ti va? È tanto che non ci sentiamo'.

E veramente erano diversi anni. Eravamo andati alla deriva, allontanandoci l'uno dall'altro senza una buona ragione. Vivevamo in luoghi diversi, avevamo preso strade lavorative diverse, eravamo distratti da avventure romantiche diverse, per lo più persi nel mondo giovanile che è sprecone, disorganizzato e senza date di scadenza.

Ero perciò veramente emozionato di sentire la sua voce. Per un po' parlammo di cose irrilevanti del nostro comune passato. Illustrammo con una certa artificiosa condiscendenza le strade che ciascuno di noi aveva preso, minimizzando i nostri successi ed enfatizzando i nostri limiti, come fanno i buoni vecchi amici per far rivivere il gioviale cinismo della gioventù. Tuttavia, presto raggiungemmo la situazione presente e là ci fermammo per cercare un nuovo argomento da affrontare.

Fu Alessandro che se ne uscì con un suggerimento: 'Senti, sto a Monte Carlo per un po'. Qui è grandioso, durante il giorno ci si diverte molto e la notte è ancora meglio. Dovresti venire. Ti prometto che mi prenderò cura di te. Ti giuro che possiamo farci una settimana o due di divertimento, proprio come ai vecchi tempi, e poi te ne potrai tornare ai tuoi studi. Forza, si vive solo una volta, non è vero?'

Si dovrebbe chiarire che non sono mai stato una persona di stretti princìpi, essendo assolutamente aperto a quasi tutto quello che poteva stimolare la mia curiosità e voglia di avventura. A causa di questo, come fanno tutte le persone tolleranti, dovevo attenermi fermamente a pochi princìpi per compensare la mancanza di risolutezza in tutte le altre questioni. Perciò, i miei studi, la carriera e il futuro erano confluiti in un meccanismo compensatorio per giustificare altre perversioni, fornendo uno scopo consolidato a un'esistenza altrimenti senza scopo. In altre parole, finché mi impegnavo a perseguire – durante il giorno - una manciata di obiettivi dettati da una saggezza convenzionale, mi sentivo assolto da tutti gli altri peccati di indolenza e prodigalità nei quali indulgevo in orario notturno.

Di conseguenza mi comportai come Pinocchio, quando viene esortato da Lucignolo a viaggiare verso il Paese dei Balocchi, resistendo con fermezza alle sue prime insistenze per cedere a quelle successive. Sinceramente, era anche vero che non potevo declinare l'invito del mio amico adorato, che non vedevo da così tanto tempo. E il desiderio di vedere il sorriso del mio vecchio e caro amico, di condividere con lui qualche altra ora di spensierata fanciullezza era troppo seducente. Così, feci una borsa con poche cose e andai alla stazione, per arrivare il giorno successivo a Monte Carlo.

Alessandro mi stava aspettando alla stazione. Guidava una vistosa Ferrari rossa decapottabile. Era perfettamente abbronzato, indossava una polo bianca e con i Ray-Ban scuri sembrava proprio lo stesso di quel giorno in cui lo avevo accompagnato alla stazione di Pizzo, quando lo avevo visto l'ultima volta.

Non appena mi vide, sorrise e mi fece cenno di saltare in macchina, tra gli sguardi della folla di passanti. La Ferrari non era sua, ma apparteneva a una ricca signora americana con la quale aveva fatto 'amicizia'.

Guidammo lungo la costa. Ci fermammo nei bar e camminammo lungo la spiaggia, ricordando i bei vecchi tempi. Mi disse che era riuscito a finire legge per far piacere al suo papà, ma che non avrebbe mai praticato. Mi disse anche che non aveva intenzione di fare l'esame di abilitazione e di voler invece trascorrere il resto della sua vita a fare il gigolò sulla riviera italiana o francese, trovando lavori occasionali, se necessario. Me lo riferì con la massima naturalezza, e non avevo ragione di credere che non fosse serio. Ma la presi con leggerezza e ci scherzai su. Lo presi in giro per l'atteggiamento cinico che non era cambiato in tutti quegli anni e suggerii che aveva solo bisogno di un po' più di tempo per maturare e 'andare avanti col programma'. Sorrise con aria di sufficienza e non discusse oltre. Tuttavia, poiché evidentemente stavo prolungando il mio sermone al di là del dovuto, mi toccò sulla spalla con i Ray-Ban che teneva in mano e, indicando due donne carine che venivano verso di noi, disse: 'Che ne dici? Non dovremmo offrire la nostra compagnia a queste anime perse?'

Le due signore carine sembravano in effetti delle neofite della riviera francese: si guardavano attorno come se avessero perso qualcosa, ridendo tra loro per ragioni imprecisate e dando l'impressione che stessero mettendocela tutta per trovare qualcosa da fare. Con la sua solita cortesia, Alessandro le avvicinò e chiese se avrebbe potuto fornire assistenza, visto che sembravano essersi perse. E poiché avevano chiaramente l'aspetto di americane, si rivolse loro nel suo inglese grammaticalmente ottimo, anche se pesantemente accentato.

Mi aveva sempre affascinato osservare come ogni donna che aveva l'occasione di interagire con Alessandro gli si connettesse, sia innamorandosi direttamente che accettando la sua compagnia o facendosi intrattenere. Non avevo mai visto una donna che si allontanasse da lui, scocciata da una sua avance. Doveva essere una combinazione di naturalezza, sicurezza di sé e, naturalmente, aspetto fisico. Col passare degli anni, Alessandro era diventato un maestro nelle relazioni col sesso opposto. Forse il vero segreto era che, in realtà, non intendeva davvero niente di più di quello che offriva verbalmente. Non si era mai trovato alla disperata ricerca di compagnia o ad aspettarsi qualcosa di preciso dall'altro sesso, al di là di ciò che questo aveva spontaneamente da offrirgli. Semplicemente se la godeva, e si sentiva a suo agio in tali interazioni. E sono certo che in quell'occasione intendeva davvero aiutare le due straniere graziose, indipendentemente da dove la buona azione avrebbe portato.

Venne fuori che le due signore carine erano appena arrivate a Monte Carlo con i loro ragazzi, e che erano molto più giovani di quanto sembrassero da lontano. Stavano cercando un posto carino per mangiare, che non fosse troppo costoso, o forse un nightclub carino per farsi un drink e divertirsi secondo gli standard liberali del vecchio continente. Così, dopo una chiacchieratina e una passeggiata lungo La Corniche, raggiungemmo i loro fidanzati e con loro proseguimmo a un ristorante carino con tavolini sistemati su una terrazza a mare.

———

Alessandro presentò i quattro turisti al proprietario e gli disse di prendersene cura. Quando li salutammo, potei vedere della tristezza negli occhi di una delle due ragazze, mentre diceva ad Alessandro: 'Grazie tante, spero che ci incontreremo ancora!'

Continuammo a camminare e a parlare, interrotti ogni tanto da simili distrazioni non riferibili, finché non scese la sera e il nostro stomaco ci ricordò che era ora di cena. A cena, sedemmo a un tavolo vicino alla spiaggia. La brezza dal mare era calda e piacevole e, a parte la folla che era del tutto diversa da quella che indugiava attorno al nostro tavolo, ai vecchi tempi di Pizzo, l'atmosfera era quasi ugualmente allegra e rilassante. Prendemmo del vino, naturalmente, e un po' di cibo, perché nessuno dei due aveva troppa fame ma, piuttosto, eravamo interessati a raccontarci storie l'un l'altro, ora che il ghiaccio era stato rotto e ricordi dettagliati risalivano spontaneamente da tutti gli angoli della nostra memoria.

Alessandro viveva a Monte Carlo già da qualche mese. Viveva in un piccolo appartamento vicino all'amica, che era sposata e trascorreva più tempo possibile in riviera per poter stare lontana dal suo ricco ma noioso marito. Secondo Alessandro, questi era un uomo generoso che era ben felice di accontentare la sua metà, e che raramente le faceva visita. Nondimeno Alessandro sentiva che era inappropriato vivere apertamente con una donna sposata. Soprattutto, questa scusa era particolarmente comoda perché metteva Alessandro nella condizione di non limitare la propria libertà condividendo la vita con qualcun altro.

Pareva che la signora si prendesse buona cura di Alessandro anche dal punto di vista economico, facendo in modo che non gli mancasse niente del necessario per condurre una vita dignitosa. Allo stesso tempo, era così profondamente innamorata di lui da accettare qualunque compromesso, finché aveva la possibilità di vederlo una volta ogni tanto e di essere tenuta tra le sue forti braccia. Non sono sicuro del perché gli chiesi, senza pensare, se l'amava o se nutriva qualche tipo di sentimento verso questa benefattrice. Alessandro rispose semplicemente: 'Non lo so'.

Quella notta, dopo alcune bottiglie di vino o altro liquore, finimmo in un nightclub. A seguito di qualche drink in più, un americano ubriaco, che ci aveva sentito parlare in italiano, scherzando chiese ad Alessandro: 'Lo sai come si fa a sapere che c'è un italiano in zona? Perché il cestino della spazzatura è vuoto e la cagna è incinta'.

Non ero mai stato testimone, prima, di Alessandro che veniva trattato in un modo che non fosse sommamente deferente. Ero perciò nervoso in merito all'esito della conversazione, e, allo stesso tempo, curioso di osservare la reazione di Alessandro. Nella nebbia dei miei pensieri inebriati, cercai di prepararmi per una lotta o, meglio ancora, se le circostanze lo avessero permesso, per una fuga decorosa. In quel momento c'erano delle ragazze con noi, e mi sentivo obbligato a non comportarmi da codardo, per quanto quella sarebbe stata la mia inclinazione naturale. In effetti non avevo intenzione di confrontarmi con uno straniero su un argomento che mi era totalmente indifferente, ed esporrmi al ridicolo di una disputa imbarazzante. Questa situazione mi preoccupava anche di più dei lividi potenziali. Ma niente di questo genere sarebbe stato necessario. Alessandro si alzò con calma, guardò fisso in viso lo straniero coi suoi freddi occhi azzurri e, con una mescolanza di italiano del sud e accento britannico gli chiese: 'E che c'è di male in questo?' Al che tutti risero.

La cosa successiva che ricordo è che l'americano, che non intendeva offendere ma, semplicemente, non era eccezionalmente versato nella diplomazia degli scambi internazionali, era seduto con noi, chiacchierando di qualcosa accaduto in New Jersey quando lui era giovane, mentre noi due, nonostante venissimo da famiglie bene e avessimo pochissima esperienza del rovistare tra i rifiuti in cerca di cibo o di relazioni illegittime con femmine di altre specie, adoperavamo tutta la nostra immaginazione per insegnargli come estrarre scarti dai bidoni della spazzatura e mettere incinte più cagne possibile in una notte. Le cose naturalmente degenerarono con rapidità in altri argomenti che sarebbero inappropriati per i giovani, insipidi per quelli di mezz'età e triti per un pubblico maturo e, perciò, risparmierò al lettore queste informazioni non essenziali.

Non vedemmo mai più l'americano, ma, se ci penso, me lo immagino che rufola felicemente nei bidoni e procrea felicemente con qualsiasi esemplare del genere opposto tra i mammiferi, senza tener conto dei principi di Darwin ma secondo i consigli dei suoi amici italiani. Confido, più che altro, che non stia prestando servizio in un'ambasciata o consolato, non solo in Italia ma in quasiasi altro paese in possesso di pattumiere o di cagne.

Quella notte ci ubriacammo così tanto che le donne che si supponeva dovessimo proteggere ebbero l'ingrato compito di prendersi cura di noi senza aspettarsi gratitudine, perché nessuno dei due ricordò le ultime fasi di quella notte.

Di conseguenza, la mattina successiva mi svegliai in una camera di albergo pulita, illuminata dai raggi del sole attraverso le sottili tende trasparenti, con un profumo di pino e di altri sempreverdi e una ragazza carina al mio fianco, senza alcun indizio su chi fosse.

'Buongiorno', disse in americano con un grande sorriso. 'Sei stato davvero divertente ieri notte, e molto spiritoso!'

Non sapevo come ricambiare, e il meglio che potei fare fu: 'Ho un mal di testa tremendo, hai qualcosa da darmi?' Con un sorriso ancora più grande, lei sollevò il braccio sinistro e con la mano indicò delicatamente un tavolino, proprio vicino al balcone, dove erano in attesa delle brioches e una caraffa di caffè.

Si alzò, e potei vedere ancor meglio la sua bellezza attraverso la camicia da notte trasparente. Sentii la necessità di fare sesso, e mi chiesi che cosa avessi già fatto. Ma non potevo rammentare niente. Desiderai richiamarla a letto e iniziare a fare l'amore, ma il mal di testa, il non avere protezione e il non sapere chi fosse, neppure il suo nome, mi fecero esitare. In fondo alla mia mente udii il nostro glorioso inno nazionale, vidi bersaglieri passare sopra le barricate per il bene della nostra amata Italia, ma proprio non potei riprodurre il livello di eroismo nazionale che aveva portato all'unificazione d'Italia durante il Risorgimento. Piuttosto, lentamente, grattandomi la testa, tirandomi su i boxer, camminai fino al tavolino dove mi stava già servendo il caffè.

Volendo evitare di essere eccessivamente sfacciato, ma per soddisfare la mia crescente curiosità, chiesi:

'Cos'è successo stanotte?'

Lei ridacchiò e rispose: 'Eravate così ubriachi e stanchi, e non avevate un posto per dormire. Ophelia, la mia amica di cui probabilmente non ti ricordi, è andata a dormire con Alessandro e così io ti ho portato con me e ti ho lasciato dormire qui, e hai dormito come un bambino, ma russando come un leone ferito'.

'Abbiamo fatto qualcos'altro?' Chiesi timidamente e quasi scusandomi per ogni evenienza, che avessimo fatto o no quello che mi immaginavo sarebbe stato atteso in una situazione di questa portata.

Lei sorrise e disse: 'Perché non ci prendiamo il caffè, ora? Dobbiamo davvero avere questa conversazione per conoscerci, mio caro Giiusepe?'

Non sono sicuro del perché, ma sentire il mio nome dolcemente storpiato dall'accento americano mi fece sentire una sensazione di calore al petto, e per la prima volta la guardai come si guarda un essere umano e ammisi:

'Lo sai? Non ricordo il tuo nome'. Il che era un *understatement*, visto che non ricordavo neppure di averla incontrata.

Ma questo calore improvviso portò anche una sensazione sgradevole di intimità e rilassamento, non in linea con la mia personalità ossessivo-compulsiva.

Quando disse: 'Shirley', uno sgradevole sospetto iniziò a insinuarsi nella mia mente. Non ero mai stato con una prostituta, ma sapevo che sono maestre nel far sentire un uomo a proprio agio mentre si prendono cura del suo portafoglio e, guardando i miei pantaloni dalla sua parte del letto, notai che la tasca posteriore appariva piuttosto sgonfia.

Senza neppure pensare, guaii: 'Dov'è il mio portafoglio?' Alla qual cosa sussultò e, guardandosi attorno con fare indagatore, puntò il dito verso il comodino dalla mia parte del letto, dove in effetti riposava in pace l'oggetto della mia angoscia.

'Mi spiace, pensavo di averlo lasciato al night club', recuperai rapidamente con la speranza di non averla offesa. Ma poi mi venne in mente un'altra cosa: perché il portafoglio era fuori? Chi l'aveva preso? L'aveva tolto lei dalla tasca per prendermi il contante? Mentre sorseggiavo il caffè, pensavo a un modo ingegnoso per risvegliare il suo interesse verso una mia foto di quando ero giovane, che tenevo nel portafoglio e che mi ritraeva all'età di sedici anni, mentre in quel momento avevo raggiunto la veneranda età di ventitré anni. Cortesemente, guardò con interesse la foto mia e dei miei amici al mare con un pallone da calcio, mentre io avevo l'opportunità di aprire il portafoglio e scoprire che il denaro era esattamente dove l'avevo lasciato.

Sollevato da questo spregevole sospetto, guardai Shirley una volta di più con simpatia, e mi chiesi perché questa donna mi avesse portato nel suo letto per la notte. Mentre guardava la foto disse: 'Eri un ragazzo molto carino, e stai diventando un uomo molto bello!' Per qualche ragione, la parola 'uomo' mi colpì. Non avevo mai pensato a me come a un 'uomo', nel senso di qualcuno che ha chiuso una parte della sua vita ed è passato a un'altra fase.

Mentre le davo un'occhiata più perspicace, cominciai a rendermi conto che ero seduto di fronte a una donna tra i trenta e i quaranta, che era bellissima sotto tutti gli aspetti possibili ma che, al tempo stesso, rivelava i sottili segni dell'età, dipinti da qualche ruga in più ai lati degli occhi e sulla fronte. Il pensiero che avessi dormito, senza saperlo, con qualcuno che doveva avere almeno dieci anni più di me, mi intimidì, e, tenendole la mano, chiesi:

'Shirley, e ora che succede?'

'Dovremmo incontrarci con Alessandro e Ophelia alla Marina, per pranzare sulla nostra barca prima che salpiamo'.

Venne fuori che Shirley era una donna sposata che stava facendo una crociera sulla barca privata della sua amica Ophelia, uno yacht di 25 metri ancorato al largo di Monte Carlo, e con un'equipaggio di tre persone. Ophelia, l'amica, era una principessa anglosassone[22]. Non era brutta e in effetti, obiettivamente, si poteva descrivere come bellissima, non fosse stato per una certa rigidità nel corpo e nell'espressione che la faceva sembrare più come una marionetta intagliata nel legno che non come un essere umano. I grandi occhi azzurri erano sempre fissi, la fronte non si corrugava e le sopracciglia non si muovevano, come se fossero state dipinte sopra gli occhi. La bocca era minuscola, e, quando cercava di sorridere, si apriva simmetricamente e meccanicamente come un sipario davanti a un palcoscenico, chiudendosi con lo stesso decoro dopo aver

---

[22] Il gioco di parole, intraducibile in italiano, verte sul termine "wasp", normalmente un acronimo che designa gli americani protestanti di origine anglosassone (*white anglo saxon protestant*), e che qui è inteso invece come *white anglo saxon princess*, evidenziando quindi un *white anglo saxon* di alto lignaggio (N.d.t.)

mostrato due file di denti bianchi e splendenti. Ed era una ragazza rispettabile, usava un linguaggio appropriato e non imprecava mai. Nessuno era cattivo per lei, neppure le persone che in effetti lo erano. Chiedeva: 'Povero caro, perché ha fatto una cosa simile?' Diceva che sua nonna le aveva insegnato che doveva essere cortese senza mentire. Per esempio, se una madre mostrava il suo brutto bambino, si poteva dire: 'Ehi, questo è quello che io chiamo un bambino!'

Non capivo, all'inizio, come Alessandro potesse sopportare tale ipocrisia e ristrettezza mentale, ma lui la trattava affettuosamente e in modo speciale, più di quanto avesse mai fatto in precedenza con altre donne. Non che Alessandro fosse mai rude con le donne, ma si comportava per lo più in modo distaccato e distratto, come se fossero animaletti attorno a lui che avevano bisogno di un po' di attenzione occasionale, che aspettavano con pazienza qualche avanzo della tavola, come cagnolini.

Con Ophelia era quasi ossequioso: le allontanava la sedia per aiutarla a sedere, le teneva la giacca e l'aiutava a indossarla, le serviva cibo e bevande, si girava a chiedere la sua opinione sulle cose più irrilevanti, e sorrideva abbondantemente sia quando parlava con lei che quando la ascoltava. Sembrava persino orgoglioso di lei, e le teneva la mano quando ci camminavano davanti, o le teneva il braccio per aiutarla a salire qualche scalino. Ophelia era la sua benefattrice.

A pranzo, le donne ci chiesero come ci fossimo conosciuti. Non sapevamo come iniziare, ci guardammo l'un l'altro e cercammo di sintonizzare le nostre storie, tagliandone la maggior parte, non perché ci fosse qualcosa da nascondere di fronte a queste due donne mature, ma perché sembrava noioso e privo di interesse per noi il raccontare, e per loro l'ascoltare, la descrizione del nostro passato di libertinaggio e dissipazione. E sembrò a entrambi di poter racchiudere l'intero contentuto della nostra gioventù in una busta sottile chiusa dal sigillo della vacuità.

Salpammo dopo pranzo. Ci godemmo un viaggio senza scopo su e giù per la riviera francese, navigando durante il giorno e ancorando nel tardo pomeriggio in qualche angolo nascosto, nuotando nel mare rinfrescante, facendoci docce e drink ancora più rinfrescanti. Per quanto in quel momento stessi vivendo e studiando in America, non avevo ancora provato la ricchezza dei cocktail che si facevano là. In quel modo, invece, feci conoscenza col rituale del gin tonic, col Margarita o il Mojito o il

Martini o il Negroni, che probabilmente erano stati esportati là dall'Italia, senza che io lo sapessi, molto tempo fa. Perciò, i drink prima di cena divennero un momento pregustato con gioia, e un *cult* meraviglioso che forniva uno scopo anche ai giorni più noiosi trascorsi in barca. Mi gustavo la sensazione che arrivava col tramonto, nella sua anticipazione di piacere, di distacco da tutto ciò che in altri momenti può essere preoccupante, ma non quando tutto può essere dimenticato solo per mezzo della semplice ebrezza delle nostre menti, sbrigliate in compagnia di amici. E amici lo erano veramente! Le due donne erano belle come un sogno e socievoli, e non c'era una mia necessità che Shirley non sapesse anticipare, senza per questo essere dominante o invadente. Non c'era un briciolo di volgarità nella sua semplice personalità.

Proprio dopo la prima cena sulla barca, Ophelia e Alessandro si ritirarono nella loro cabina, augurando cortesemente a Shirley e a me la più piacevole delle notti. Alessandro mi rivolse un sorriso confidenziale e impertinente, come per ammonirmi a non deludere la compagnia che mi aveva trovato e a non disonorare la reputazione dei nostri antenati italiani.

Poiché, lasciati soli con l'equipaggio, non sapevamo cosa fare, Shirley suggerì di ballare. Era una notte tenera, con una brezza da nord a cullare gentilmente la barca. La musica c'era stata per tutta la cena, ma la notai solo allora. Non ricordo la canzone, ma invitava a ballare un lento. La tenni per la vita e lei appoggiò la testa sulla mia spalla sinistra.

Dopo pochi minuti, sentii che era mio dovere far scorrere gentilmente le labbra giù per la sua tempia destra fino alla sua bocca. Il mio bacio preliminare e senza pretese ne ricevette in cambio uno lungo e appassionato, nonché il più stretto degli abbracci. Conclusi che avevo l'obiettivo sotto tiro o, più precisamente, che l'obiettivo mi aveva attaccato. In ogni caso, nell'arco di pochi attimi eravamo sdraiati su un divano in una zona appartata del ponte, e io l'abbracciavo senza dire una parola. I suoi abbracci diventavano sempre più stretti, e il suo corpo si fondeva col mio in forme e movimenti, tanto simile a un'anguilla sinuosa che le sue azioni mi distraevano piuttosto che eccitarmi.

Cercai di distrarla con la conversazione, con la bellezza delle stelle, il suono delle onde che si infrangevano contro la chiglia, la felicità di essere così lontano da tutto. Ma, alla fine, mi arresi alla sua dolcezza. La sua tenerezza e la sua bellezza mi conquistarono e ci avviammo rapidamente verso la sua cabina, che, dal quel momento, diventò la nostra.

Nel silenzio della notte, al ritmo ondeggiante della barca, ci spogliammo a vicenda con delicatezza e facemmo l'amore l'un l'altro affettuosamente. E lo facemmo diverse volte quella notte, non appena ci riprendevamo da ogni periodo refrattario, come una coppia di leoni in luna di miele.

Sembrava che soffrisse di insonnia e che, per indurmi a condividere la bellezza della notte in bianco, facesse il possibile per tenermi sveglio, o mi svegliasse gentilmente da quello che io avrei altrimenti considerato un sonno meritato.

La mattina dopo ero più stanco di quando ero andato a letto, e suggerii di stare un altro po' a letto, magari il resto della giornata, con lo scopo che mi sembrava ovvio di dormire. Shirley, tuttavia, che non aveva compreso le mie intenzioni, colse la palla al balzo con entusiasmo e a fine giornata avevamo probabilmente fatto l'amore almeno altre sette volte. Non ricordo cosa accadde dopo, ma quella sera mi addormentai a tavola dopo il secondo gin tonic e mi fu detto che lo stesso Alessandro, con l'aiuto dell'equipaggio, dovette portarmi in cabina, dove mi svegliai la mattina dopo con la gentile Shirley che mi guardava sorridendo.

Questo stato di cose proseguì per qualche giorno, interrotto solo da qualche tentativo di salvarci dal tedio costringendoci ad attività mascherate da occupazioni turistiche, nell'entroterra di luoghi sconosciuti dove ci era accaduto di gettare l'ancora la notte prima. Alla fine, una mattina sentii l'irresistibile urgenza di saltare giù dalla barca e nuotare fino a riva, incapace di sopportare l'idea che avrei potuto avere un'altra settimana o due da trascorrere in quella Alcatraz galleggiante. Tuttavia, mentre riflettevo sulle ragioni che mi obbligavano a intraprendere un atto così rischioso, mi resi conto che non erano solo la noia o stanchezza, ma piuttosto un inquietante calore verso Shirley, un sentimento che non ero preparato ad ammettere. Eravamo riusciti a parlare, in quei periodi refrattari dal sesso, e a quel punto conoscevo una buona parte della sua storia.

Aveva sposato un militare quando era giovanissima. Era venuto fuori che si trattava di un ubriacone violento, che non faceva l'amore con lei ma piuttosto la violentava, che lei lo volesse o no. La picchiava occasionalmente dopo una giornataccia al lavoro. Richiedeva la perfezione nella gestione della casa, per quanto non avesse un metro obiettivo, ma si basasse semplicemente su quello che trovava più adatto al momento. Si chiedeva perché i piatti fossero riposti qui piuttosto che là, chi avesse messo il bidone della spazzatura sul lato sbagliato della strada, chi avesse dimenticato di accendere il boiler nella stanza degli ospiti e altre seccature casuali che venivano fatte notare allentando la cravatta e il collo della camicia, bevendo qualche cocktail e concludendo la festa con un rinvigorente pestaggio della moglie.

Un giorno, per la disperazione, era andata a casa di sua cugina a chiedere aiuto. Lei non era là, ma suo marito, che l'aveva ascoltata con partecipazione, aveva deciso che la cosa migliore era violentarla a sua volta, così da farle dimenticare gli abusi del marito. Dopo di che non aveva più chiesto aiuto a nessuno, e sarebbe stata ancora là, in mezzo alle grandi pianure americane, se suo marito non fosse stato tanto premuroso da morire mentre guidava in stato di ebrezza, sei mesi prima del viaggio a Monte Carlo. Dopo di ciò, fece i bagagli e si trasferì nel posto dove era cresciuta, riallacciò i contatti con i vecchi amici e fu là che ritrovò Ophelia, una vecchia amica delle superiori che aveva fatto scelte migliori, sposando un uomo ricco e, quindi, cavandosela benissimo dal punto di vista finanziario.

Anche Ophelia aveva a sua volta perso interesse per gli aspetti romantici del matrimonio, poiché il marito era un uomo distante, troppo occupato per riservare alla moglie più attenzione di quanta ne riservasse alla sua preziosa BMW. Non era un uomo meschino, ma viveva nel suo mondo. Perciò, quando Ophelia aveva prospettato un viaggio in Europa con Shirley, proprio come aveva già fatto diverse volte in precedenza con altre amiche, il marito aveva tirato un sospiro di sollievo e aveva appoggiato l'idea, pensando alla libertà personale che avrebbe avuto grazie a questa proposta.

Pochi giorni dopo, Ophelia e Shirley avevano fatto i bagagli ed erano arrivate alla villa di Ophelia a Monte Carlo. Shirley, perciò, non aveva mai provato l'amore, e l'elemento sessuale nella sua vita era avvertito come un'azione unidirezionale da parte dei due uomini che aveva conosciuto, senza alcuna possibilità di partecipare né alcuna cognizione che le interazioni carnali potessero associarsi a interazioni spirituali.

Ma lei amava amare, e godeva soprattutto a dare più che a ricevere, e per qualche ragione il mio atteggiamento gentile e il mio tentativo senza pretese di baciarla, quella prima notte, avevano liberato una passione che era repressa da anni, e in un momento si era innamorata di me. Ma Shirley non era il mio tipo: era una semplice americana del Midwest. Non avevamo niente in comune e, tuttavia, cominciai a sentirmi vicino a lei, non potevo resistere alla sua gentilezza e mi chiedevo come avesse potuto, un uomo fortunato come suo marito, non apprezzare una tale dolce personalità.

Il tempo sembrava non passare mai, sulla barca. Dopo colazione, le due donne si imbalsamavano con la crema solare. Poi, con pensosa apprensione, si stendevano nella posizione più adatta alla rosolatura, a guisa di bussole che percepiscono i punti cardinali. I due girasoli conoscevano per istinto il percorso che il sole avrebbe preso nelle ore successive, con quel tipo di accuratezza che solo la più sofisticata equazione trigonometrica potrebbe prevedere. Là giacevano stoicamente, come fachiri seduti su letti di chiodi o sdraiati su carboni ardenti, sopportando con la massima resistenza una tortura infinita per la minima ricompensa di vedere le loro pelli appena un poco più scure alla fine della giornata. Io venivo lasciato a fissare le due mummie dalla mia poltrona, sorseggiando una limonata alla volta, finché non iniziavo a notare cobra incantati che danzavano loro intorno, e diverse paia di braccia che uscivano dai loro corpi, segno che io stesso stavo per appisolarmi. Questo stato di cose mi ricordava il pensieroso avvertimento offertomi da un vecchio insegnante di liceo, che dopo diversi bicchieri di Barolo diceva: 'La compagnia delle donne, a parte il sesso, può essere assolutamente noiosa'.

Comunque, mentre il tempo passava con la lenta cadenza della barca ondeggiante, iniziai a sentirmi a disagio. Che cosa stavo facendo in mezzo al Mediterraneo, abbracciato a una donna più vecchia, mentre avrei dovuto stare a casa, a studiare per l'esame successivo? Inoltre, per quanto ora i miei lettori dovrebbero essere ben coscienti che non sono un esempio di moralità in senso convenzionale, dopo una settimana di quella vita dissipata e senza scopo cominciavo a sentire che stavo sprecando il mio tempo e percepivo che, come Pinocchio nel Paese dei Balocchi, mi stavano crescendo una coda e due orecchie pelose.

Volevo condividere la mia oppressione con Alessandro, facendogli sapere che non volevo prolungare di molto il mio soggiorno. Per quanto i miei sforzi, finalizzati al nobile scopo di alleviare la sofferenza umana ottenendo una laurea medica, si potessero percepire come altrettanto noiosi, irrilevanti e insignificanti come quelle notti passate a bordo, all'interno del grande schema delle cose, nel profondo della mia coscienza, un approccio convenzionale ai valori della vita era più semplice da razionalizzare. Così, volevo ritornare al facile sentiero dettato dal conformismo, mentre Alessandro continuava ostinatamente nella sua missione autodistruttiva.

Non fu facile affrontare Alessandro. Lui, al contrario, sembrava del tutto contento della monotonia dei giorni a bordo. Si stendeva, con Ophelia fedelmente al suo fianco, a guardare le onde sulle fiancate e la scia che la barca in navigazione si lasciava pacificamente dietro. Occasionalmente si alzava per cercare del tè ghiacciato o della limonata alla menta per Ophelia, e si comportava con la stessa sollecitudine che Shirley riservava a me. O se ne stava col braccio appoggiato all'albero, a guardare avanti verso l'orizzonte, e lo stesso tempo che per me non passava mai, a lui sembrava irrilevante.

La maggior parte del tempo veniva trascorsa a veleggiare; conversavamo solo la notte quando, dopo aver gettato l'ancora in qualche porto o in una caletta nascosta, ci fermavamo su una piattaforma stabile e avevamo migliori possibilità di guardarci negli occhi. Ma la profondità delle conversazioni era ben lungi da quella dei vecchi tempi. La presenza delle donne e l'occasionale interferenza dell'equipaggio ci bloccava, e limitava le nostre conversazioni a chiacchiere e battute irriverenti. Sentii spesso l'urgenza di fargli domande in merito a quanto ricordava del nostro passato, a come vedeva il suo futuro e forse il nostro futuro come amici. Ma ritenni che di fronte a Ophelia non potesse essere sincero e aperto. Sembrava anche che Alessandro stesse diventando geloso del mio attaccamento per Shirley. Per qualche perversa ragione, sembrava che si irritasse quando iniziavo a rivolgerle le attenzioni che lui rivolgeva a Ophelia, come se stessi cercando di subentrargli nel suo nuovo ruolo di amante devoto. C'era anche un accenno di spirito di competizione nel modo in cui si prendeva cura di Ophelia. Da parte mia, mi affezionai ancor di più a Shirley, che era costantemente affettuosa, allegra e positiva.

Fu Alessandro che alla fine ruppe l'impasse dopo una settimana di stallo. Una mattina, mi prese per il collo della maglia e tirandomi verso di sé disse: 'Che ne dici? Stasera, lasciamo le donne sulla barca e usciamo per un drink e una cena, solo noi due?'

Fui felice di sentirlo, e per dimostrare la mia gratitudine gli assestai un pugno nello stomaco, che sfortunatamente risultò essere più forte del previsto e diretto alla regione geografica posta più in basso nel corpo di una persona, e che, negli uomini in particolare, viene difesa con timore. Questo sfortunato incidente gli fece abbandonare la presa sul mio colletto e rannicchiare in posizione fetale, tenendosi i preziosi attributi. Dispiaciuto, mi affrettai per prendergli qualcosa da bere. Sfortunatamente, proprio mentre stavo passando, Alessandro alzò il piede a incrociare la mia strada, giusto quel tanto da intralciare il mio movimento, e finii faccia a terra, avendo così la possibilità non considerata in precedenza di esplorare da distanza ravvicinata la perfezione delle finiture in teak del ponte della barca.

Mentre mi alzavo, girandomi verso Alessandro con uno sguardo di riprovazione, uno dell'equipaggio balzò su di me e mi trattenne da dietro, non tanto per salvare la vita di Alessandro quanto per mostrare i muscoli alle donne perplesse. Trattenuto senza motivo da quel buon samaritano, gridai ad Alessandro: 'Patto fatto'.

"Di conseguenza, avendo gettato l'ancora in serata a Palma di Maiorca, saltammo fuori dalla barca felici come grilli e corremmo come gazzelle in libertà sulla terraferma dell'isola, scomparendo presto nell'anonimato della folla movimentata, felici proprio come bambini che marinano la scuola, per trovarci un'ora più tardi in un bistrot carino del lungomare, non troppo lontano, ma lontano abbastanza da darci la consapevolezza della riconquistata libertà".

Tornammo meravigliosamente ai vecchi tempi. Con una bottiglia di vino che ci sorrideva dal cestello del ghiaccio, e qualche stuzzichino semplice ma delizioso sui nostri piatti, la fatuità delle ultime due settimane fu rapidamente dimenticata e i vecchi tempi, con le loro conversazioni al limite dell'esistenzialismo, vennero ripresi con naturalezza.

Alessandro iniziò: 'La vita è effimera come la forma delle nubi in un giorno di vento; la gente si preoccupa tutto il tempo del domani, spreca il presente preparandosi al futuro senza rendersi conto che il futuro non esiste. È un presente in evoluzione quello che viviamo. Ogni passo che facciamo muta il futuro in passato nel corso di quella frazione di momento in cui la suola della nostra scarpa tocca il terreno. Alla fine, solo il passato si accumula, con le nostre azioni che irrevocabilmente bruciano quell'energia potenziale che chiamiamo 'futuro'.

L'esistenza terrestre è un processo senza altro risultato che la morte. Quando si materializzerà, finalmente, il futuro? Tra dieci, venti anni da ora? E poi, cosa succederà? Saranno contente, allora, le formiche, o continueranno a lottare per arrivare a quell'orizzonte irraggiungibile che resterà per sempre un passo avanti a loro?

Il futuro è una distrazione per quelli che preferiscono rimandare il presente perché sono a disagio con la loro esistenza. Lavorano duro per diventare ricchi o per raggiungere altri obiettivi: magari una macchina migliore, una casa migliore, una famiglia, un lavoro migliore o un riconoscimento speciale, e questo processo li distrae per il momento dalla loro angoscia interiore. Ma la verità è che non sanno come essere felici con quello che hanno e, perciò, rimandano il confronto con la loro realtà e mettono in attesa l'infelicità creando pseudo-obiettivi e tenendosi occupati col raggiungimento di traguardi materiali, affezionati all'illusione che la loro assenza sia l'unica barriera alla propria realizzazione. E continueranno questa ricerca finché al tavolo resteranno solo memorie e un pezzettino minuscolo di futuro, giusto quel tanto per rimpiangere le opportunità perdute e cogliere la vacuità di ciò che poteva essere chiamata la vita di una persona.

E naturalmente ci sono approcci contrari. A un estremo opposto ti racconterò di una mia zia. Viveva a Napoli. Era insieme una principessa e un'archeologa, che riconosceva la sua prima identità, ma era più a suo agio con la seconda. Questo perché il lavoro di un archeologo è far rivivere il passato, e questo le veniva naturale. In effetti, per lei non era questione di far rivivere, ma semplicemente di svelare ciò che era vivo e vegeto, insaporito dal tempo come una buona bottiglia di Barolo. Il passato era per lei la sola realtà che aveva resistito alle prove del tempo, mentre tutto il resto era effimero e forse destinato a svanire e ad essere dimenticato come il rumore dei tuoni. Il passato le offriva anche un'attrattiva in più, perché arrivava avvolto nella storia, con la comprensione implicita che questa avrebbe ristabilito la giustizia. Non il tipo di giustizia che punisce l'iniquo e premia il virtuoso, ma piuttosto una giustizia che rivendica la verità, dove per l'eternità l'eroe diverrà leggenda e il furfante affonderà nell'inferno della vergogna. In verità, la scienza che fa rivivere la vita degli antenati le veniva naturale, perché collimava con la sua attitudine verso la sua stessa vita. Viveva esclusivamente per il passato, come se il presente, e ancor più il futuro, non esistessero. Le si addiceva molto bene: suo padre era morto quando era piccola, e anche il suo fidanzato era morto di cancro, lasciandola come una vergine vedova per il resto della sua vita. Viveva con la madre, che allo stesso modo viveva di ricordi, in parte di parenti, e in parte dei tempi in cui l'Italia era ancora una monarchia e lei una nobile riverita e invidiata. Ma, in qualche strano modo, questa zia era una delle persone più felici che io abbia mai conosciuto, poiché la sua gratificazione era basata su prerogative che erano state scritte su pietra, e che perciò sicuramente non sarebbero mai cambiate. Anche nel momento in cui morì, ancora raccontava storie di antichi greci e romani, e probabilmente sognava già che un giorno qualcuno avrebbe trovato le sue ossa e vi avrebbe attaccato un'etichetta che dichiarava: *Queste sono le ossa di una principessa che visse sognando del passato, finché non ne divenne una parte assoluta'*.

Riconoscendo il mio vecchio Alessandro, colsi il vero significato di questo preambolo: significava che era di buon umore e incline a chiacchierare liberamente, proprio come facevamo negli anni della gioventù. Senza replicare direttamente alla sua premessa, chiesi:

'Così, che sta succedendo con Ophelia? Sembra che tu sia più vicino a lei che a ogni altra donna con cui tu sia mai stato da quando posso ricordare'. E, per provocarlo, aggiunsi maliziosamente: 'Con lei sei sollecito, un cucciolo che scodinzola e fa pipì sul tappeto quando le sei attorno. L'ami?'

Stavamo seduti vicini su delle poltroncine di plastica. Alessandro stese le gambe sotto il tavolo, intrecciò le dita delle mani per appoggiarvi il mento come in una culla e puntò gli occhi seri, che nella luce fioca erano diventati blu, a interrogare il mio viso, probabilmente chiedendosi perché avessi fatto una domanda così stupida.

Quindi, stendendo i pollici lungo la mandibola come per sostenere ulteriormente i suoi pensieri, corrugando la fronte, guardando verso la luce tremolante che accompagnava la nostra cena, e dopo aver dedicato a quest'ultima un altro po' di considerazione, sorrise alla lampadina tremula e disse:

'Naturalmente no! Sono mai stato capace di amare qualcuno? O qualcuno mi ha mai amato? Intendo *veramente* amato: il vero Alessandro G... ? Ma con lei mi sento a mio agio, mi fa sentire meglio. Non so che cosa veda in me, ma non credo si curi molto del mio aspetto. Mi tratta come se fossi il suo figlio adolescente, ha pazienza e nessuna aspettativa; le piaccio non per la mia bellezza, ma nonostante il mio brutto carattere. Sembra che possa vedere in me qualcosa che io stesso non so decifrare. Posso dirle tutto e lei ascolta, non giudica ma cerca di capire. Non penso che capisca completamente, certo, ma non importa: è importante solo che lei cerchi di approfondire. Per istinto, penso che mi capisca meglio di quanto faccia io stesso'.

Dopo una pausa continuò, in parte ripetendosi e in parte contraddicendosi: 'Non capirà mai perché non può. Non l'ho messa a parte di molto del mio passato, non sono davvero interessato a condividere vecchie storie noiose, quella parte del mio passato sarà sepolta con me, un giorno. Tuttavia, avverte che qualcosa mi infastidisce, non so come, ma lo fa. Sa che il bell'Alessandro altro non è che un'anima perduta, un tipo pateticamente e ridicolmente solo. Non dice niente, ma allo stesso tempo mi è devota, è paziente e dolce, c'è quando ho bisogno di lei ed è invisibile quando voglio essere lasciato solo. Di solito odiavo le donne di questo tipo. Ero circondato da personaggi di questo tipo per tutto il tempo, cagne devote che avrebbero fatto qualsiasi cosa per me, anche uccidersi... si fa per dire!' Si corresse. 'Ma quelle donne erano diverse. Alla fine mi aspettavano, come cuccioli alla porta, per giorni e notti, finché potevano fissarmi coi loro tristi occhi bramosi, nella speranza di risvegliare la mia coscienza inflessibile. Odiavo quella sensazione di essere una proprietà. Mi sentivo come un osso che stavano cercando di afferrare e di seppellire sottoterra per proteggerlo delle altre cagne'. Continuò: 'Ero egoista allora come lo sono oggi, ma qualcosa è cambiato: mi preoccupo meno del futuro, mi preoccupo meno di controllare cosa accadrà, anche meno di prima. Voglio solo che passi ogni singolo giorno, se possibile prima del giorno precedente. Non ho un posto dove andare. Non ho aspettative, se non andare a casa e trovare lei, farmi un drink e mangiare qualcosa; darle la sola cosa che ho mai imparato a dare, il mio corpo, e quindi addormentarmi finché un altro giorno senza significato non mi apre gli occhi'.

'Pensi che ti ami in un modo speciale, paragonata alle altre che ci sono state in precedenza?' Ma non ci fu risposta alla domanda. Forse pensava di aver già risposto".

Invece, Alessandro tornò al corso originale dei suoi pensieri e, guardandomi, si aprì nel suo meraviglioso sorriso:

'Tu sei fortunato, tu hai una convinzione, lavori duro per raggiungere uno scopo, sarai un grande dottore, un professore, un giorno! Come per ogni altro, è solo una distrazione, qualcosa che ti tiene appeso alla corda stretta della vita, ma per te funzionerà… avrai una cavalcata più facile della mia. Sarai in pace con te stesso perché ti atterrai a quello che gli altri si aspettano da te. Sarai un giocatore di squadra nel gioco della vita, nessun timore di dispiacere a genitori, amici, parenti, una futura moglie, una concubina quando ne avrai una, i tuoi bambini. Sarai solo la loro marionetta, e questo ti farà sentire a tuo agio. Io lo so, perché conosco te e conosco me stesso. A volte sono tentato di prendere lo stesso sentiero facile: fare l'esame di abilitazione, praticare, trovare moglie, rendere mio padre felice, poiché mia madre è morta l'anno passato, avere figli, nipoti, essere il patriarca e riprodurre ancora e ancora il ciclo senza scopo della vita. Ma non posso farlo, non posso vedermi in quel modo: mi guarderei allo specchio, un giorno, e vedrei un uomo ridicolo, un buffone calvo e di mezz'età… non posso farlo. Un'infermiera di una casa di riposo, un giorno, prese nota di quelli che erano i principali rimpianti dei morenti: la maggior parte si rammaricava di non aver vissuto una vita fedele ai propri principi invece della vita che gli altri si aspettavano da loro.

'…Muor giovane chi agli dei è caro', come diceva Menandro! Sì, avrei voluto poter morire giovane e non contaminato dalla vita, prima che fosse troppo tardi. Mi sarei già ucciso, se ne avessi avuto il coraggio. Ma non ce l'ho! Il suicidio è una cosa innaturale. Il vegetare, come faccio, è una forma realistica di autodistruzione che posso gestire. Così mi piazzo sulla barca, guardo il tempo che passa in forma di onde sotto la chiglia, o di nuvole nel cielo, e aspetto pacificamente la fine, cercando di uccidermi lentamente e pacificamente come Gogol, che si lasciò morire di fame'.

'Mi dispiace per tua madre. Che cosa le è successo?' lo interrupp".

'È morta di cancro un anno fa. Cancro alle ovaie. Sono andato al funerale. Era ancora la stessa donnina graziosa di sempre. La notte prima che morisse mi tenne stretto come una bambina piccola tiene una bambola. Mi sussurrò che mi amava e che le sarei mancato: 'Sei un giovane così bello! Sei sempre stato speciale, così forte e intelligente! Promettimi che renderai orgoglioso tuo padre, fallo per me. Non deluderlo, è stato per te un padre buono e amoroso, migliore di quanto lo sia stata io, come madre e come moglie'. Non sono sicuro cosa intendesse dire con ciò, ma la tenni tra le braccia finché non cadde nel suo tipico sonno agitato. Le carezzai i capelli e le baciai la testa. L'amavo, certo, ma non come madre… piuttosto come se fosse una figlia. Pensavo che avrei sentito la sua mancanza, naturalmente, ma non ero spaventato all'idea di essere lasciato solo. Mi resi conto di come era stata irrilevante per me mentre diventavo uomo, e mi sentii dispiaciuto di non aver mai davvero avuto una madre, ma piuttosto una sorella infantile. E anche allora, non potei rapportarmi a lei se non per carezzarla come un cucciolo malato, cercando di liberarla dai suoi incubi, come facevo quando ero bambino. Dopo il funerale, il mio papà trascorse qualche giorno nel suo studio, andando dalla poltrona alla finestra e viceversa. Non lo vidi mai piangere, sedeva rassegnato e apatico. Quando andai a salutarlo, mi abbracciò, mi scompigliò I capelli, mi tenne per le spalle e mi baciò in fronte: 'Buona fortuna, Alex', disse. Quella fu l'ultima volta che vidi mio padre.

Sviluppai quella che in termini moderni si chiama depressione clinica, e alcuni amici mi convinsero che avevo bisogno di aiuto medico. Alla fine andai davvero da uno strizzacervelli. Mi disse che avevo un disturbo della personalità borderline che andava al di là della depressione e che mi portavo dietro da tutta la vita come un'infezione parassitaria. In più di un senso, lo strizzacervelli descrisse molto accuratamente quello che mi tormenta da quando posso ricordare, che è una disconnessione tra la realtà e il mio io interiore. Avevo tratti di paranoia, che, mi disse, mi facevano credere che le persone attorno a me non esistessero realmente, ma fossero solo immagini che mi circondavano per prendermi in giro. Capisci, sono perfettamente consapevole che questo non è vero, ma allo stesso tempo devo ricordarmelo continuamente. Le cose sembrano peggiorare quando subisco traumi emotivi. Naturalmente mi consigliò dei farmaci, come se le pillole potessero risolvere i problemi! Il giorno in cui troveranno un trattamento per il problema israeliano-palestinese o per far tornare in vita specie estinte, allora prenderò quella pillola! Ma è divertente pensare come sia tipico degli strizzacervelli far credere a qualcuno che, giocando un po' con l'intensità delle emozioni, si possano risolvere problemi di una vita, annidati nel più profondo dell'anima.

Una persona è il risultato di una lunga catena di eventi, che formano il suo panorama morale. Nel mio caso, brutalità e tragedia furono davvero il mio pane quotidiano. Per quanto non sia mai stata una persona cattiva, sono stato testimone di un sacco di brutti eventi. Ho visto cose che venivano distrutte senza motivo. Ho visto l'egoismo alla base della tragedia. Ho visto passeri uccisi solo per divertimento. In questi giorni penso un sacco a quello che la vita davvero ha da offrire, e a come trovare cosa sia ottimale. Sono d'accordo che si ha la responsabilità di usare la propria vita più costruttivamente possibile. Non è un pensiero religioso ma una regola di base, creatasi dal rispetto per la vita e da una sorta di gratitudine perché siamo veramente qui e, per un po', in grado di fare qualcosa nel mondo. Ma è anche un compito impegnativo. È più facile pensare semplicemente che le cose vanno bene, e continuare a vivere lungo lo stesso sentiero. Mancanza di alternative, credo sia il concetto. Così poco, e tuttavia così tanto tempo è passato dalla nostra giovinezza nella vecchia Pizzo. Ricordo le ambizioni, ricordo che quando la gente non credeva in me volevo mostrare loro che si sbagliavano. E quando alla fine ci credevano, non volevo deludere né me né loro. Cos'è successo a quell'Alessandro ambizioso? Come può, questo Alessandro, rendere orgoglioso suo padre?

A volte sento che sono così concentrato sul sopravvivere giorno per giorno che non posso prestare attenzione a nient'altro. È come camminare su una fune, dove non puoi permetterti che delle distrazioni tocchino i tuoi passi, che ti impediscono di cadere nella profondità di un'anima senza fine... e questa occupazione ti mantiene così concentrato su te stesso che dimentichi di guardare alla vita come a un tutto.

Ecco perché sono così felice che tu sia venuto. Di recente ho avuto un altro di quei momenti in cui desideravo di non esistere, e ho sentito che avevo bisogno di te. È stato una specie di miracolo scoprire che eri nelle vicinanze. Sentivo che ti avevo tenuto stretto tutto questo tempo, forse perché eri una delle poche persone che mi avevano fatto sentire a mio agio col mondo circostante, e che erano capaci di comprendermi bene senza diventare un peso. Eravamo così simili! Quelli erano tempi grandiosi! Ricordi quel giorno in cui ti slogasti la caviglia, ma non poteva importartene di meno, perché avevamo vinto il campionato? Mi chiedo che cosa sia stato di quelle medaglie… ma hanno lasciato dolci ricordi!'

All'improvviso sentii il bisogno di interrompere il suo esercizio di soliloquio:

'Devi capire che affrontando i tuoi dolori e le loro cause non cadrai dalla fune, e potresti anche trovare un rimedio. C'è qualcosa dentro di te che è ferito, e un giorno o l'altro dovrai prendere l'iniziativa di curarlo. Devi solo accettare di prenderti cura di te, e ho fiducia che non 'cadrai nelle profondità di un'anima senza fine'.

E continuai: 'Tieni un diario della tua vita? Forse, scrivendo tutte queste emozioni che ti soffocano la mente, e cercando di mettervi ordine, potresti trovare la strada per la salvezza'.

'Non ho una vera storia della mia vita', rispose. 'Tutto è fluito in modo non consequenziale, un passo dopo l'altro, un giorno dopo l'altro, senza farsi domande e senza decisioni deliberate. È stato un flusso verso valle di eventi senza forma, fluidità fatta di apatia. Ma hai ragione: sento il bisogno di lasciare una testimonianza, forse per ammonire altri a non fare come ho fatto io; non posso neppure immaginare chi mai la leggerebbe, ma mi fa sentire bene il pensiero che qualche testimonianza della mia persona, insieme a qualche fotografia, possa sopravvivermi'.

Vorrei essere stato più intelligente e più sensibile di quanto non sia stato allora, ascoltando quelle preziose rivelazioni, e vorrei aver ascoltato Alessandro in modo più comprensivo. Invece, come è successo così tante volte nella mia vita, persi quell'opportunità e cercai invece di alleggerire il suo spirito e ignorare la sua angoscia:

'Mi dispiace per tua mamma, era una signora così dolce ed elegante. Può essere che Ophelia stia assumendo il suo ruolo! Ti abbraccia, la notte, e ti fa sentire al sicuro?'

Mi resi conto, non appena questo commento uscì dalla mia bocca, di come fosse insensibile e paternalistico, ma Alessandro sorrise con pazienza e, rendendosi conto che era il momento di fingere felicità, si volse verso la bottiglia gelata, versò ancora vino nel mio bicchiere e, sollevando il suo sopra la mia testa, disse scherzosamente queste parole profetiche:

'Beviamo! Questo vino è il mio sangue', e prendendo un pezzo di baguette: 'E mangiamo questo. Questo pane è il mio corpo. Amen! Godiamoci la nostra ultima cena insieme!'

E a seguito di questa conclusione profana, entrambi ridemmo e, dopo aver riempito di nuovo generosamente i bicchieri, ci concentrammo sulla nostra cena e su argomenti più leggeri, finché non fummo interrotti da una donna che parlava inglese ed era venuta al nostro tavolo proveniente dal bancone del bar, da dove se ne era stata a fissare Alessandro per parecchio tempo.

Con una bottiglia quasi piena di champagne tra le mani, chiese cortesemente: 'Posso unirmi a voi gentiluomini?'

Senza attendere risposta, si accomodò al nostro tavolo, versando lo champagne nel suo bicchiere e controllando se i nostri bicchieri fossero vuoti per fare lo stesso. Era mezza ubriaca, e l'altra metà non era certo più sobria. Aveva un bell'aspetto, ma era quel tipo aggressivo e sicuro di sé che di solito è meno attraente per gli uomini e che a me non dice niente. Ma Alessandro accettò pazientemente la sua presenza al tavolo, sorridendo incoraggiante e facendo le domande generiche che normalmente ci si scambia tra stranieri. Incoraggiata da questo inizio, la donna si girò verso un'altra donna carina di poco più di vent'anni, invitandola a unirsi al tavolo per pareggiare il numero. Così, all'improvviso, mi ritrovai con una ragazza di fronte, giovane, allegra e sorridente, che presto mi distrasse dall'irritazione per il fatto che l'agognata cena con Alessandro era stata interrotta prematuramente, sostituendola con un richiamo al dovere: la maledizione del latin lover!

Alessandro mi sorprese presentandomi alle due signore come suo 'amante', forse nel tentativo di liberarsi di loro cortesemente, o forse solo per vedere quale effetto avrebbe avuto una tale dichiarazione su di loro. Ma la nuova femmina alfa non ci cascò, e, trovandolo uno scherzo divertente, reagì dichiarando, allo stesso modo, che la donna seduta al mio fianco era la sua compagna, ma che quella notte si stavano prendendo una pausa dall'omosessualità esclusiva. Non sono sicuro che, se fossimo stati sobri, avremmo trovato un modo per liberarci cortesemente delle due signore. E non perché fossero poco attraenti, al contrario. Ma, semplicemente, per una sola notte avevamo programmato una fuga da un altro paio di anime materne ma invadenti, probabilmente l'ultima notte insieme prima della mia partenza.

Ma in quel momento eravamo già alla nostra seconda bottiglia di vino e, con in più lo champagne che veniva versato nelle nostre menti attraverso bocche insaziabili, la barricata contro il sesso opposto stava crollando rapidamente.

È stato dimostrato con chiarezza che l'ebrezza alcolica limita la risolutezza di una persona, particolarmente quando tale determinazione è già precaria in partenza. Perciò, per la fine della cena avevamo fatto la conoscenza delle due bellezze del Sudafrica, e ci eravamo resi inequivocabilmente conto che erano pronte per una storia romantica.

Con sollievo del proprietario del ristorante, uscimmo sorreggendo le due signore ubriache, e andammo a passeggiare lungo la spiaggia secondo il protocollo di vecchia data che ci si aspetta funzioni a Maiorca così come faceva sulle distanti coste di Pizzo nel corso della nostra gioventù, e forse su ogni costa distante o vicina su questo pianeta o, se è per questo, su ogni pianeta dell'universo dove la riproduzione sessuale funziona come strumento per la diffusione delle specie.

Dopo pochi passi mi trovai da solo con la giovane donna, mentre Alessandro era scomparso dietro una barca con la sua femmina alfa. Nonostante la mia sbronza, affrontai la situazione con metodo, seguendo la procedura. Iniziai con un bacio romantico e sincero, seguito da una carezza lungo i fianchi per proseguire su, verso la camicia aperta, con una lenta avanzata delle dita verso il solco tra i seni sotto il reggiseno elegante. I procedimenti continuarono indisturbati, con gemiti incoraggianti dalla mia controparte, finché la domanda tecnica si levò nella mia giovane mente medica: ovvero, come completare il processo, con una perfetta sconosciuta, senza alcuna protezione. Perciò, con la massima deferenza, le chiesi se per caso avesse un preservativo nella borsa. Avendo appreso, con un insieme di delusione e sollievo, che non l'aveva fatto, mi sentii sollevato dalla necessità di completare l'atto e, perciò, continuammo a palpeggiarci l'un l'altro fino al raggiungere la soddisfazione in altro modo, che nel suo caso consistette in un numero stupefacente di orgasmi.

Quando Alessandro finalmente ricomparve, tenendo la donna per mano, lei aveva un aspetto molto più felice di quella che per volere del fato era toccata a me. Più tardi, mentre tornavamo a piedi verso lo yacht, nel più casuale dei modi chiesi ad Alessandro se avesse fatto l'amore con lei, e con lo stesso tono casuale lui rispose: 'Sì'. Quando, altrettanto casualmente, gli chiesi: 'Hai usato un preservativo?', con tono irritato rispose semplicemente: 'No'.

Quando tornammo, nel mezzo della notte, le nostre due donne erano sul ponte ad aspettarci. C'era una bottiglia di vino nel cestello del ghiaccio, e due bicchieri vuoti. Furono giocose e ci trattarono come madri che sgridano i loro scolaretti di ritorno da un'avventura. Ci chiesero se ci fossimo goduta la nostra libertà e se fossimo lieti di essere tornati. Entrambi riuscimmo a borbottare qualcosa, e Alessandro andò da Ophelia, sdraiata su un divano, e la baciò sulle labbra, quindi si sdraiò al suo fianco, aprendo il braccio destro perché lei potesse sistemarsi in quella nicchia naturale. Si rilassarono pacificamente per qualche minuto e poi Alessandro si scusò per entrambi, dichiarando che era stanco e che si sarebbero ritirati.

Lasciato da solo sul ponte, mi girai verso Shirley e, non sapendo che dire, mi esibii in un sorriso senza significato. Lei mi si accostò gentilmente e, toccandomi la mano, mi chiese quindi: 'Lo so che non ho alcun diritto di chiedertelo, ma ho bisogno di saperlo per la mia protezione. Hai fatto l'amore con qualcuno stanotte?' Non sono sicuro di quanto accadde, ma questa domanda a sorpresa fece sorgere in me un senso di ribellione, un impulso irresistibile a essere da un'altra parte, in un posto dove non ci fosse bisogno di rendere conto a nessuno. Senza fare alcun tentativo di controllarmi, la guardai dritto negli occhi e… mentii: 'Sì'.

Mentre aspettavo con curiosità la sua reazione, lei mi disse serenamente: 'Capisco. Grazie per avermi detto la verità, ma ora non posso più fare l'amore con te'. E, baciandomi sulla fronte, si alzò e andò nella sua cabina.

Era la notte perfetta, proprio quel tipo di notte che amo, con quel tanto di zefiro da smorzare il caldo e sollevare lo spirito, e una mezza luna che occasionalmente spuntava attraverso nuvole creative, e stelle luminose sparpagliate per il resto del cielo senza nubi. E sentii la libertà del vento e delle nuvole in movimento che entrava nella mia anima, sollevandomi dalla prigione dove ero stato rinchiuso nelle ultime due settimane. Sentii la gioia dell'uomo senza responsabilità, che non deve rendere conto a nessuno, dell'uomo che mi piaceva essere. Immaginai che la dolce Shirley sarebbe presto stata solo un bel ricordo, da conservare teneramente in un angolo della memoria. Naturalmente avrei rispettato la richiesta di lasciarla sola e mi sarei comportato da gentiluomo. Sarei stato carino e le sarei stato ancora vicino. In futuro sarei anche stato grato per tutti i bei momenti trascorsi insieme, per la sua disponibilità ad ascoltare le mie storie insipide nel corso delle tediose ore di navigazione. Potevo naturalmente essere il suo cavalleresco amico, mentre trascorrevo i giorni successivi, tornando verso Monte Carlo, a riposare sul punte, leggendo, studiando e godendo in pace della mia compagnia.

Ma, mentre stavo assaporando il piacere della libertà, sentii una mano sulla spalla destra e un'altra che mi carezzava i capelli. E poi percepii la morbidezza di un seno femminile sulla nuca e il profumo familiare di Shirley.

'Solo perché non posso più fare l'amore con te, questo non significa che non possiamo ancora dormire insieme'.

Dopo pochi minuti eravamo nella nostra cabina, e dopo pochi altri minuti ci stavamo accoppiando come conigli. L'aggravante fu che, in un momento di passione, confessai che avevo mentito, che in effetti non avevo fatto l'amore con nessuna, distruggendo perciò, con un impulso infantile, il passaggio verso la libertà che solo pochi momenti prima avevo orchestrato in modo tanto magistrale.

Il giorno successivo il cielo era limpido, l'aria ferma e di conseguenza il mare era completamente piatto. Solo un colpo ogni tanto sotto la barca ci ricordava che eravamo ancora in mare. L'immobilità aveva preso il possesso di tutto, comprese le nostre menti, e stavamo riposando, ciascuno assorto nei propri pensieri senza dire una parola. Un piccione piombò giù dal nulla a becchettare le briciole di croissant sul tavolo della colazione, guardandosi ogni tanto attorno orgogliosamente, gonfiando il petto. Nessuno si preoccupò di cacciarlo, anzi, tutti lo guardammo con interesse come se ci stesse offrendo un'opportunità di distrazione. Poi, all'improvviso, l'uccello volò via verso il molo vicino, e desiderai avere anch'io delle ali che potessero portarmi alla solitudine cui appartenevo e dove mi sentivo perfettamente a mio agio.

Nei giorni seguenti tornammo verso Monte Carlo senza ulteriori eventi di rilievo. Cenammo presto un'ultima volta, sulla barca solidamente ormeggiata al molo. Ci bevemmo un'ultima bottiglia di vino, facemmo altri brindisi, e promettemmo di vederci ancora. Mentre stavo per lasciare la barca, Shirley iniziò a stringermi sempre più forte, mi carezzò i capelli, mi guardò e sospirò, mi toccò le gambe e il petto e vi chinò sopra la testa, e poi disse: 'Ti amo. Mi mancherai'. Mi dispiacque, non tanto per lei quanto per me, perché avevo perso la capacità di amare e mi ero trasformato in un altro Alessandro. Sentii il bisogno di spiegarle che stavamo sperimentando in modo diverso la nostra solitudine: lei stava cercando qualcuno con cui condividerla, mentre per me era un santuario inviolabile, un riparo di egoismo, un'isola deserta dove il silenzio può solo essere rotto da suoni familiari, come i sussurri dei venti e il mormorio delle onde, coi loro messaggi discreti e le loro implicazioni riservate. Più importante, un luogo dove le parole non esistevano.

Invece dissi: 'Ti amerei, se davvero potessi amare'.

Lei mi chiese che cosa volessi dire e io risposi con un flusso di parole senza senso, che scorrevano con facilità, ma di cui nessuno dei due poteva capire il significato, e che io a mala pena ricordo, mentre ricordo i suoi occhi muti che guardavano nei miei, e il sorriso dolente, e il suo ultimo abbraccio. Qualcuno potrebbe chiedersi che ne fu di Shirley e di me. Sarebbe inaccurato dire che non ci vedemmo mai più, e che tali momenti meravigliosi trascorsi insieme non si ripeterono mai altrove in altre occasioni, ma questo va oltre lo scopo della narrazione e noi, perciò, lasceremo il personaggio di Shirley sano e salvo a Monte Carlo, cui appartiene.

Alessandro mi portò alla stazione sulla Ferrari rossa. Entrambi abbronzati e con i Ray-Ban, ricevemmo le occhiate curiose e invidiose di molti, che videro in noi la gratificazione definitiva. Scherzammo un po' e ridemmo un po', ma per lo più restammo in silenzio. Quando il treno stava partendo, dissi addio dal finestrino e, questa volta, vinsi il duello sparandogli col mio indice prima che lui potesse alzare il suo. E lui incrociò le mani sul petto e piegò il collo, come se stesse per morire, aprendosi un'ultima volta nel suo meraviglioso sorriso. Quella fu davvero l'ultima volta che vidi Alessandro.

Guardando prima la riviera francese e poi quella italiana dal treno, mi interrogai sul mio futuro e su quanto mi stessi trasformando in un altro Alessandro. Ma c'era una grande differenza. Come aveva detto, almeno io avevo una vita a cui tornare, libri e speranze, aspirazioni e la sensazione confortante che, se avessi lavorato abbastanza duro, qualcosa di bello e di inaspettato si sarebbe materializzato nel futuro, qualcosa che nel presente non potevo immaginare. E poi paragonai la mia vita a quella di Alessandro, e a come la sua esistenza autodistruttiva fosse in linea con le sue convinzioni, più di quando la routine costruttiva che stavo seguendo io fosse in linea con tutte le mie considerazioni nichiliste. E riconobbi che, alla fine, lui era quello che svettava tra noi due, che era coerente con la propria filosofia, mentre io stavo solo ingannandomi per rispettare le convenzioni. E sapevo anche che non avrei mai avuto il coraggio di cambiare rotta dalla mia scelta conformista. D'altra parte ero ancora giovane e, se le cose non avevano senso, non importava poi così tanto, perché il futuro era davanti a me ed ero ancora sotto l'illusione che qualcosa di miracoloso sarebbe accaduto per caso, un domani da qualche parte, che avrebbe spiegato tutto.

176

Una storia d'amore

Il giorno seguente, quando il Marchese ed io ci unimmo alla compagnia, mio zio stava raccontando un episodio ben noto della ristrutturazione della vecchia stazione ferroviaria di Pizzo.

***

"Ricordo la gloriosa stazione di quando noi eravamo giovani. Andavamo lì ad aspettare i soldati che tornavano dalla guerra o i nostri parenti che tornavano dai luoghi in cui erano emigrati. Andavamo a prenderli con delle carrozze trainate da cavalli. E aspettavamo per ore e ore, perché i treni non erano mai in orario. Ma era una bellissima stazione, con un campo da bocce di fronte, sotto gli alberi di eucalipto. Così giocavamo o guardavamo le persone giocare fino a quando arrivava il treno e ci restavamo male se il treno arrivava nel bel mezzo di una partita. E c'era un grande bar, con granite e limonate, grandi panini con salame: era una vera festa.

Ma, come molte cose, anche i bei tempi della stazione finirono; quasi tutti i giovani partirono per il nord e diventarono essi stessi degli immigrati; solo i vecchi rimasero lì a giocare a bocce. Nel tempo, la povera, vecchia stazione resistette a vari terremoti. Nonostante la sua riluttanza, dopo l'ultimo fu dichiarata inagibile e ai treni non venne più permesso di fermarvisi.

Un decennio più tardi, un nuovo sindaco, che ricordava la gloria della stazioncina della sua gioventù, chiese di fare un grande sforzo per raccogliere il denaro e riportarla all'antica gloria. Infine, quando tutto fu pronto per l'inaugurazione, i Napitini ritennero sensato far coincidere l'evento con il ritorno a Pizzo del primo treno. Pertanto, il Comune di Pizzo preparò una cortese lettera alle Ferrovie dello Statoper informarle del restauro ultimato e offrirle i servizi della rinata stazione. Purtroppo, fu risposto loro che, per quanto le Ferrovie dello Stato fossero molto colpite dalla qualità dei lavori di ristrutturazione descritti, una nuova ferrovia, dotata di linee dirette per le principali città, aveva sostituito con successo quella vecchia, e quindi per il momento non era probabile che i treni transitassero, e meno ancora si fermassero, in un angolo così obsoleto del mondo. Pertanto, l'inaugurazione si svolse senza treni di alcun tipo e il vecchio campo da bocce ospita ancora partite interminabili, senza alcuna preoccupazione che un treno possa mai interrompere l'impegno dei partecipanti".

***

"Questo è ciò che io chiamo 'pianificazione strategica'", concluse mio zio. "Può sembrare una storia strana, ma non avete idea di quante ne ho viste nei miei anni da banchiere; non avete idea di quello su cui la gente scommette senza prima preoccuparsi di porre le domande più semplici!"

Per un'incomprensibile logica associativa, il Dottor Riga, rammentando la sua allegoria ispirata allo zodiaco cinese, per cui aveva una particolare infatuazione, proclamò: "È vero che ci portiamo dietro tante vite in una, spesso inconsapevoli di ciò che noi, o gli altri, saremo o vorremo il giorno dopo: è veramente come dicono i cinesi, tranne il fatto che noi respiriamo quelle vite contemporaneamente, piuttosto che in modo sequenziale, come l'Avvocato ha dichiarato qualche giorno fa. Si può dire lo stesso per le cose che ci circondano: le persone vivono vite parallele e non si preoccupano di guardare a un centimetro dal loro naso finché non ne hanno la necessità".

Mentre stavo cercando di analizzare la logica all'interno dell'affermazione di cui sopra, il Professore aggiunse: "Sono d'accordo con voi e, anche se state parlando in senso figurato, ci può essere qualcosa di vero, in realtà. Stavo pensando a ciò che Pinuzzo, il figlio del farmacista, che studia alla Scuola Normale di Pisa, mi ha detto di recente. Non ce ne accorgiamo, ma in realtà non c'è solo un unico universo, ma parecchi altri collegati. Secondo la teoria delle stringhe, vi è un multiverso dove molte cose avvengono contemporaneamente; ma, poiché le varie entità non interagiscono tra di loro, noi non ne siamo consapevoli. Può essere; noi stessi viviamo vite diverse, ma siamo consapevoli di una sola alla volta. Può essere che i treni si fermino alla stazioncina, ma in un altro universo che coesiste con il nostro e che non possiamo percepire".

178

Teoria contro la quale Mastro Antonio, corrugando la fronte e sollevando il sopracciglio destro, intervenne: "Chiedo scusa, signori miei, ma quale teoria della stringa qua, teoria della stringa là? Pinuzzo vive così tra le nuvole da non poter usare una stringa neanche per allacciarsi le scarpe!" sistemando pertanto con tale logica eloquente, persuasiva e conclusiva un argomento saliente e controverso della fisica contemporanea. Fu poi rivelato, in assenza di Mastro Antonio, che la sua antipatia per la teoria delle stringhe e il suo scetticismo nei confronti del multiverso potevano essere almeno in parte spiegati con il fatto che il farmacista non l'aveva ancora pagato per alcuni servizi da lui forniti in relazione a una casa di campagna. Ma lasceremo questa discussione metafisica per un'altra occasione.

Mentre stavamo tutti assorbendo in silenzio la saggezza di Mastro Antonio, nel tentativo di estrarre dalle conclusioni summenzionate un senso che le redimesse, il Marchese, che aveva inavvertitamente controllato le scarpe con contegno, dopo essersi grattato la basetta con l'indice destro e spostando poi il bastone dalla mano destra a quella sinistra, interruppe il silenzio dicendo:

"Anche io ho una storia su Alessandro che potrei raccontarvi in confidenza, miei cari amici".

***

"Parecchi anni fa, vagavo per le strade della vita, come a volte faccio ancora, conscio della circostanza più insolita: mi rendevo conto di essere morto in quel momento complicato della vita che corrisponde allo spartiacque che separa la gioventù dall'età adulta. Non riuscivo nemmeno a ricordare come e perché, e nel frattempo il mio corpo continuava a vagare come se fosse ancora vivo.

All'inizio, sentivo la puzza della decomposizione, ma alla fine mi ci sono abituato. La cosa divertente è che nessuno l'ha mai notato. Una volta, un ragazzo si arrabbiò con me perché inavvertitamente gli ero passato davanti in coda e si arrabbiò ancora di più perché non mi presi il disturbo di scusarmi. Come avrebbe potuto sapere che per i morti queste sono solo frivole lamentele? Quando cercai di parlargli, mi si avvicinò come se volesse fare a pugni, ma, quando lo guardai con occhi vuoti, si fermò e, quando incontrò, oltre le mie pupille, l'abisso di desolazione, la sua rabbia si trasformò in paura e lui fece marcia indietro e scomparve tra la folla. È buffo che il vivo tema noi, i morti!

Certo, avevo ancora una moglie, allora, che mi tormentava con dolcezza e cura invadenti, che mi diceva che avrei dovuto prendere più regolarmente degli stimolanti per migliorare l'umore, come se si potesse temperare l'atmosfera dell'arido deserto verniciandolo di verde. E, quando mi guardava, lei poteva ancora vedere in me l'uomo che da tanto tempo non c'era più. A volte, le sue attenzioni mi inducevano a chiedermi se fossi ancora vivo, ma poi una rapida occhiata allo specchio, per vedere il mio cadavere e i miei occhi silenziosi, chiariva le cose, e non mi sentivo dispiaciuto o triste. Non sentivo proprio niente, perché ero morto.

E, naturalmente, avevo un'amante, ... in realtà più di una. Donne graziose, che mi dicevano cose meravigliose su di me. Tutte erano convinte di capirmi più di chiunque altro, come se ci fosse qualcosa da capire, ma senza comprendere il fatto che io non c'ero, perché ero morto. E questo in parte era colpa mia. Inducevo in errore ognuna di loro, fingendo che mi ne importasse qualcosa, e inducevo in errore anche mia moglie, fingendo che mi importasse di lei. Perché mentivo? Perché lasciava un ricordo di ciò che la vita era un tempo. Mi ricordava i miei giochi di gioventù, l'eccitazione che provavo per il profumo di una donna. Non è che sentissi la mancanza di quelle cose, ma il contrasto mi interessava. Era strano vedere quanto poco mi importasse di quelle stesse cose che avevano motivato la mia vita precedente. Eppure, ero ancora molto giovane rispetto a ora; non avevo nemmeno quarant'anni.

Ma poi, ascoltate quello che mi accadde! Incontrai una donna mentre trascorrevo una vacanza alle terme di Catullo, a Sirmione. Era molto giovane, sulla trentina, e carina. Si comportava in maniera semplice e gentile ed era spontanea, fiera quando esprimeva le sue opinioni, sicura nel tono di voce, come è insolito per una giovane donna. Aveva un sorriso affascinante e mi guardava vitale ed entusiasta come un Bambi. Non era strano che ne fossi attratto e che per un attimo dimenticassi che ero morto.

Stavamo parlando, seduti su sedie di velluto nella hall di un hotel. E prendemmo qualcosa da bere; io ordinai un bicchiere di vino e lei un tè. Stavamo facendo una piacevole conversazione che non potrei ripetere nei dettagli, ma era qualcosa di frivolo e riflessivo al tempo stesso, quando all'improvviso, di punto in bianco, mi chiese:

'Ti capitano mai dei giorni in cui non hai voglia di fare niente?'"

Dissi: 'Sì, naturalmente, sempre. Ma perché me lo chiedi?'

'Non lo so ... è una domanda che vorrei fare spesso, ma non so a chi. Tu mi hai fatto sentire a mio agio. Ho pensato che avresti capito'.

Fu allora che mi resi conto che era morta, proprio come lo ero io. Questo è anche il modo in cui siamo diventati amanti. Ma questa volta si trattava di un tipo diverso di relazione.

Fu una relazione complicata, prima di tutto perché era sposata e aveva un figlio piccolo. Aveva lasciato il marito e il figlio a casa, incoraggiata dal suo medico a prendersi una pausa per curarsi i nervi, poiché negli ultimi mesi era stata davvero esaurita. Le terme sono state pensate per offrire delle soluzioni sorprendenti ai problemi di salute, e tali soluzioni avevano più probabilità di successo tanto più era impalpabile l'essenza del problema; pertanto, il cattivo umore a seguito di una gravidanza, che si sarebbe poi chiamato 'depressione post-partum', era tra i disturbi che, con più probabilità, potevano essere affrontati con le acque salate e calde.

Come seconda complicazione, lei era di Pizzo e apparteneva a una famiglia in vista. Era venuta lì perché era un luogo popolare tra i membri della classe alta delle nostre parti e perché era vicino a Milano, dove spesso trascorreva del tempo per stare vicino al marito. Era un luogo lontano dagli occhi dei nostri simili, tranne, naturalmente, dalle persone che per caso si trovavano lì. Non aveva particolari aspettative venendo alle terme, avendo semplicemente ceduto alle abitudini della società alla quale apparteneva, alle entusiaste raccomandazioni del medico di famiglia e al tenero incoraggiamento del marito.

Terzo, e più importante, non era lì in cerca di avventure romantiche. Piuttosto, l'anima innocente era caduta nella trappola dell'amore candidamente, come un topo affamato quando vede il formaggio. Ma, come ben sapete, sono queste donne miti e ingenue che, quando si lasciano andare al sentimento, causano molti problemi ai predatori esperti: quei cacciatori che possono uccidere crudelmente potenti leoni, ma che non sono in grado di eliminare i loro cuccioli. Non sai proprio come sbarazzarti di queste donne miti, provi dispiacere e un senso di protezione, rinvii il momento dell'addio fino a quando è troppo tardi e, prima che te ne renda conto, sei innamorato proprio come loro e quindi in trappola.

Dopo le bevande, proposi di fare una passeggiata lungo il lago e lei acconsentì con un sorriso, ma voleva indossare un abbigliamento più comodo. Raggiungemmo a piedi il suo hotel mentre il sole stava per tramontare sopra Gardone. Una brezza fresca e leggera rinfrescava dolcemente l'aria. Sembrava che non ci fosse nessuno intorno, a parte qualche cane che fiutava nei pressi o dei gatti che attraversano furtivamente la strada per nascondersi sotto una panchina o dietro un albero. A una certa distanza camminava qualche coppia e la ghiaia che scricchiolava sotto i nostri passi era l'unico disturbo.

Quando raggiungemmo l'hotel, proposi di andare fino al suo appartamento per aspettarla mentre si cambiava. Lei non rifiutò e attraversammo furtivamente la hall. Salimmo due rampe di scale e entrammo. Era già il crepuscolo e mi diressi verso il balcone del salotto per aprire la porta-finestra. Uscii per ammirare la sera e la vista del lago, con le luci appena nate delle lontane città lungo la riva del lago e dei traghetti che lo attraversavano. La brezza si era trasformata in un vento sostenuto ma gentile che mi scompigliò i capelli e provocatoriamente riordinò i capelli di lei, quando si unì a me per osservare il paesaggio.

Non aveva neppure cominciato a cambiarsi. Si guardò intorno come se fosse sorpresa di essere lì. La bellissima creatura appoggiò poi le mani sulla ringhiera, mentre le braccia allungate tenevano dritto il resto del corpo minuscolo. Il suo collo era leggermente piegato in avanti e la testa era inclinata verso il basso. L'immobilità e il silenzio di lei, la sua posa meditativa mi suscitarono tenerezza. Non avevo cattive intenzioni venendo al suo appartamento, ma il semplice desiderio di stare con lei tutto il tempo, di non perdere alcun momento con quella donna bellissima e senza pretese. Ma il collo nudo, i capelli scuri svolazzanti, l'aspetto meditativo mi indussero a toccarle la spalla. Lei rabbrividì a quel tocco, anche se non era freddo, e quel brivido mi indusse ad abbracciarla dolcemente prima e strettamente dopo. Lei non oppose resistenza e l'abbraccio continuò per un tempo indeterminato. Continuava a guardare verso il basso mentre toccavo la sua pelle con le labbra e le baciavo il collo e, senza fretta, le mie labbra si muovevano lungo le guance fino a che incontrarono le sue e ci baciammo. Fu un bacio delicato, non appassionato; il bacio che una ragazza avrebbe dato a una bambola che tiene in braccio. Ma a quel bacio ne seguì un altro e un altro con crescente passione. Il suo corpo cedette al mio, più forte; si lasciò tenere sempre più stretta a me. Appoggiò la testa contro la mia spalla, le braccia al collo e mi baciò di propria iniziativa. Poi, mi guardò dritto negli occhi con espressione corrucciata e chiese: 'Posso fidarmi di te?'

Proprio come due negazioni fanno un'affermazione, due morti possono fare un'anima viva. Improvvisamente non mi sentii più solo. Tenendo questa donna mite e indifesa tra le mie braccia, acquistai una forza che non avevo da lungo tempo. Non andammo a fare alcuna passeggiata quella sera; passammo invece la notte nel suo appartamento e, dopo, diverse altre notti. Di giorno facevamo lunghe passeggiate lungo la riva del lago di Garda o prendevamo un battello per l'altra riva, per le colline sopra Gardone, visitavamo il Vittoriale, i frutteti a est del lago o ci arrampicavamo in montagna a cercare funghi. Durante queste attività parlavamo e parlavamo. Fu uno scambio naturale, spontaneo e sincero, come non avevo mai provato con mia moglie o con altre donne prima, e non so perché, ma lei riusciva a tirar fuori la mia parte migliore.

'Sai? Penso di cominciare ad amarti', disse all'improvviso.

Non sapevo cosa rispondere e, senza dire nulla, le cinsi la vita con il braccio e continuammo a camminare in silenzio. Fu solo dopo circa un quarto d'ora, quando ci sedemmo su una panchina che si affacciava su un piccolo molo privo di barche, bagnato dalle dolci onde sollevate dalla brezza serale, che sussurrai:

'Ti amo anch'io'.

Mi raccontò la sua storia: si era sposata con un matrimonio combinato in giovane età con un uomo che conosceva appena. Suo marito era una brava persona che la trattava con devozione, ma era entrato nella sua vita attraverso la porta sbagliata. Era molto più anziano e lei sentiva che, tramite i genitori, l'aveva comprata col suo denaro, invece di conquistare il suo cuore con i fiori dell'amore. Era anche un uomo di famiglia pratico e onesto, un imprenditore di successo. Aveva ricostruito l'azienda di famiglia dalle rovine della guerra. Aveva vissuto per ripristinare il rispetto e l'onore che la famiglia meritava. Ma sulle questioni personali era timido e poco comunicativo.

Avevano trascorso la luna di miele a Milano, dove aveva la sua attività. Erano andati alla Scala un paio di volte, ma lui era distratto e impaziente di andar via prima della fine dell'opera, per evitare la ressa alla fine dello spettacolo. Di solito la portava a fare brevi passeggiate ai giardini pubblici. Ma non avevano niente da dirsi. Era assorto nelle sue preoccupazioni, e anche se lei gli chiedeva qualcosa al riguardo, lui rispondeva semplicemente: 'Niente di importante. Nulla di cui preoccuparti' e aggiungeva qualche non sequitur, come: 'È così strano che la gente si aspetti cose che non merita...' o 'Credo di aver sempre cercato di fare del mio meglio; si spera che un giorno ne vedremo i risultati'.

Fu subito evidente che non c'era motivo di fare quelle passeggiate. Non c'era gioia nello stare da solo con la moglie, era piuttosto un investimento indesiderato di tempo e di emozioni, e alla fine si rifugiò completamente nella sua attività.

Il tempo passava e arrivò un bambino. Ci vollero anni perché questo avvenisse. Ma quando si verificò il miracolo, lei si rese conto che l'emozione vissuta durante la gestazione era stata rapidamente contaminata da emozioni contrastanti. Perché dare alla luce un altro egoista? La vita del povero ragazzo sarebbe stata così insignificante come la sua? Dopo che il bambino fu nato, lo portava in giro con un amore contaminato dalla tristezza, come se il ragazzo avesse un male incurabile, un futuro misero davanti a sé, una malattia chiamata vita. E lei non riusciva a capire l'emozione intorno a lei, le congratulazioni per la creazione maschile, le vaghe promesse di felicità senza fine, di un futuro adempimento di aspettative indeterminate. Le fu presto diagnosticata una depressione post-partum o come si chiamava a quei tempi, e qualche mese più tardi, appena dopo che il figlio ebbe compiuto un anno, fu mandata alle terme.

La tenevo tra le braccia ed ero dispiaciuto per lei. Le feci sbadatamente delle promesse che non avevo mai fatto prima, sicuro che sarebbero state dimenticate non appena il loro suono si fosse dissipato nell'aria frizzante di montagna. Eppure, nel profondo mi rendevo conto di aver voluto dire ogni parola che avevo detto e che amavo quell'anima innocente.

Era preoccupata per il suo bambino che aveva lasciato a casa; era preoccupata anche per suo marito, che lei stava tradendo per un po' di felicità ed era preoccupata per me e per quello che sarebbe successo dopo quei pochi giorni di appagamento. L'unica persona cui non era interessata era sé stessa. Ogni sera, mi teneva stretto e si rannicchiava intorno alle curve del mio corpo, addormentandosi solo a tarda notte. E quando finalmente si addormentava, faceva sogni agitati, emetteva dei gemiti sommessi, diceva parole che non avevano senso. E io le toccavo delicatamente il seno per farla rilassare. Lei traeva un profondo sospiro e tornava, almeno per un po', a un sonno tranquillo.

Una volta, in un sussurro mi chiese: 'Sono solo una delle tue tante donne?' e, dato che non rispondevo, fingendo di dormire, continuò: 'Non mi interessa, ti sono grata per la felicità che mi dai'.

Quando giunse il momento per lei di tornare a casa, trascorremmo l'ultima giornata passeggiando in silenzio lungo la riva del lago, tenendoci per mano. Nei giorni precedenti, ci eravamo preoccupati che qualche nostro compaesano potesse vederci e avevamo evitato ogni pubblica manifestazione di intimità. Ma quella mattina ci dimenticammo di ogni precauzione. La tenni stretta a me, mentre appoggiavo la schiena alla ringhiera di un molo, e le dissi che l'amavo e che l'avrei amata per il resto della mia vita:

'Lo so!' disse, 'ma dopo oggi, ti dimenticherai di me; voglio che tu lo faccia. Non posso ferire mio marito e ho un bambino che mi aspetta. È stato un bel sogno e voglio serbarlo così nel mio cuore... un bel sogno per sempre'.

L'accompagnai alla stazione e, dopo che il treno fu scomparso in lontananza, avvertii un senso di sollievo. Forse aveva ragione, il percorso che stavamo per intraprendere sarebbe stato impossibile e doloroso per noi e per altri. Mi resi conto che aveva ragione e fui felice di tornare al mio precedente stile di vita libero, da Pigmalione.

Ma tale sollievo non durò a lungo. Tornando al mio albergo, ripercorsi i nostri passi. Andai al suo albergo, dove avevo trascorso le ultime due settimane, e guardai verso la finestra della stanza dove eravamo stati così felici per alcuni giorni di eternità. Guardai i tavolini all'aperto dove prendevamo il caffè al mattino, nei pressi dei giardini dove avevamo camminato fianco a fianco e dove avevo sentito un profondo desiderio di toccarla e di stringerla. Mi ricordai di quanto era semplice la mia felicità quando i suoi occhi erano rivolti verso di me e quando potevo toccarle il braccio di nascosto, quanto potente era l'effetto di un contatto così semplice. Entro la notte mi ero reso conto che non ci sarebbe stata una fine.

Non c'era nessuna soluzione alla solitudine, tranne l'accettazione dello stare da solo. Da quando lei era partita, mi perdevo in un vortice di emozioni. Passavo lunghe notti insonni a pensare che ogni momento poteva essere quello in cui lei sarebbe tornata dal marito. Cercavo di non provare rabbia, ma di essere felice per lui, per lei e per la sua vita che tornava alla normalità. E ricordai tutte le occasioni perse, quando avrei potuto dirle una volta ancora che l'amavo o avrei potuto dimostrarle ancora una volta quanto l'amav".

Misi in discussione la mia determinazione. Potevo tornare a Pizzo e salvarla dalla sua vita miserabile? Avrebbe voluto fare questo per me? Avrei avuto il coraggio di risolvere prima gli eterni problemi della mia propria vita? Provai a dire a me stesso che era solo una sciocca infatuazione: era solo un'altra donna bellissima, ed ero stato fortunato ad avere ottenuto le sue grazie per un po' e ad essere ora libero, senza alcuna responsabilità. Non è forse tutto qui il gioco dell'amore? Mi chiedevo chi sarebbe stata la prossima e cercavo di anticipare il sapore della nuova conquista. Ma nessuna poteva prendere il suo posto anche solo nella mia immaginazione e dopo così tanti giorni di solitudine glaciale prima del momento in cui avrei dovuto tornare a Pizzo, avevo preso decisioni in direzioni opposte circa mille volte. Infine, seduto sul treno, mentre vedevo l'Italia che passava davanti ai miei occhi, raggiunsi l'unico compromesso realistico: 'Vediamo cosa succede quando arrivo!'

Appena tornato, cominciai a escogitare modi per vederla. Era difficile essere discreti, dal momento che apparteneva a una famiglia illustre, ma soprattutto era impossibile, perché lei si era resa del tutto indisponibile agli estranei. Un giorno ricevetti una sua lettera:

'Mio caro,

ti prego di perdonarmi se torno sulla mia decisione di recidere totalmente la nostra comunicazione in fatto d'amore, ma ho bisogno di contattarti, perché penso che tu debba sapere. Il mio ciclo è in ritardo e sono sicura di essere incinta. Se è così, voglio che tu sappia che ho intenzione di tenere il tuo bambino e che, quando avrò lui o lei con me, ne avrò cura per il resto della mia vita, come se ci fossi tu tra le mie braccia. So che anche tu vorresti prenderti cura del bambino, ma, per favore, per la sua felicità, non farlo; lascia che l'anima innocente viva una vita normale con una famiglia normale; l'innocente sarà ben allevato da me e mio marito, dal momento che lui è una persona buona e premurosa. A lui o lei non mancherà nulla. Credo che questo sia un dono di Dio per noi e dovremmo amare e allo stesso tempo sacrificare la nostra gratificazione per le sue possibilità di felicità.

Con amore eterno,
Tua per sempre
Anita'

E fu così che nacque Alessandro.

L'amore è una strada accidentata, con curve e tornanti e un sacco di solitudine. È una forza che, in un primo momento, scaturisce dal nostro ego, ma che poi si nutre solo del nostro altruismo. Passarono gli anni e le cose rimasero così come dovevano. Alessandro crebbe e lo vidi solamente in qualche occasione. Era un bel ragazzo, pieno di spirito e di fiducia in sé stesso. Viveva in prosperità, circondato da una famiglia protettiva. Oltre alla madre, aveva una nonna meravigliosa e un padre premuroso che si prendeva cura di lui con amore. Non aveva bisogno di niente e non potevo nemmeno immaginare che altro avrei potuto offrirgli rispetto a quanto aveva già. Nel frattempo, non ebbi figli miei e sapevo che mai li avrei avuti. Non ne avrei neanche voluti, perché amavo Alessandro e sua madre ed ero solo felice di sapere che stavano bene all'interno di una famiglia affettuosa.

Altri anni passarono e Alessandro partì per studiare a Milano. Poi sua madre morì di cancro e, poco tempo dopo, morì suo padre. Fu allora che mi assalì il desiderio di mettermi in contatto con lui. Cercai freneticamente di sapere dove fosse e come andasse avanti, ora che era stato lasciato solo a governare la sua vita. Certo, non avrei rivelato il nostro rapporto, per quanto spesso mi fossi chiesto come fosse stato possibile che nessuno avesse notato la nostra somiglianza: gli occhi azzurri, il corpo snello e le fossette che accompagnavano i nostri sorrisi. Volevo solo avere la possibilità di stargli vicino e di offrirgli un po' di amicizia, se mai fosse stato possibile senza essere troppo invadente.

Dal momento che non tornò più a Pizzo dopo la morte del padre, contattai suo fratello Achille, che era un banchiere di successo a Roma, con la scusa più ragionevole: che stavo per tornare in città per un affare personale e che mi sarebbe piaciuto riprendere i contatti con la progenie di amici di famiglia. Achille fu molto cordiale e felice di invitarmi a una piacevole cena ai Parioli, dove viveva, e io vi andai con trepidazione.

La cena fu elegante, perché Achille e la moglie stavano cercando di essere gentili con un vecchio amico di famiglia e, allo stesso tempo, erano veramente toccati dal fatto che li ricordassi. Due bei bambini correvano, presi dal loro mondo di fantasia, totalmente indipendenti dagli adulti. C'era anche un aristogatto vecchio e riflessivo, che venne ad annusare il mio abbigliamento per testare il mio rango in società e il decoro della mia presenza. Soddisfatto dei risultati, si mise al mio fianco, allungando e chiudendo le zampe contro la mia gamba, come se stesse lavorando un impasto. Mi assicurarono che i suoi artigli venivano regolarmente tagliati e, in effetti, il massaggio fu piacevole e non doloroso. Accaddero e furono discusse molte altre cose irrilevanti, tra cui la conversione dalla lira all'euro e come non avesse senso opporsi a questa transizione, ma piuttosto capire, da un punto di vista finanziario, come trarre vantaggio dalla cosa. E, mentre Achille continuava a discutere di questioni mondane, la moglie offriva a volte aneddoti sui bambini, che, guarda caso, erano le migliori creature del mondo. Dopo gli aperitivi e i cocktail, la cena fu servita con la consueta eleganza senza pretese delle cene romane: salumi speciali del Nord e Sud Italia, insalata di mare, una semplice pasta al cacio e pepe, ma cosparsa di tartufo nero grattugiato, vitello al marsala e con un tocco di esotico cumino e tante altre delizie che contribuirono a una cena apparentemente senza fin".

Fu solo al momento del rituale liquore del dopocena a base di grappa veneta, che riuscii a trovare il coraggio di portare Alessandro nella conversazione, chiedendo casualmente:

'Come sta tuo fratello?'"

Dalla reazione fu subito chiaro che non avrei sentito buone notizie.

Achille diventò improvvisamente pensieroso, si guardò intorno per vedere se i bambini stessero ascoltando e, dopo aver guardato la moglie, si voltò verso di me e disse: 'Alessandro ha l'AIDS ed è in ospedale a

Milano'. Non essendo a conoscenza di cosa fosse l'AIDS a quel tempo (eravamo a metà degli anni Novanta), chiesi con semplicità cosa fosse.

Achille si alzò in piedi: 'Si tratta di una nuova malattia, dicono che viene da un virus chiamato HIV. Colpisce le cellule del sangue e, quando lo si contrae, non si possono combattere le infezioni'.

Quando chiesi dove l'avesse preso, lui sembrò imbarazzato: 'Non lo so. Dicono che gli omosessuali si ammalano a causa delle loro pratiche, ma Alessandro non è omosessuale. Ha avuto una vita travagliata dopo aver finito l'università. Non ho avuto molti contatti con lui. Non è colpa mia; amo mio fratello, ma lui è evasivo. È venuto a trovarci solo quando sono nati i bambini, ma mai successivamente. È stato difficile seguire i suoi spostamenti e ho saputo del ricovero solo da amici di amici. Non sapevo nemmeno se voleva che lo andassi a trovare o se si vergognava a ricevermi. Alla fine sono andato. L'ho trovato di buon umore, quasi come fosse sollevato dalle gravose aspettative della vita. Mi ha rallegrato e abbiamo chiacchierato dei vecchi tempi, delle nostre discussioni intorno al vecchio tavolo dei bambini, delle nostre semplici cugine. Mi ha anche parlato di una nostra vecchia cugina, una donna cui eravamo molto affezionati durante la nostra gioventù! Mi ha chiesto se sapevo che cosa le fosse successo. Ironia della sorte, non l'avevo mai visto così allegro e rilassato, nonostante la malattia terminale. Ho chiesto se aveva bisogno di soldi o di qualsiasi altro aiuto, ma lui sembrava in gran forma, accudito da dottori che erano anche ottimi amici, e con abbondanza di riserve dall'eredità. È stato dentro e fuori dall'ospedale con diverse infezioni; i medici mi hanno detto che il suo caso stava procedendo molto più velocemente di altri e che i linfociti erano molto bassi. In altre parole, sembra che morirà presto.

Era appena uscito un film, *Philadelphia*, con Tom Hanks; parla di un uomo che ha contratto l'AIDS. Quando ne ho sentito parlare, sono andato a vederlo, per capire la situazione di mio fratello. È una storia commovente. Anche se Alessandro ha vissuto una vita promiscua, mi ha detto di non aver mai avuto rapporti omosessuali o assunto droghe. Si è esposto attraverso rapporti sessuali non protetti e sa anche chi gliel'ha trasmesso. Lei non sapeva di essersi ammalata. Ha saputo in seguito di aver contratto l'infezione da un incontro casuale con un ragazzo che aveva assunto droga per endovena.

È incredibile per me parlare così di Alex! Ma questa è la sua storia. Spero che capirete e che lo perdonerete. È sempre stato una brava persona, non ha fatto male a nessuno e, anche se non siamo stati molto vicini, avvertivamo la presenza reciproca e ci confortava sapere che c'eravamo, l'uno per l'altro. Quando morirà, io sarò l'unico rimasto di tutta la famiglia'.

Achille concluse improvvisamente la narrazione emotiva e scollegata e mi fissò scrutando per vedere la mia reazione. È impossibile spiegare come mi sentivo; vedete, facciamo degli errori quando siamo giovani e li paghiamo poi man mano che invecchiamo. Mi sono tormentato tutta la vita a causa della separazione forzata da mio figlio. E ora che avrei avuto la possibilità di essergli utile e l'opportunità di cominciare ad avere un qualche tipo di relazione, sentivo che stava per morire. Non riuscivo a dire nulla e, di conseguenza, Achille suppose che trattenessi il mio giudizio mentre ero alla ricerca di parole per mascherare con grazia il mio disprezzo, offrendo briciole di partecipazione. Infine, riemerso dalle mie riflessioni, dissi:

'Mi dispiace tanto sentirlo! Hai ragione, lui è un'anima così gentile e generosa; non ho avuto la possibilità di stargli vicino, ma l'ho osservato crescere. Mi piacerebbe fargli visita, se pensi che a lui possa andare bene. Dovrò comunque andare a Milano per affari prossimamente, e potrei passare a trovarlo'.

'Sono sicuro che l'apprezzerebbe', replicò Achille.

Alessandro stava in una stanza privata da due settimane. Sembrava che ogni volta che si riprendeva da un'infezione ne sopravvenisse un'altra. Quando entrai nella stanza, il cuore mi batteva forte. Mentre Alessandro sonnecchiava, una donna era seduta vicino al suo letto a leggere un libro. Aveva il volto di un angelo, e per un attimo mi sono chiesto se fosse fatta di carne o se fosse veramente l'angelo custode di Alessandro.

Sussurrando, mi presentai come un vecchio amico di famiglia che si trovava a Milano. Mi sorrise e disse in un italiano stentato: 'Io sono Ophelia, amica di Alessandro. Alessandro dormire adesso... Stato sveglio tutta notte'.

I raggi del sole che si facevano strada tra le tende le si posavano delicatamente sulle labbra sottili e rendevano più radioso il suo sorriso esitante. C'erano tenerezza e serenità nel silenzio che seguì, come se fossimo in un luogo sacro. Guardai Alessandro che dormiva tranquillo. Non era cambiato molto dall'ultima volta che l'avevo visto, tranne che per alcune placche violacee; una all'estremità della guancia sinistra, parzialmente nascosta dalla basetta, una sull'avambraccio sinistro e un'altra sul petto. I suoi bei capelli ricci erano stati tagliati di recente e si radeva regolarmente. Avevo voglia di toccargli la mano e di accarezzarlo, ma mi trattenni, ricordando a me stesso che ero solo un vecchio amico di famiglia. Sorrisi alla donna e le dissi nel mio inglese stentato:

'Può fare una pausa, se vuole; posso rimanere qui per un po'. Non ho niente da fare tutto il giorno'. Mi sembrò che capisse e, con lo stesso sorriso dolce impresso sul volto, raccolse un paio di cose, le mise in una borsetta e se ne andò senza voltarsi indietro.

Mi sedetti dove era stata seduta lei. La sedia era ancora calda e il silenzio si fece più pesante nella stanza. Mi guardai intorno e la nudità della camera, senza fiori, foto o altri oggetti confortanti, mi colpì. Solo una camera ordinata, arredata con un letto e un divano che si trovava vicino alla finestra, che a sua volta dava sulla strada affollata, con i suoi rumori lontani, prodotti da persone e auto solo per aumentare la profondità del silenzio interiore.

Il tempo passava. Spostai la sedia, che era stata collocata parallelamente ad Alessandro, rivolta nella direzione opposta, per poter osservare, per la prima volta a distanza ravvicinata, mio figlio. E ricordai... Ricordai sua madre, la dolce Anita. L'ammirai per essere stata così forte a tenermi lontano da lei e da suo figlio per potergli dare la pace e una famiglia per tutti quegli anni; e mi chiesi se fosse stata la cosa giusta da fare. Ai nostri tempi, là dove vivevamo, non vi era alcun dubbio che fosse stata non solo l'opzione giusta, ma anche l'unica.

E ricordai la mia angoscia... ricordai di aver pensato quanto fosse stata incoerente quella piccola donna; sapevo che aveva provato amore nei miei confronti per tutta la vita, eppure mi aveva evitato. Come una falena che brama la luce, ma che conduce una vita notturna, evitando il sole. Ricordai la mia solitudine, le lunghe passeggiate lungo la riva chiedendomi come stesse lei e come stesse mio figlio. Ricordai la gelosia e l'apatia, i miei rimpianti, le mie... e tutte quelle emozioni che straripavano fuori dal vaso di Pandora della mia vita maledetta.

E mi sentivo in colpa, non saprei dire perché: era per l'abbandono? Dio solo sa quanto mi sarebbe piaciuto prendermi cura di lui. Mi era solo stato impedito di farlo. Era rimorso per averlo generato in circostanze sbagliate? Ma erano davvero circostanze così avverse? Alla fine non ne ha mai saputo nulla e ha vissuto la vita più privilegiata in una delle famiglie più in vista. O forse Alessandro aveva forse intuito inconsciamente di non avere mai avuto il vero padre vicino? Ero colpevole per non essermi messo in contatto con lui in passato, dopo che i suoi genitori erano morti e prima che si verificasse quella catastrofe? Ma come...? Come avrei potuto giustificare il mio intervento? Il mio senso di colpa era dovuto all'idea inquietante che avevo dato a lui miei geni rivoltanti di depravazione? Avevo creato un mostro a mia immagine?

Poi immaginai che sua madre fosse lì a guardarci, vedendoci dal cielo insieme per la prima volta, e benedicendoci con il potere in suo possesso.

Questi e simili pensieri tennero occupata la mia mente mentre ero seduto a vegliare sul riposo di Alessandro.

Questa meditazione avrebbe potuto durare per l'eternità, se Alessandro non avesse aperto improvvisamente gli occhi e, guardando dal lato in cui doveva esserci Ophelia, fissò me in sua assenza.

Ripresosi dopo qualche secondo di esitazione, sorrise e disse cordialmente, in tono basso ma gioviale: 'Che sorpresa, eccellenza, che cosa vi ha portato qui?'

'Ho sentito da tuo fratello che stavi male e ho voluto farti una visita, dal momento che ero a Milano per affari personali; ero un buon amico dei tuoi genitori e ho pensato che da lassù avrebbero voluto che dessi una controllata per vedere se ti comporterai bene! Ora dimmi, c'è qualcosa che potrei fare per te?'

Animandosi nei miei confronti, Alessandro andò dritto al punto:

'Caro Marchese, sto per morire. Sembra che abbia preso un gran brutto raffreddore! E un raffreddore dotato di stigma ... la sorella di un amico è entrata nell'istituto per malattie terminali per un cancro a uno stadio avanzato che si è diffuso ai polmoni. Non la vedevo da anni, così le ho mandato un biglietto, dicendole che sapevo quanto non fosse facile. Mi è stato detto che lei si è offesa per il fatto che ho cercato di contattarla e di paragonare il suo cancro alla mia sporca malattia. In realtà avevo solo pensato a mia madre e a come avesse sofferto per la stessa malattia. Non mi ha risposto.

La discriminazione ti fa davvero male. La gente ora mi vede in modo diverso, con l'eccezione di un paio di amici fedeli e della dolce Ophelia, che è venuta a vivere con me dall'America quando ha saputo della mia condizione, e che da allora mi sta accanto. E così, sono felice di stare qui, come un insetto condannato in una posizione kafkiana, come quelle cicale che, nell'arco di decenni, ogni tanto escono dal letargo e si accoppiano dappertutto, fino a che non muoiono proprio dopo aver strisciato per un paio di metri ed essersi girate a pancia in su. Forse questo è il meritato castigo per una vita depravata e senza senso.

Sapete... ho passato la mia vita sul dorso dell'orizzonte, a cavallo del crepuscolo, tra la luce del giorno e le tenebre. Il presente non ha mai rappresentato per me altro che il momento in cui il futuro diventa passato, in cui sogni, speranze e paure si trasformano in ricordi, nostalgia e angoscia. È come se non avessi mai vissuto la mia vita, ma mi fossi piuttosto messo come uno spettatore al lato del suo flusso turbolento. E ora che mi sto avvicinando alla fine, mi rendo conto che non vi è alcuna conclusione logica. Mi rendo conto che la vita può svolgersi passivamente, senza seguire una progressione razionale: solo una serie di eventi sconnessi che riempiono il tempo, fino a quando lo spettacolo non è finito. La ricerca di un significato è un esercizio inutile, perché non c'è mai stato uno scopo per nessuno, fin dal principio'.

Dopo una pausa, continuò: 'A volte provo l'impulso di scrivere la storia della mia vita, proprio perché non ha alcun senso, solo per condividerne con la gente il vuoto assoluto, facendo loro sapere che non vi è alcuna necessità di star lì da soli in preda alla disperazione, per riconoscere che il nulla è un compagno di molte più anime di quante possiamo immaginare. Che non c'è vergogna nel vagare per l'oscuro labirinto dell'esistenza, che non possiamo essere biasimati per la nostra esistenza prodiga e sprecona, dal momento che non abbiamo avuto scelta, ma la vita ci è capitata in sorte senza alcuna possibilità di scegliere. La Bibbia è come una montagna che non può essere lavata in mare. Esisterà per molto tempo, ben oltre le nostre vite. A volte aspra, a volte difficile da capire, a volte ostile, ma raccoglie i pensieri e l'eredità di così tanti uomini saggi. Il mio racconto sarà una piccola parte del patrimonio dell'umanità, ma se lo lascerò ad altri, forse questi saranno colpiti sapendo di non essere soli'.

'Vorrei poterti invogliare a scrivere un romanzo, un libro pieno di riflessioni e ricordi', dissi, per accompagnare il corso dei suoi pensieri sbrigliati. 'Sai, il Professore è in pensione ora, ed è *à la recherche du temps perdu,* in particolare dei suoi allievi preferiti, e tu eri uno di loro. Sono sicuro che potrà venire a trovarti qualche volta e potrà aiutarti a scrivere i tuoi ricordi'.

Quello fu tutto il tempo che abbiamo trascorso insieme. Ophelia era tornata e stava in piedi sulla soglia; era imbarazzante per me rimanere più a lungo. Gli strinsi la mano prima di partire, e fu ovvio per lui che esitavo a lasciare la presa.

Mentre stavo andando, Alessandro sussurrò: 'Non siate turbato per me! Io sto davvero bene, sto conseguendo ciò che ho cercato per tutta la mia vita, che è scomparire nell'oblio; non avrei mai avuto il coraggio di uccidermi, ma ora che la morte si avvicina delicatamente e dolcemente, io sono felice di accettarla e di tornare al vuoto da dove sono venuto e a cui sono sempre appartenuto'.

Promisi di tornare, e in effetti lo feci un paio di volte, quando il lavoro mi portava a Milano, più spesso di quanto ci si sarebbe mai aspettato da un gentiluomo in pensione. Ma l'incoerenza di tale comportamento non ha mai allarmato Alessandro. Invece, ha fatto tutti gli sforzi per ringraziarmi ripetutamente del fatto che gli stavo vicino e ignoravo lo stigma di quello che lui chiamava '*il suo vergognoso finale*'.

L'ultima volta che l'ho visto, Alessandro era dolorante. Eppure, mi ha accolto col suo sorriso cordiale accompagnato dalle familiari fossette. Prima di andarmene, gli ho stretto forte la mano per impedirgli di cadere nell'oscurità eterna. Ha sorriso di nuovo e ancora una volta mi ha rassicurato: 'Non preoccupatevi per me, io sono contento'. Poi, tra spasmi di dolore addominale, ha guardato oltre le mie spalle, attraverso la finestra, verso il silenzioso cielo azzurro e le sue nuvole indifferenti alla ricerca non più di una risposta ma solo di un segno o una qualsiasi cosa da Lassù".

***

Quella sera, arrivando a casa, al signorino Giuseppe fu riferito il messaggio che sua moglie, che non aveva sue notizie da giorni, aveva chiamato parecchie volte, insistendo sul fatto che avrebbe dovuto rispondere alle sue chiamate. A malincuore si diresse verso lo studio, alla ricerca di un angolo di pace per tenere la temuta conversazione. Era stato troppo preso dal fascino dalla vita languida di Pizzo per essere gettato nella vecchia realtà e affrontare le conversazioni inequivocabili che sua moglie stava per imporgli. Negli ultimi tempi gli sembrava di essersi lasciato andare alla deriva in un oceano immenso, spinto dalle correnti, come una bottiglia inviata da un sopravvissuto solitario per consegnare un messaggio che nessuno sarebbe stato interessato a leggere. La vita di Pizzo che aveva condotto in terza persona durante le ultime due settimane gli era andata bene, con il suo atteggiamento tollerante, la mancanza di aspettative verso un comportamento risoluto, il suo ritmo apatico al confine con l'immobilità, e un'atemporalità che sarebbe stata assoluta se le campane della chiesa non si fossero incaricate di portare avanti il processo del tempo.

La conversazione cominciò col piede sbagliato e andò subito di traverso, perché sua moglie, anticipando ogni scusa, chiese in tono fermo perché non si fosse preoccupato di chiamare negli ultimi giorni e non si fosse nemmeno preso la briga di restituire le chiamate; perché avesse risposto solo alle sue e-mail con dichiarazioni succinte e banali, quale messaggio stesse cercando di trasmetterle con il suo comportamento distaccato e altre domande del genere, che, anche se comprensibili dal punto di vista di lei, misero sempre più a disagio la già confusa mente del povero Giuseppe.

Avrebbe voluto parlarle di cani che vagano per le strade alla ricerca di fantasmi del passato, di pesci che si agitano nella borsa della spesa, di vecchi amici, di banditi e assassini, di suicidi e ritratti degli antenati. Ma sapeva che condividere la sua confusione tra passato, presente e futuro e offrire altri argomenti indeterminati non avrebbe soddisfatto la logica decisa e stringente di sua moglie, la sua convinzione che le azioni vengono provocate dalle decisioni, che gli effetti sono il risultato lineare di una causa riconoscibile.

Voleva anche parlarle di don Pino, del Marchese e di errori nobili e di opportunità perdute, dell'Avvocato e della sua abitudine di piegare con eleganza il fazzoletto dopo avervi espettorato mezza tazza di catarro giallo verdastro con la disinvoltura di un diplomatico esperto, delle infinite pianure della Mongolia e di come lo scemo del villaggio e altre persone avessero un motivo oscuro, eppure legittimo, di esistere... e voleva anche dirle come tutte quelle immagini si riunivano nel baldacchino astratto della sua mente, di come persistevano nella sua memoria, diventando una parte predominante dei suoi pensieri e distraendolo, nell'isolamento di Pizzo, dalle sue altre realtà in trepidante attesa al di là dell'Atlantico.

Ma non poté nemmeno iniziare questa conversazione: la sua mente sembrava congelata e non riusciva ad articolare una frase convincente; tutto sembrava troppo astratto e impalpabile e non poteva essere confezionato in un ragionamento logico.

Pertanto, dopo che lei gli ebbe chiesto ancora una volta: "Perché non mi hai chiamato?", sussurrò semplicemente:

"Non lo so!"

Dall'altra parte Il telefono venne messo giù e il successivo silenzio giunse come un sollievo per Giuseppe, che odiava il confronto al punto di accettare qualsiasi perdita pur di non agire. Provò anche soddisfazione per la riaffermazione del fatto che non poteva essere compreso, che la vita è meglio viverla da soli, che avrebbe dovuto conservare gelosamente l'unica relazione che contasse: quella con il proprio sé, con la sola entità che era in grado di capire. E con questa riaffermazione narcisistica, il signorino Giuseppe lasciò lo studio e andò in cucina ad aprire il frigorifero per versarsi un bicchiere pieno di Critone.

Quando sua madre gli chiese come andavano le cose in America, rispose freddamente: "Tutto bene, benissimo!"

Al termine della cena, dopo che la voce stentorea di don Pino e la sua personalità affabile erano scomparse dal tavolo e la notte aveva ritrovato il suo animo meditativo, il signorino Giuseppe si diresse verso lo studio, lontano dai parenti e alla ricerca della compagnia silenziosa dei suoi antenati. Portava nella mano destra un bicchiere di cristallo con un goccio di grappa. Posò il bicchiere con attenzione sul piano della scrivania, quindi appoggiò la stessa mano sul telefono fisso. Voleva chiamare la moglie per scusarsi. Ma esitò, mentre tentava di trovare una giustificazione convincente per il suo comportamento. Improvvisamente, la sua mano lasciò il telefono e riafferrò il bicchiere. Inghiottì la grappa mentre si alzava per uscire dalla stanza. Gli era venuto in mente che la sua incapacità di articolare una spiegazione ragionevole non aveva nulla a che fare con il panico e il blocco psicologico di un confronto con la moglie. Era piuttosto dovuto al fatto che non vi era proprio alcuna spiegazione, che non c'erano circostanze attenuati per riscattare la sua condotta, poiché la sua vita non aveva proprio alcuna progressione logica e il suo comportamento stava semplicemente riflettendo tale realtà. Riconobbe che non vi era alcuna scusa convincente da offrire a sua moglie, perché tutta la sua esistenza era il risultato di un intreccio di eventi incontrollabili, di accettazioni passive, di azioni che erano reazioni a situazioni occasionali, piuttosto che il risultato di decisioni volontarie. Ma soprattutto aveva accettato che non c'era una soluzione prevedibile, perché non sarebbe mai riuscito a trovare la determinazione necessaria per deviare il corso della propria vita.

Epilogo

Probabilmente avrei potuto fare un lavoro migliore nel riportare gli eventi, e mi viene in mente che, a causa della mia inesperienza nello scrivere romanzi, questa storia è stata scritta al contrario, dalla fine all'inizio. Ho usato questa strategia in precedenza, quando preparavo articoli scientifici. Mi piace presentare prima la conclusione e poi dissezionare i passi che vi conducono. D'altra parte, non è così che è la vita? In molti modi, la vera vita inizia al suo crepuscolo, mentre tutto ciò che è venuto prima era solo una preparazione. La rivelazione della sua essenza giunge, se lo fa, alla fine, quando il più è già passato. Solo allora desideriamo rivisitare la sequenza di quegli eventi apparentemente fortuiti ai quali abbiamo a malapena prestato attenzione nella nostra gioventù, e che tuttavia hanno portato alla conclusione. Solo allora apprezziamo il continuum e desideriamo riconciliare le cause con i loro effetti, mentre tentiamo di dare peso al significato della nostra esistenza.

In realtà, la vita di qualcuno è importante o banale secondo il metro con la quale viene misurata. Misurata in termini di eternità, anche la vita di Gengis Khan sembrerebbe irrilevante. Tra pochi anni a partire da ora la storia di Alessandro, come quella di tutti noi, cesserà di esistere. Ma mentre sediamo al tavolino nella cittadina di Pizzo, l'odissea di Alessandro ci appare tangibile, proprio come l'acqua fresca di una sorgente di montagna lo è per le mani nude.

La cronaca di Alessandro è composita, e nota solo a lui. Sarebbe andata perduta, e la sua memoria sarebbe gradualmente svanita nella pietà e nel disprezzo per una vita sprecata se, per una svolta del destino, il Marchese non lo avesse incoraggiato a confessarla al Professore. Certamente questi appunti non lo riscattano del tutto per la sua prodigalità, ma almeno offrono radici più profonde per l'esistenza di "una pianta che portava fiori meravigliosi ma non ha mai dato frutti", come il papà di Alessandro aveva profetizzato molti anni prima. Credo che, mentre tutti abbiamo riconosciuto quanta parte della sua vita criptica sia passata inosservata sotto i nostri occhi, allo stesso tempo ci siamo chiesti quanto sia passato, nelle vite di ciascuno di noi, che resterà sepolto sotto il manto dell'eternità.

Ma arriviamo alla conclusione della nostra storia.

L'ultimo giorno delle due settimane a Pizzo, incontrai il Marchese al Castello Murat. Dopo aver bevuto il consueto latte di mandorla e un cappuccino, invece di avviarci verso il tavolino prendemmo un pendio ripido che partiva dal lato marino della Chiazza, chiamato "la salita dei morti". Probabilmente è chiamato così perché è il sentiero che porta al cimitero che si trova in cima alla collina, che, come un puma che ispeziona il suo regno da una roccia, aspetta pazientemente la sua preda. A passi lenti salimmo fino al punto più alto e quindi prendemmo la strada in piano che completa la distanza verso il luogo del riposo eterno.

Entrando al cimitero, il visitatore viene immediatamente colpito dal silenzio e dalla pace intorno ai monumenti di marmo che da decenni se ne stanno all'ombra, immutati. I pini e i cipressi offrono il profumo delle conifere, mossi gentilmente come sono da una brezza costante, forse ordinata dall'onnipotente per alleviare, con un filo di gaiezza, l'austerità e il dolore del luogo.

Pochi passi a destra dell'entrata principale c'è una cappella che non ha nomi sulla porta. Là riposa Alessandro con i suoi antenati.

Il Marchese spinse gentilmente il cancello di ferro pieno, creando un passaggio per entrare e portare un bagliore di luce che facesse rivivere la memoria dei morti. Negli scomparti oblunghi, rivestiti di marmo, i nomi di Nonna, del padre di Alessandro e di sua madre, e il nome di Alessandro stesso si potevano leggere, lentamente… uno alla volta, come i titoli di coda alla fine di un film.

Mentre tenevo il Marchese per il braccio, mi chiesi in che direzione giacessero i loro corpi. Dov'era la testa? Questa mancanza di informazione mi disturbò, come se quel dettaglio fosse il solo impedimento al mio riconnettermi col vecchio amico.

Mentre gli occhi si adattavano all'oscurità, mi accorsi dei fiori freschi alla base della pietra tombale di Alessandro: alcuni gladioli freschi e, in un angolo, un mazzo di gardenie. Notai anche, in fondo alla lastra della madre, una rosa bianca. Era un fiore triste e solitario, e non tanto fresco come gli altri. Chiesi al Marchese da dove venissero i fiori.

"Vengo al cimitero più spesso che posso. È la sola distrazione che ho. A volte vengo la mattina, a volte il pomeriggio. Quando ne ho la forza, faccio un chilometro in pù fino al vivaio per comprare i fiori: colorati per Alessandro e una rosa bianca per Anita. Naturalmente, sento che dovrei comprare fiori anche per gli altri inquilini, ma poi mi immagino che non sarebbero ben accetti. Ma questi fiori freschi non arrivano da me. Non sono il solo a visitare questo luogo…"

In effetti, pochi minuti dopo, mentre eravamo assorti nei nostri pensieri, il cancello cigolò e si aprì un po' di più. Nella cappella entrò più luce e, con quella, apparve una donna di circa sessant'anni, ancora bellissima nella sua elegante rigidità. Mentre cercavo di rammentare l'aspetto familiare, lei disse: "Che bello vederti di nuovo, Giiusepe. È passato così tanto tempo!"

Era Ophelia, che reggeva garofani rossi nella mano destra e stendeva l'altro braccio ad abbracciarmi. "Il Marchese è stato tanto gentile da permettermi di stare nella sua villa in campagna quando visito Pizzo e sto approfittando dell'offerta, visto che non ho altro posto dove andare. Pizzo è un luogo bellissimo, proprio bellissimo come lo descriveva Alessandro".

Tutti e tre ci fermammo all'ingresso della cappella. Dopo un po', Ophelia si alzò e, prendendo una scopa da un angolo, pulì prima il pavimento all'interno e poi all'esterno, mentre il Marchese e io guardavamo. Quindi tornò a sedersi accanto a noi. Mi fissò e disse: "Sei ancora lo stesso ragazzino dall'aspetto impertinente che ricordo da Monte Carlo. Shirley alla fine si è risposata, lo sai? E ha due bambini ora. È tornata in America ed è felice, ma parla spesso di te. Dovresti scriverle qualche volta".

Sorrisi e risposi: "Lo farò, un giorno o l'altro".

Più tardi parlai: "Ammiro Alessandro più di tutti noi. Lui è il solo che ha vissuto una vita coerente con le sue convinzioni. Noi scendiamo a compromessi, giorno dopo giorno. Pensiamo di fare la cosa giusta, sacrificandoci per seguire il sentiero predeterminato dalla saggezza sociale.

Viviamo come marionette, tenute dalle corde invisibili delle convenzioni, che abbiamo paura a rompere. Alessandro aveva tutto quello che chiunque può volere, ma per lui era solo una distrazione. Aveva capito che la vita non ha inizio né fine, non ha causa né effetto. Non ha significato, al di là del suo passivo fluire lungo un fiume che chiamiamo tempo. Contrariamente a noi, non ha mentito a sé stesso. Ha fatto quello che noi non abbiamo il coraggio di fare: ha guardato dritto negli occhi del vuoto e l'ha sfidato costruendone uno anche più grande. Sono orgoglioso del mio amico".

A seguito delle mie parole, il Marchese fece un sorrisetto e disse: "Già! Può essere felice ora, certamente più felice di quando era vivo".

Poi, prese il bastone che era appoggiato di lato alla panchina di marmo. Si alzò in piedi e dichiarò: "È ora di andare". Ophelia da un lato, e io dall'altro, prendemmo a braccetto il Marchese, che, ancora distratto dai suoi pensieri, ci permise di guidarlo, senza opporre resistenza verso l'atto ossequioso. Quando uscimmo dal cimitero sfuggì alla nostra presa e, restituendo al bastone la sua funzione, camminò di fronte a noi verso la città dei vivi, verso la vecchia Chiazza dove i suoi amici sopravvissuti lo stavano aspettando.

✳✳✳

Più tardi quella mattina, in un impulso a confessare i miei peccati, incontrai don Pino allo Spuntone e sedemmo insieme su una panchina di fronte al mare. Non cercai neppure di enumerare i peccati collezionati dall'ultima confessione, mezzo secolo prima. Erano troppi, e troppo noiosi, per menzionarli. Perciò mi concentrai sul più grande di tutti, l'iniquità che ha scolpito la mia esistenza: la mancanza di fede.

Dissi: "Non è solo mancanza di fede in Dio, è un flagello più grande. Non credo nel mio matrimonio, nella mia professione, nelle mie relazioni, nell'andirivieni della gente, nell'alba e nel tramonto, nelle stelle e nelle galassie. Mi sembra che tutto sia solo un'illusione. Non riesco a comprendere nessuna delle cose che la maggior parte della gente vive normalmente come realtà. Il dottore la chiama depressione organica e mi dà delle pillole che mi fanno dormire meglio. Ma al massimo queste medicine fanno altrettanto bene dei vostri Pater Noster e Ave Maria. La verità è che il cinismo non è una malattia ma una realtà che sta sul sedile del conducente, un'iniquità non solo contro Dio ma contro la vita stessa. E non c'è una soluzione che io conosca, e nemmeno penso che ci sia una penitenza e un perdono, perché so che non cambierò mai... non perché non voglio, ma perché non posso".

Don Pino trasse un respiro profondo e incrociando le mani sul petto disse: "Ego te absolvo a peccatis tuis in nomine Patris et Filii et Spiritus Sancti, Amen... Caro Giuseppe, hai ragione, il tuo problema potrebbe non avere una soluzione e il tuo peccato non avere né penitenza né redenzione. Come Cristo, porterai la tua croce fino alla fine. Ma io so che l'Onnipotente, il Caritatevole, vedrà la tua lotta e comprenderà le tue buone intenzioni. Sono certo che Egli verrà da te al momento giusto, se tu non avrai potuto raggiungerLo prima. Aprirà le Sue braccia e ti darà il benvenuto ai cancelli del Paradiso. Non devi preoccuparti di questo ora, ma fai solo del tuo meglio. Il tuo peccato è una malattia che non può essere curata con rimedi pratici o spirituali, ma dovresti venirci a patti come tutti noi facciamo con la nostra croce. Ma...", continuò, "se posso darti un consiglio su questioni più pratiche, come un vecchio amico che ti ha visto crescere da quando eri un ragazzino, lascia che ti dica che il tuo agnosticismo su questioni spirituali è giustificato e accettabile perché non tocca nessuno se non te stesso. Tuttavia, questo non si applica a questioni pratiche: su questa Terra, non puoi dare per scontato che non prendendo decisioni tu non sia da biasimare. Vedo che la tua indolenza è egocentrica, potrebbe essere anche una scusa per evitare di farti coinvolgere dalle sfide della vita. Ingrandisci i tuoi problemi perché hai paura di affrontarli quando sono piccoli. Molti patiranno e soffriranno a causa della tua procrastinazione cronica, in particolare quelli che davvero si preoccupano di te e che non ti abbandonano. Fabio Massimo vinse contro Annibale perché aveva un piano e uno scopo, ma qual è il tuo scopo? Se è quello di essere felice, devi cercare le tue gratificazioni e sollevare gli altri dalla loro spada di Damocle. Ci vuole coraggio per essere egoisti, ma alla fine sarà meglio per tutti quelli la cui felicità dipende da te. Se sei infelice di cose che sono sotto il tuo controllo, esercita il tuo potere e cerca di essere felice. Fallo non solo per il tuo bene, ma piuttosto per il sollievo dell'infelicità altrui. Se però decidi di non farlo e di sacrificarti per la felicità di altri, allora fallo ugualmente con tutto il tuo cuore, e sii coerente con questa scelta. Puoi chiederti come faccio a sapere cosa c'è davvero nella tua mente. Tutto ciò che posso dirti è che un buon pastore capisce il suo gregge".

***

Sfortunatamente, non detti all'ammonimento di don Pino il valore che avrei dovuto. Piuttosto udii il perdono dei miei peccati e vidi i cancelli del Paradiso che si aprivano di fronte a me, mentre continuavo come un idiota a portare avanti la mia esistenza onanistica fatta di egoismo, rinvio e speranza in soluzioni casuali.

Ricordo tuttavia con affetto quei giorni a Pizzo e quei vecchi saggi.

Oggigiorno, l'Italia è la solita Italia. Il Colosseo e Piazza San Marco sono dove devono essere, e la Torre di Pisa continua a pendere. Così è la Chiazza, con i gelati del Gatto. Così è il Castello, con i suoi corvi e pipistrelli e la statua di re Umberto I con i grandi baffi. Così è la Chiazzetta con i gatti e i cani e la loro vita monotona. Ma i saggi sono stati decimati dal passare del tempo, scandito dal suono inesorabile delle campane della chiesa. La loro specie è in via di estinzione. Anno dopo anno, diversi smettono di venire dal Gatto. Alcuni desistono per cause giustificabili, come un attacco di cuore, un ictus o un cancro incurabile. Altri spariscono con pretesti meno legittimi e più oscuri, come un'anca rotta che richiede riposo a letto e inattività e che si trasforma in un coagulo che alla fine ferma il cuore. E sono anche addotte le scuse più deboli: perdita di forze, lento decadimento, dimenticanza della Chiazza e dei loro amici.

Quando restano pochi balli alla fine della festa, mentre facciamo tesoro del piacere rimasto, intuiamo il finale imminente mentre osserviamo con la coda dell'occhio la dipartita delle conoscenze, che gradualmente si rarefanno. Allo stesso modo, uno alla volta i saggi svaniscono e ne restano sempre meno a incontrarsi al tavolino e ad assaporare le ultime gocce di vita sotto forma di Sambuca, limonata o cappuccino. Non si osa chiedere che accadde al Marchese, al Professore, a mastro Antonio e a tutti gli altri saggi perché la risposta, non importa quanto ovvia, sarebbe dolorosamente conclusiva. Si preferisce lasciare inesplorate tali domande, come se il passaggio dal presente al passato, dal contemporaneo all'antico potesse essere rinviato in perpetuo.

Ma ora è tempo per me di tornare in America e dire arrivederci ai vecchi saggi. È tempo di riconsegnarli al passato cui appartengono, di immaginarli vivi nel loro universo minuscolo, dove prosperarono e forse prosperano tuttora. Ed è così che, finché una parte di loro sarà ancora là, la maggior parte dei malanni della vita e la loro complessità continueranno a essere discussi e risolti nella loro globalità da questi vecchi saggi, nella cittadina sul mare. Sfortunatamente, queste soluzioni perspicaci resteranno sepolte sotto l'ignoranza del mondo che, inconsapevole di tale ricchezza, dispiega così tanta angoscia e sofferenza sopra noi tutti. E ho paura che in futuro quelli che casualmente potrebbero venire in possesso di queste pagine, e volessero provare di persona tali perle di saggezza facendo visita ai saggi di Pizzo, resteranno delusi, poiché molti di loro sono partiti verso più verdi pascoli, dove, non essendo la loro saggezza più richiesta, potranno finalmente riposare nella meritata pace.

*****

Mentre l'aereo saliva su nel cielo controsole, al largo della costa della Calabria e sopra il golfo di Santa Eufemia, il nostro visitatore guardò Pizzo attraverso il finestrino. La cittadina non sembrava ridente, ma piuttosto concentrata nella sua vita che gradualmente stava ritornando, vista in lontananza, alle sue proporzioni lillipuziane.

Mentre si trasformava da signorino Giuseppe a rispettato scienziato americano, il nostro visitatore si rese conto di non aver risolto nessuno dei problemi che aveva pensato di affrontare. Contrariamente all'intento originale, non si era confrontato con nessuno di essi, ma piuttosto li aveva relegati in fondo alla mente perché distratto dalla vita della cittadina. Ma l'idea di tornare ai vecchi guai non lo disturbava più di tanto, perché quelle due settimane lo avevano lasciato con l'impressione che il tempo avrebbe risolto i problemi, non importa quanto difficili, rendendoli tutti quanti, alla fine, irrilevanti.

Fine

Postfazione
di Sandra Demaria

È davvero un onore scrivere questa breve postfazione al primo romanzo di un carissimo, meraviglioso amico.

Per i lettori come me, che hanno lasciato il paese dove sono cresciuti e hanno vissuto negli Stati Uniti abbastanza a lungo per non contare il tempo in anni, ma piuttosto in decenni, il romanzo *I saggi di Pizzo* tocca una corda profonda dell'esperienza. Possiamo metterlo in relazione col sentimento di appartenenza a un luogo che ancora consideriamo la nostra vera e unica casa e col quale, allo stesso tempo, ci sentiamo sorprendentemente in conflitto.

La magistrale descrizione del primo giorno di Giuseppe a Pizzo e delle sue difficoltà ad accettare l'immobilità della *cuntrura*, in quanto abituato al ritmo frenetico di una vita impegnatissima, connette i lettori che conducono un'esistenza simile, spesso governata da una quantità di dispositivi elettronici, al protagonista di questa storia. Comprendendo bene Giuseppe, vediamo attraverso i suoi occhi la cittadina e siamo distratti dalle stranezze e dalle contraddizioni di un'esistenza molto diversa, addolciti dalle bellezze naturali, tentati dal buon cibo e divertiti dai personaggi coloriti che incontra al Bar Gatto. Col dipanarsi della storia, la percezione di cosa è significativo e importante nella vita inizia a cambiare, e sentiamo che l'esistenza impegnata e frenetica si allontana e si fa insignificante, mentre l'umana saggezza dei vecchi diventa più grande di noi, costringendoci a una riflessione sulle nostre stesse vite.

La storia di Alessandro, che diventa il centro dell'attenzione dei saggi e di Giuseppe, è strutturata su tre livelli. Uno è il contesto storico di una generazione di giovani italiani del dopoguerra che ha incarnato le grandi speranze di genitori e nonni per un futuro di cambiamento, ma che è rimasta disillusa comprendendo che il vero cambiamento non sembra mai essere possibile. Il secondo livello è più universale: la storia di Alessandro è paradigmatica delle speranze generate dal grande potenziale dei bambini e del dispiacere che sentiamo vedendole sparire nel nulla. Il terzo livello è profondamente personale: è una storia sull'amicizia e sull'amore, e sul dolore di comprendere che non possiamo cambiare gli altri, possiamo solo accettarli e abbracciarli per quello che sono. In un certo senso, Alessandro stimola la nostra coscienza e ci fa riflettere su cosa significa "essere onesti con sé stessi".

Nonostante la tragica conclusione della vita di Alessandro, il romanzo è pieno di ironia, tipica dell'Italia del sud, che rende la lettura estremamente piacevole e divertente. I personaggi principali capiscono, sebbene in modi diversi, cosa non va nel mondo. Con una mescolanza di saggezza e fatalismo accettano il fatto che, se anche non possono fare molto per cambiare le cose, possono almeno godersi il piacere del tutto umano di farsi una bella bevuta insieme.

Per quanto il romanzo ritragga un "mondo di uomini" ormai sorpassato, l'unico indiscutibile eroe è una donna. Nonna è la sola che mostra vera determinazione e che lotta, con nobiltà e intelligenza, per cambiare quello che può del suo mondo. Rispettata, ammirata, temuta, ma in definitiva amata da tutti, è il punto di riferimento positivo più significativo, non solo per Alessandro ma per tutta la città.

Allo stesso modo di altri conflitti esistenziali narrati in forma di romanzo (e penso a qualche opera di Gide come *Paludi* e *L'immorale*), *I saggi di Pizzo* non ha veramente un inizio e una fine: semplicemente "è". Il che mi porta alla sua fine, che, in modo del tutto appropriato, è una conclusione ma non una fine.

C'è qualcosa di eterno e di confortante nei cimiteri, almeno in quelli vecchi delle cittadine dove vive, e perciò muore, poca gente, e quindi non è necessario tirare fuori di corsa le povere ossa dopo un certo numero di anni, come nelle grandi città. Le famiglie possono stare insieme e non importa nient'altro se non il nome che le tiene unite. Il cimitero di Pizzo è il luogo appropriato per l'ultimo incontro dei tre personaggi legati ad Alessandro in modi molto diversi. Grazie alla sua austerità, la storia può allontanarsi dalla trivialità della vita quotidiana e restituire nobiltà al tormentato ma dissoluto Alessandro. Nella semplicità della tomba, tutti e tre i personaggi – Ophelia, il Marchese e Giuseppe - vengono elevati, diventando così più significativi che mai. Assurgono a un'importanza ancora maggiore.

Ne segue naturalmente che Giuseppe senta la necessità di cercare il rituale dimenticato, ma ancora familiare, della confessione prima di lasciare la città. Nonostante la profonda discussione filosofica con don Pino, per Giuseppe il vero vantaggio sta nella la ritualità, nel ricordo, ad esempio, di una preghiera recitata nella fanciullezza, in grado di suscitare lo stesso sentimento di redenzione che il simbolismo può ispirare.

L'inevitabile metamorfosi di Giuseppe, che inizia non appena l'aereo decolla, è ancora qualcosa che gli emigranti come me, che ho vissuto tra due mondi, possono riconoscere, come lo è il desiderio che il "vecchio mondo", che abbiamo lasciato indietro temporaneamente (ci piace credere), esisterà immutato per sempre, o almeno finché non vorremo tornare nuovamente a casa.

Al di là del fascino delle memorie nostalgiche di gioventù, al di là dell'affetto, o del disprezzo, che il lettore può provare per Alessandro e per lo stesso Giuseppe, dentro questo romanzo ci sono molti livelli di lettura. La conversazione finale tra Giuseppe e don Pino mette in luce uno dei temi principali del romanzo, ovvero come le scelte che facciamo o non facciamo influenzeranno la nostra vita e la vita delle persone a noi vicine. L'ammonizione di don Pino – "Non puoi presumere che non prendendo decisioni tu non sia da biasimare. Vedo che la tua indolenza è egocentrica; potrebbe essere anche una scusa per evitare di farti coinvolgere dalle sfide della vita" – potrebbe applicarsi a noi tutti che procrastiniamo, neghiamo, ci immergiamo in innumerevoli compiti quotidiani e ci sentiamo giustificati se evitiamo il disagio di affrontare i veri problemi delle nostre vite. Dall'altra parte, per fare scelte è necessario che prima rispondiamo alla domanda di don Pino: "Ma qual è il tuo scopo? [...] Se sei infelice di cose che sono sotto il tuo controllo, esercita il tuo potere e cerca di essere felice [...]. Se decidi di non farlo e di sacrificarti per la felicità di altri, allora fallo ugualmente con tutto il tuo cuore, e sii coerente con questa scelta".

Nonostante la saggezza dell'esortazione di don Pino, in sottofondo vi è la tenera storia di Anita e del Marchese, che decidono di sacrificarsi per la felicità del loro figlio e sono coerenti, fino alla fine, con questa scelta. Per uno scherzo del destino, tuttavia, il loro figlio non sarà mai felice.

Così, né don Pino né gli altri saggi di Pizzo forniscono soluzioni facili alla complessità della vita: non sono così ingenui. È Giuseppe che, scappando verso i suoi guai, ci conforta col pensiero che, alla fine, tutti i problemi verranno risolti, basta aspettare che diventino irrilevanti.

È il paradosso umano che fin dalla nascita, come bambini, lottiamo per essere notati, per essere importanti: prima, solo per i nostri genitori. Poi, quando cresciamo, per un pubblico sempre più vasto. Vogliamo curare la gente o divertirla o farla pensare o educarla o vestirla bene, nutrirla, renderla bellissima... guidati dal bisogno di risultati che ci facciano sentire importanti, se non per i genitori che abbiamo perduto o per i bambini che potremmo non avere, per l'umanità intera. E mentre ci avviciniamo al termine della vita, comprendiamo alla fine che tutti gli sforzi erano solo un modo per rimandare il momento inevitabile, quando dovremo confrontarci con la nostra irrilevanza.

Mentre considero questo pensiero, vero ma difficile da accettare, penso alla sola persona in cui ancora confido al massimo grado, nonostante da molti anni sia solo un ricordo. Per tutta la sua vita, mio padre ha conservato l'entusiasmo per alcune cose che ha sempre amato e apprezzato, cose che ti fanno sentire vivo, come un gattino inselvatichito lasciato libero in un giardino dopo che è stato costretto per un po' in una piccola stanza. E mi rallegro immaginando me e mio padre che andiamo a prendere un aperitivo nel piccolo caffè vicino al posto dove lavorava a Torino. Chiacchieriamo con qualche vecchia conoscenza, come eravamo soliti fare, prima di andare a casa per cena.